PROBLEMAS NA VILA ZUMBI

Obras do autor lançadas pela Galera Record:

Série Minecraft
A invasão do mundo da superfície
Batalha pelo Nether
Enfrentando o dragão

Série O mistério de Herobrine
Problemas na Vila Zumbi – Livro 1

MARK CHEVERTON

PROBLEMAS NA VILA ZUMBI

O MISTÉRIO DE HEROBRINE – VOLUME 1

**UMA AVENTURA
NÃO OFICIAL DE MINECRAFT**

Tradução
Edmo Suassuna

1ª edição

GALERA
—*junior*—
RIO DE JANEIRO
2016

```
CIP-BRASIL. CATALOGAÇÃO NA PUBLICAÇÃO
SINDICATO NACIONAL DOS EDITORES DE LIVROS, RJ
```

C452p Cheverton, Mark
Problemas na Vila Zumbi: O mistério de Herobrine, livro 1 / Mark Cheverton; tradução de Edmo Suassuna. – 1. ed. – Rio de Janeiro: Galera Júnior, 2016.
(Uma aventura não oficial de Minecraft)

Tradução de: Trouble in zombie-town
ISBN 978-85-01-00887-9

1. Ficção juvenil americana. I. Suassuna, Edmo. II. Título. III. Série.

16-31224

CDD: 028.5
CDU: 087.5

Título original:
Trouble in Zombie-Town: The mystery of Herobrine

Copyright © Mark Cheverton, 2015

Minecraft® é marca registrada de Notch Development AB

The Minecraft game: Copyright © Mojang AB

Esta obra não foi autorizada ou patrocinada por Mojang AB, Notch Development AB ou Scholastic Inc., nem por pessoa ou entidade que possua ou controle os direitos do nome, da marca ou de copyrights de Minecraft.

Composição de miolo: Abreu's System
Adaptação de layout de capa: Renata Vidal

Texto revisado segundo o novo Acordo Ortográfico da Língua Portuguesa.
Todos os direitos reservados. Proibida a reprodução, no todo ou em parte, através de quaisquer meios. Os direitos morais do autor foram assegurados.

Direitos exclusivos de publicação em língua portuguesa
somente para o Brasil adquiridos pela
EDITORA RECORD LTDA.
Rua Argentina, 171 – Rio de Janeiro, RJ – 20921-380 – Tel.: (21) 2585-2000,
que se reserva a propriedade literária desta tradução.

Impresso no Brasil

ISBN 978-85-01-00887-9

Seja um leitor preferencial Record.
Cadastre-se e receba informações sobre nossos
lançamentos e nossas promoções.

Atendimento e venda direta ao leitor:
mdireto@record.com.br ou (21) 2585-2002.

AGRADECIMENTOS

Eu gostaria de agradecer à minha família pelo apoio contínuo a esta aventura. Sem a ajuda deles, as sessões de escrita às quatro da madrugada teriam sido difíceis de aguentar. Eu também gostaria de agradecer à Dra. Christie Tanner e à Dra. Jenifer Smitkin pelos conselhos e informações sobre os desafios e lutas enfrentados pelas crianças de hoje. Além disso, quero agradecer à melhor agente do mundo, Holly Root. Sem a ajuda dela, estes livros provavelmente não teriam se concretizado. Agradecimentos também ao meu editor, Cory, e ao pessoal bacana da Skyhorse Publishing. Foi fantástico trabalhar com eles, cuja energia e empolgação com minha obra me mantiveram motivado e escrevendo noite adentro. Por fim, gostaria de agradecer a todas as pessoas que leem meus livros e me mandam mensagens calorosas e simpáticas por e-mail e pelas mídias sociais. Aprecio todo o apoio e vou me esforçar para escrever cada vez mais!

O QUE É?

Minecraft é um jogo incrivelmente criativo, que pode ser jogado on-line com pessoas do mundo todo, em um grupo de amigos ou sozinho. É um game do tipo "sandbox", que dá ao usuário a habilidade de construir estruturas incríveis usando cubos texturizados de vários materiais: pedra, terra, areia, arenito... As leis normais da física não se aplicam, pois é possível criar estruturas que desafiem a gravidade ou dispensem suportes visíveis. Abaixo, vemos parte da Tardis que Gameknight criou no próprio servidor.

Crianças e adultos abraçaram o potencial criativo de *Minecraft* ao criar estruturas fabulosas no universo dos blocos. Um tópico popular ultimamente vem sendo a construção de réplicas de cidades inteiras. Jogadores já criaram cópias de Londres, Manhattan, Estocolmo e de toda a Dinamarca. Além disso, fanáticos por *Minecraft* construíram cidades imaginárias de seus programas de TV favoritos, como Porto Real e Winterfell, de *Guerra dos Tronos*, e as Minas Tirith, de *O Senhor dos Anéis*. A mais incrível de todas as cidades, entretanto, é provavelmente Titan City: uma obra feita por um usuário, construída com 4,5 milhões de blocos... Uau!

Além das cidades, jogadores produziram no jogo diversas estruturas famosas. O Taj Mahal é um dos meus favoritos, mas também gosto da Catedral de Notre Dame e do Empire State Building. Para os fãs de *Jornada nas Estrelas*, há uma réplica da *USS Enterprise* (não a original L), além da *Millennium Falcon* e a Estrela da Morte do meu filme favorito. De fato, o vídeo em *time-lapse* da construção da Estrela da Morte é verdadeiramente inacreditável. Vários pedidos de casamento foram criados dentro de *Minecraft*. Não sei quantos foram bem-sucedidos, mas muitos dos vídeos foram vistos centenas de milhares de vezes. Ou seja, espero que as moças tenham dito sim, ou pode ter sido doloroso. Afinal de contas, o que acontece na internet fica lá — como dizem em *Se Brincar o Bicho Morde* — "PARA... SEM... PRE!"

O aspecto criativo do jogo é notável, mas meu modo favorito é o Sobrevivência. Lá, os usuários são jogados num mundo de blocos, levando nada além das roupas do corpo. Sabendo que a noite se aproxima rapidamente, eles precisam coletar matérias-primas: lenha, pedra, ferro etc., a fim de produzir ferramentas e armas para se proteger quando os monstros aparecerem. A noite é a hora dos monstros.

Para encontrar matérias-primas, o jogador precisa criar minas, escavando as profundezas de *Minecraft* na esperança de encontrar carvão e ferro, ambos necessários para se produzirem armas e armaduras de metal essenciais à sobrevivência. À medida que escavam, os usuários encontrarão cavernas, câmaras cheias de lava e, possivelmente, uma rara mina ou masmorra abandonadas, onde tesouros aguardam sua descoberta. O problema é que os corredores e as câmaras são patrulhados por monstros (zumbis, esqueletos e aranhas) que aguardam para atacar os desavisados.

Com as recentes adições ao jogo (coelhos são meus favoritos), muitas novidades estão disponíveis. Novos tipos de blocos ajudam a criar texturas mais luxuriantes e detalhadas no mundo digital, por exemplo. De interesse especial, porém, são o Monumento Oceânico e os Guardiões. Só os guerreiros mais poderosos tentarão derrotar o Guardião Antigo no modo Sobrevivência sem trapacear. Não sei se eu conseguiria, mas Gameknight999 com certeza sim. Uma outra adição interessante à versão 1.8 foi a declaração no fim da lista da tela de login: Herobrine foi removido. Será que foi mesmo???

Mesmo que o mundo seja repleto de monstros, o jogador não está sozinho. Existem vastos servidores onde centenas de usuários jogam, todos compartilhando espaço e recursos com outras criaturas em *Minecraft*. Habitadas por NPCs (*Non-Player Characters*, ou personagens não jogáveis), aldeias se espalham pela superfície do mundo. Os aldeões perambulam de um lado ao outro, fazendo seja lá o que os aldeões fazem, com baús de tesouro — às vezes, fantásticos, às vezes, insignificantes — escondidos em suas casas. Ao falar com esses NPCs, é possível negociar itens para obter gemas raras ou matérias-primas para poções, assim como obter um arco ou uma espada ocasionalmente.

Este jogo é uma plataforma incrível para indivíduos criativos que amam construir e arquitetar, mas que não se limita à mera criação de prédios. Com um material chamado "redstone", é possível produzir circuitos elétricos e usá-los para ativar pistões e outros dispositivos essenciais para a criação de máquinas complexas. Pessoas já inventaram tocadores de música, computadores de 8-bits completamente operacionais e minigames sofisticados (*Cake Defense* é o meu favorito) dentro de *Minecraft*, tudo usando redstone.

Com a introdução de blocos de comando na versão 1.4.2 e a recente inclusão de funções de script mais avançadas, como teleporte, programadores podem inventar muitos novos minigames, sendo *Missile Wars* um dos que mais gosto.

A beleza e a genialidade de *Minecraft* estão no fato de não ser apenas um jogo, mas um sistema operacional que permite aos usuários criar seus próprios games e se expressar de maneiras que não eram possíveis antes. A plataforma empoderou crianças de todas as idades e gêneros com as ferramentas necessárias para criar games, mapas e arenas de PvP (*Player* versus *Player*, jogador contra jogador). *Minecraft* é um jogo empolgante cheio de criatividade, batalhas de arrepiar e criaturas aterrorizantes. É uma tela de pintura em branco com possibilidades ilimitadas.

O que você é capaz de criar?

Irmãos e irmãs são os melhores amigos que você não valoriza quando é jovem e ama quando é velho.

CAPÍTULO 1
O VILÃO

Ele se materializou na linda paisagem de blocos verdes com uma expressão de desprezo no rosto quadrado, todo o seu ser preenchido com um ódio destrutivo pela beleza natural que o cercava. Foi até uma ovelha e sorriu quando a fofa criatura cúbica saiu em disparada pela colina de blocos, com terror estampado nos olhinhos quadrados. Uma presença maligna parecia emanar dele como o calor de uma casa em chamas. Até as folhas de relva queriam se afastar daquela criatura sinistra.

— Como podem os seres do Mundo da Superfície tolerar este lugar? — sibilou a criatura de trevas, enquanto olhava com ódio para a cena à sua volta.

Ao longe, viu uma aldeia que não era fortificada, como era tão comum naqueles dias. Era a coleção normal de casas, cada uma feita de blocos individuais, como todas as coisas em *Minecraft*, formados de muitos cubos de madeira. As construções atarracadas estavam reunidas ao redor de um prédio de pedra central que subia alto no ar: a torre de vigia. Perto dela, dava para ver o poço da aldeia e um campo de trigo crescendo ao longe. Espreitando pelos becos entre as casas, ele notou os aldeões cuidando de suas tarefas cotidianas, as cabeças cúbicas e os longos corpos retangulares quase se confundindo com os lares de blocos.

Estes aldeões idiotas ignoram o perigo que correm, pensou a criatura sinistra consigo mesmo. Logo corrigiria o erro deles.

Fechou os olhos brancos brilhantes, teleportou-se para longe da bela vista e se materializou em um túnel sombrio e oculto pelas trevas. Encheu os pulmões e soltou um uivo abrasivo e gutural que ecoou pelos corredores de pedra e câmaras rochosas, ricocheteando em lagos de lava e refletindo nas cachoeiras imensas até preencher todo o mundo subterrâneo de *Minecraft*. Num instante, seu chamado foi respondido pelos uivos pesarosos dos zumbis.

— Estou chegando, meus filhos — gritou ele para as trevas. — Preparem uma Reunião.

Os uivos passaram de desespero e tristeza para surpresa e medo. O estranho sombrio sorriu; ele percebia o medo deles... Ótimo.

Avançou silenciosamente pelos corredores escuros e desceu pelos túneis, a caminho daquela entrada secreta que só os monstros da noite conheciam. De vez em quando, via aranhas gigantes e creepers se escondendo nas sombras, na esperança de não serem vistos, só que nenhum deles escapava de seus olhos brilhantes. O ser via a todos, os vultos encolhidos ocultos pelas sombras. Normalmente, essas criaturas apavoradas teriam sido destruídas, pois o medo delas o enojava, mas ele tinha planos muito mais importantes com que se preocupar, e não teria tempo a perder com aqueles fracotes.

Um brilho começou a encher o túnel à frente, a iluminação alaranjada suave da lava, tão quente e convidativa. As sombras atrás de pilares de pedra e fendas profundas começaram a ficar mais escuras e longas conforme ele se aproximava da fonte de luz. Quando virou uma curva, foi recebido por uma longa torrente de rocha derretida que se derramava do alto, formando um largo lago. Perto dali, uma cascata despejava água fresca vinda de um buraco na parede, e a longa pluma azul fluía para a lagoa fervente. Onde os opostos se encontravam, a obsidiana nascia, blocos negros salpicados que refletiam a luz da rocha derretida e lançavam fachos luminosos pela câmara.

Era ali.

A entrada de Vila Zumbi ficava sempre perto do encontro entre água e lava. O ser olhou em volta pelas paredes rochosas irregulares e encontrou num instante o padrão que marcava a porta secreta: uma seção plana de pedra com um único bloco se destacando. Foi até esta área diferente, colocou a mão contra o bloco e pressionou. Ouviu-se um clique, e a parede girou para dentro, para revelar um longo túnel obscurecido. O estranho entrou na passagem, virou-se, fechou a porta, e então saiu em disparada pelo corredor rochoso. Enquanto corria, viu o fim do caminho ficando mais brilhante, e as paredes passavam de um cinzento de pedra a um laranja convidativo, como a chegada do outono. Mais lava: o estranho abriu um sorriso fantasmagórico. Ele amava lava... sempre o lembrava de casa.

Quando alcançou o fim do túnel, parou e olhou em volta. Diante dele havia uma imensa câmara que se estendia para o alto talvez uns vinte blocos ou mais e que tinha pelo menos cem blocos de extensão. Por toda parte do piso da câmara havia pequenas casas de terra e pedra, cada uma de tamanho e forma diferentes. As estruturas quadradas pareciam competir umas com as outras, paredes empurravam paredes numa luta por espaço que criava uma geometria de retalhos com uma estranha beleza caótica. Nada combinava, nada era igual e, mesmo assim, todas as Vilas Zumbis eram parecidas entre si.

Uma grande clareira se abria no centro da câmara, como se as casas intrusivas fossem mantidas afastadas por algum tipo de força mística. Aquele era seu destino. O estranho sombrio desceu os degraus quadrados dois de cada vez até o piso da caverna, e então saiu em disparada pelo labirinto de ruas estreitas, virando para um lado e para o outro num confuso traçado serpenteante que avançava pela cidade. Em alguns pontos, se deparava com quinas de casas bloqueando o caminho. Sacou a picareta de diamante e destroçou os blocos num instante, deixando o estrago para trás enquanto avançava para a clareira.

Em minutos, tinha atravessado o piso da caverna e alcançado a beira da clareira. Perto dos limites da praça aberta, estranhas fagulhas verdes pareciam disparar no ar como fogos de artifício em alguma comemoração alienígena. Os zumbis se aglomeravam em volta desses chafarizes reluzentes, simplesmente parados embaixo, se banhando na torrente, os olhos escuros fechados de contentamento. O estranho sabia que aquelas eram as fontes de pontos de vida das quais os zumbis dependiam para sobreviver. Eles não comiam "cérebros" como os usuários idiotas acreditavam; isso era um mito ridículo. Zumbis se alimentavam do fluxo esmeraldino dos chafarizes de HP, cujas fagulhas verdes restauravam a vida e saciavam a fome. Sabiam que zumbis que ficavam por tempo demais longe das Vilas tendiam a morrer. Como resultado, eram forçados a ficar por perto, atados à existência subterrânea para sempre.

O estranho passou correndo pelas criaturas e seguiu para o pódio de pedra que ficava no centro da clareira. Ao abrir caminho por entre a multidão de monstros, viu zumbis de todos os tamanhos e idades, grandes, pequenos, jovens e velhos. Também avistou homens-porcos zumbis e um ou outro blaze, que provavelmente tinham vindo do Nether usando os portais secretos. Quando alcançou os degraus que levavam ao topo da plataforma, soltou outro uivo gutural abrasivo. Isso chamou a atenção de todos.

Subiu os degraus bem devagar. Havia outro zumbi no palco, uma criatura forte e musculosa; provavelmente o líder daquela comunidade... mas não por muito tempo. O estranho foi até o zumbi e o encarou com olhos brilhantes.

— Como você se chama? — indagou o estranho sombrio.

— Este zumbi se chama Va-Lok — respondeu a criatura numa voz rouca e animalesca, apontando para si mesmo com um dedo verde atarracado. — Va-Lok é o líder desta cidade.

— Não é mais.

O estranho atacou o zumbi com uma tempestade de socos, despejando ferimentos sobre a criatura. Ela tentou reagir, mas o atacante era capaz de desaparecer bem quando as garras do zumbi estavam prestes a tocar sua pele. O estranho então reapareceria atrás de Va-Lok e atacaria suas costas expostas, levando-o à beira da morte. Isso durou apenas um minuto; o estranho atacava, desaparecia, reaparecia, atacava de novo... repetidas vezes. Va-Lok não teve chance. Quando restava apenas um traço de vida, o estranho empurrou o zumbi para fora do palco, fazendo com que caísse no chão. Com o forte impacto, o dano da queda apagou seu último resquício vital. A criatura desapareceu, deixando para trás pedaços de carne podre e três bolas brilhantes de EXP. Elas flutuaram para aqueles mais próximos da vítima.

Todos os olhos se voltaram para o estranho.

— Derrotei seu líder em combate e agora reivindico esta cidade como minha. Isto foi feito como sempre se fez, o forte eliminando o fraco, como está escrito em suas leis. Vocês todos são meus súditos e me obedecerão.

— Que ordens são dadas aos zumbis desta cidade? — perguntou um dos zumbis mais próximos.

— Qual é o seu nome?

— Este zumbi se chama Ta-Zin — respondeu e deu um passo à frente, com uma expressão de medo e incerteza no rosto apodrecido.

— Ta-Zin, você agora é um dos meus generais. Você vai liderar esta cidade em batalha — anunciou o estranho numa voz alta que ecoou nas paredes da câmara, fazendo soar como se houvesse cem dele. —

Vocês vão atacar os habitantes da Superfície e não vão parar até que o Usuário-que-não-é-um-usuário esteja de joelhos aos meus pés. — O ser parou para deixar a ordem ser compreendida, depois continuou: — A primeira guerra que deveria nos libertar fracassou. Os líderes idiotas, Érebo e Malacoda, me decepcionaram, e a punição deles foi a morte. Agora vou liderar a Batalha Final e mostrar aos patéticos NPCs do Mundo da Superfície o que é o medo de verdade.

Os zumbis começaram a murmurar uns para os outros, as cabeças apodrecidas balançando em aprovação enquanto sorrisos dentuços surgiam em seus rostos quadrados.

— Vamos atacar os aldeões até que o Usuário-que-não-é-um-usuário venha até mim e se ajoelhe, implorando pelas vidas daqueles NPCs patéticos. E, quando ele estiver quase morto, quando o último traço de vida estiver prestes a evaporar, a coragem dele vai ceder, e esse tal de Gameknight999 vai tomar o Portal da Luz de volta ao mundo físico para escapar da morte. Nesse momento eu entrarei no Portal com ele até o mundo físico, onde estarei livre para provocar o caos e punir a humanidade por me prender dentro de *Minecraft*. Então, e apenas então, eu poderei libertar os monstros da noite.

Os zumbis gritaram uma comemoração gutural que soou mais como um grunhido que como uma exclamação, mas depois se calaram quando Ta-Zin deu um passo à frente. O zumbi se virou para encarar a multidão de monstros atrás de si, atraindo todos os frios olhos mortos, depois encarou o estranho.

— Este zumbi está confuso. Dá para notar pelas roupas que o líder diante de Vila Zumbi é um artífice de sombras, um dos antigos que pode mudar aqueles que vivem nas sombras, melhorar as criaturas da noite, mas...

O estranho se teleportou para o lado do zumbi e o castigou com socos, os punhos como um borrão, reduzindo a vida do monstro a quase zero, mas deteve o ataque bem quando Ta-Zin caiu de joelhos.

— Eu não sou *um* artífice de sombras, eu sou *O* artífice de sombras — afirmou o estranho, cheio de raiva na voz. — Eu *criei* os artífices de sombras, e sou o soberano de todas as criaturas de *Minecraft*.

— Ta-Zin pede perdão — respondeu o zumbi com voz forçada. — Como devem os zumbis se referir ao seu novo líder? — Os zumbis bem sabiam que todos os não monstros eram batizados de acordo com sua tarefa, seu propósito dentro de *Minecraft*. Um artífice de sombras que melhorasse zumbis seria chamado de Zumbibrine, outro que criasse creepers era conhecido como Creeperbrine. — O que nosso líder cria?

— Eu sou o artesão de criaturas como o fracassado Érebo e o fanático Malacoda. Crio os líderes dos exércitos e soberanos das trevas. EU CRIO HERÓIS DO MAL! — A voz do ser ecoou nas paredes da câmara como um martelo contra um gongo. — Agora vão em frente e destruam, e digam aos NPCs que eles sofrerão até que o covarde Usuário-que-não-é-um-usuário decida me enfrentar!

— Mas qual é o nome do líder? — indagou um zumbi na multidão. — Como deve ser chamado o líder da Vila Zumbi?

— Meu nome... vocês querem saber meu nome?

Ta-Zin assentiu com a cabeça verde doentia. O estranho se inclinou para a frente, bem próximo, e sua voz se tornou um sussurro de arrepiar a espinha:

— Podem me chamar como as lendas me nomeiam... Eu sou Herobrine.

CAPÍTULO 2
NOVOS COMEÇOS

Gameknight999 fez login em *Minecraft* como já fizera milhares de vezes antes. Estava jogando no porão, no poderoso computador do pai, aquele com gráficos avançados que faziam o jogo rodar bem rápido. Olhou para trás e viu as invenções do pai por todas as partes: a impressora 3D de alcaçuz, o lançador de marshmallow, o misturado de manteiga de amendoim de alta velocidade... Invenções de todos os tipos. Esse era o trabalho de seu pai: ser um inventor. Criava as coisas mais incomuns, depois viajava pelo país tentando vendê-las. A maioria dos produtos era um fracasso, nenhuma delas funcionava como o esperado, com uma exceção: o digitalizador. Gameknight tinha aprendido do jeito mais difícil que aquela invenção realmente funcionava melhor do que a expectativa, pois tinha digitalizado o menino e o arrastado para dentro do programa que estivera rodando no computador: *Minecraft*. Fora uma lição dolorosa que ele jamais repetiria.

Ele ainda se lembrava do terror inicial ao ser sugado para o jogo... aquela aranha gigante que teve que enfrentar... e os zumbis... e os creepers... e os... A lista de monstros parecia não ter fim. Gameknight não ligara o digitalizador de propósito; tinha sido um acidente. Só que aquele acidentezinho o tinha lançado numa aventura que mudou sua vida para sempre. Tinha aprendido muitas coisas em sua jornada por *Minecraft*, mas a mais espantosa de todas fora que as criaturas dentro do jogo estavam vivas... os NPCs e os animais... *e* os monstros...

Dois seres maléficos em particular tinham feito de tudo para aterrorizar Gameknight999 e ameaçar todas as vidas dentro de *Minecraft*: Érebo, o rei dos endermen, e Malacoda, rei do Nether. Ambos tinham a missão de destruir *Minecraft*, e para isso precisavam destruir a Fonte, de onde vinha todo o software necessário para que os servidores de *Minecraft* funcionassem. Se eles destruíssem a Fonte, poderiam escapar para o mundo físico. Só que Gameknight999, com a ajuda de seus amigos e um exército de NPCs e usuários, detiveram Érebo e Malacoda, e salvaram todos. Tinha sido uma grande experiência que ensinara ao menino muito sobre si mesmo, mas também mudara para sempre a forma como ele via o jogo. Uma vez lá dentro, aquilo não era mais apenas um jogo para Gameknight999. Era muito mais.

Olhou para trás e viu o digitalizador ali em meio à bagunça do porão, a geringonça com forma de arma apontada para a parede. Estava apenas parada ali, desligada, com seus tubos escurecidos e tenebrosos. O aparelho provocava arrepios no menino só de olhar. Porém, agora, algumas semanas depois de ter escapado do jogo e milagrosamente ter permanecido vivo, ele finalmente teve a coragem de descer ao porão e jogar seu jogo favorito mais uma vez: *Minecraft*.

Virou-se de volta ao grande monitor de 1080p e viu que o personagem tinha se materializado na área normal logo diante do esconderijo que construíra quando foi sugado para dentro do jogo pelo digitalizador. Olhou para cima e não conseguiu ver o filamento que conectava seu avatar aos servidores de *Minecraft* (e à Fonte), mas Gameknight sabia que estava lá. Era assim que os NPCs distinguiam um usuário de um personagem do jogo: o filamento de servidor que se estendia para o céu como um feixe prateado de luz. Eles também viam as letras do nome do usuário flutuando acima da cabeça dele. Quando fora puxado para dentro de *Minecraft*, ele se parecera com um usuário, com o nome acima da cabeça, mas o brilhante filamento de servidor estava ausente. Ele era um usuário, só que sem a conexão com os servidores... ele também não era um usuário. Os NPCs o chamaram de Usuário-que-não-é-um-usuário, aquele que salvaria *Minecraft* de acordo com as profecias, e ele tinha assumido o título com orgulho.

Agora seu personagem contemplava a paisagem. Gameknight via a alta projeção rochosa que se estendia sobre o vale, com uma elevada queda-d'água que mergulhava numa câmara subterrânea. Era o lugar onde fora atacado pela aranha gigante. A queda d'água salvara sua vida naquele dia. O menino ainda se lembrava de cada detalhe da criatura aterrorizante: os pelinhos por todo o corpo que pareciam se mover por conta própria; aquelas maldosas garras negras na ponta de cada pata; a profusão de olhos que ardiam com um ódio insaciável. A memória lhe provocou um leve arrepio, mas Gameknight sabia que agora era diferente. Daquela vez, ele estivera dentro do jogo, *dentro* do jogo *mesmo*. Só que, agora, estava apenas jogando; um usuário normal dando uma volta em *Minecraft*. Seu personagem poderia sofrer danos, poderia até morrer, e nada aconteceria com ele na vida real. Era só um jogo de computador inofensivo, e continuaria assim. Além disso, não havia nada neste mundo que pudesse fazer Gameknight usar o Portal da Luz (o digitalizador do pai) para voltar a *Minecraft*; nunca mais.

Voltando a atenção à tela, Gameknight999 fez o personagem sair do vale em direção à vila que ele sabia existir além do horizonte. Saiu correndo pelo mundo, passando por outra montanha com uma projeção rochosa semelhante. Esta tinha longas colunas de pedra penduradas da projeção que pareciam presas gigantes de alguma monstruosidade cúbica ancestral. Lembrou-se daquela montanha de sua primeira vez no servidor, e de como ela o assustara na época. Se bem que tudo o assustava então.

Passou correndo pelo pico rochoso e disparou direto para a aldeia de Artífice. Algumas aranhas apareceram para desafiá-lo, mas Gameknight as deixou em paz. Ele sabia que, com sua armadura e sua espada encantadas, as aranhas não teriam a menor chance e, além disso... elas estavam vivas, e ele não queria lutar com elas, ou matá-las, se não fosse necessário.

Essa foi uma das coisas que aprendeu depois de ser sugado para dentro do jogo pelo digitalizador do pai; as criaturas ali estavam realmente vivas. Os aldeões, ou NPCs (de *non-playable characters* em inglês, ou personagens não jogáveis), tinham sonhos e esperanças para seus filhos e sentiam tristeza e desespero ao perder um ente querido. Todas as criaturas dentro dos reinos digitais sentiam dor e temiam a morte; eram inteligentes e sabiam que existiam, e agora Gameknight também levava esse conhecimento consigo.

Passou correndo pelas criaturas de oito patas, acenou para elas com a cabeça, reconhecendo sua presença mas contornando-as enquanto seguia em direção à aldeia. Depois de alguns minutos, viu a muralha de pedregulho que eles tinham construído em volta da cidade. Fora erguida para proteger os NPCs dos monstros do Mundo da Superfície, que eram liderados pelo rei dos endermen, Érebo.

Érebo tinha encabeçado o ataque contra *Minecraft* numa tentativa de alcançar a Fonte. Se tivessem sido bem-sucedidos, poderiam ter destruído a fonte e acabado com todas as vidas que habitavam *Minecraft*. A partir daí, teriam tomado o Portal de Luz para o mundo físico, onde espalhariam caos e destruição. Gameknight e seus amigos na vila adiante tinham conduzido a defesa de *Minecraft* e salvado a todos. E agora, felizmente, não havia mais batalhas, monstros querendo matá-lo ou exércitos se enfrentando. Havia apenas *Minecraft*... e era assim que ele preferia.

Ao se aproximar da aldeia, percebeu um NPC no topo de uma alta torre de pedra que se erguia sobre todas as construções. Era a guarita, e cada vila tinha uma. O NPC com a visão mais aguçada receberia a tarefa de vigiar em busca de monstros. Eles seriam chamados de Vigia, pois NPCs eram batizados de acordo com suas tarefas, como era o caso de Construtor, Corredor, Fazendeiro, Escavador... Gameknight sempre ficava feliz ao ver os Vigias em suas posições no alto das torres. Isso significava que as coisas estavam como deveriam. Só que, dessa vez, havia dois Vigias. Estranho.

— Abram os portões — gritou um dos Vigias.

Duas portas de ferro foram abertas quando Gameknight se aproximou, mas, quando se afastaram, ele achou ter visto profundos arranhões na superfície, como se quatro garras afiadíssimas tivessem riscado o frio metal. Olhou para cima e viu arqueiros patrulhando as ameias da muralha, cada um com seu arco na mão, flechas preparadas.

Por que haveria tantos arqueiros nas muralhas hoje?, perguntou-se Gameknight.

O jogador cruzou a ponte de madeira que atravessava o fosso protetor e foi até a praça central. Foi saudado por cada NPC que o via. Todos o conheciam, é claro; era o salvador de *Minecraft*: o Usuário-que-não--é-um-usuário.

No momento em que ele avançou aldeia adentro, dois jovens NPCs partiram para cima dele, com imensos sorrisos estampados nos rostos.

— Gameknight!!! — gritaram, enquanto corriam até o jogador.

Gameknight999 se ajoelhou e abriu os braços quando os dois mergulharam. Ergueu os dois meninos e os abraçou com força enquanto girava, as perninhas esticadas para fora como cadeiras de algum brinquedo de parque de diversões. As risadas deles preencheram o ar. O jogador parou de girar, pousou os meninos no chão e os soltou, para que saíssem correndo para alguma nova aventura infantil.

Eram Tampador e Enchedor, os filhos gêmeos de seu amigo NPC, Escavador. Tinha adotado Gameknight999 e feito dele parte da família depois que salvara *Minecraft*. Fora uma homenagem comovente, pois ele tinha causado a morte da mulher de Escavador, a mãe dos gêmeos, quando ainda era um troll egoísta. Antes de ficar sabendo do grande segredo de *Minecraft*, que os NPCs na verdade estavam vivos, Gameknight tinha feito coisas terríveis. Ao chegar a esta aldeia pela primeira vez, antes da guerra que assolara todos os servidores, antes de ter se tornado o Usuário-que-não-é-um-usuário, Gameknight a tinha vandalizado. Tinha quebrado as portas para deixar que os zumbis atacassem os aldeões e esburacado paredes para que os esqueletos pudessem disparar suas flechas contra os habitantes. Foi assim que a mulher do Escavador morreu. Depois da grande batalha que se abateu sobre aquela aldeia... depois que Gameknight ajudou a fortificar a aldeia com seu amigo, Shawny... depois que o menino salvou as vidas de incontáveis NPCs, Escavador o perdoou por seus crimes passados. Isso sempre o emocionara e fazia Gameknight999 se esforçar ainda mais para merecer tamanha bondade, e os gêmeos de Escavador, Tampador e Enchedor, sempre o relembravam do incrível valor dessa dádiva com seus abraços calorosos e risadas de alegria.

A única coisa que o entristecia agora era que não dava mais para sentir os abraços. Estava apenas jogando, olhando o monitor do computador, ouvindo as vozes dos amigos NPCs pelos fones de ouvido... era apenas um observador, não participava mais do mundo que observava. Sentia falta da sensação daqueles abraços, mas jamais voltaria ao jogo de verdade para se tornar o Usuário-que-não-é-um-usuário. Isso tinha quase lhe custado a vida, e fora a experiência mais aterrorizante por que passara. Não, ele tinha saudades do abraço caloroso dos gêmeos, mas o preço para sentir aqueles braços carinhosos era alto demais.

— Gameknight! — gritou outra voz jovem.

O jogador se virou na direção do som e viu uma menina correndo até ele. Tinha longos cabelos ruivos encaracolados, mas estes não esvoaçavam atrás dela enquanto corria, ficavam apenas grudados em seus ombros e costas como se fossem pintados em sua pele. Era Costureira.

Observando como usuário comum, as coisas em *Minecraft* pareciam ser muito achatadas e bidimensionais. Porém, quando ele estava *dentro* do jogo, podia ver os longos cachos vermelhos de Costureira fluindo por seus ombros, balançando como molas escarlates quando ela corria. Havia tantos detalhes maravilhosos no mundo de *Minecraft* que os usuários normais simplesmente não veriam, detalhes que faziam todas as criaturas parecerem diferentes e únicas e que provavam que os NPCs, animais e monstros dentro do jogo realmente estavam vivos!

Ela atravessou a praça correndo e se atirou sobre Gameknight, largando o arco e flecha enquanto voava no ar. O jogador a pegou com facilidade, mas o impulso da menina o derrubou no chão, rindo.

— Você cresceu desde a última vez que a gente se viu — afirmou Gameknight enquanto se levantava.

— Faz um tempão que você não aparece — respondeu ela.

— Só umas duas semanas — disse Gameknight. Ele teve que dar um tempo depois da terrível aventura.

Costureira o encarou e franziu a testa como se o amigo estivesse mentindo. Então Gameknight se lembrou que o tempo passava mais rápido em *Minecraft* que no mundo físico; um dia lá equivalia a apenas vinte minutos aqui fora.

— É, acho que foi bem mais que isso — admitiu ele. — Desculpe, eu deveria ter voltado antes.

— Tem razão, deveria mesmo — retrucou Costureira, e depois o socou no braço. — Da próxima vez, vou dar um soco mais forte se você esperar tanto tempo para vir nos visitar. Nós somos sua família em *Minecraft*, e não se esqueça disso!

— Desculpe — disse ele humildemente.

Uma risada soou atrás dele. Gameknight girou e viu Caçadora se aproximando. Era a irmã mais velha de Costureira. Como sempre, trazia o arco encantado na mão, com uma flecha preparada.

— Será verdade que acabei de ver minha irmãzinha te dando uma surra e botando você no seu lugar? — perguntou.

— É, algo assim — admitiu Gameknight.

Caçadora riu ainda mais alto. Ela também parecia ter crescido. Seu cabelo ruivo estava mais longo, chegando até o meio das costas, só que pintado achatado em seu corpo. Isso tirava um pouco da graça de sua aparência, como se ela fosse só mais uma na multidão em vez de única. Ela também parecia mais alta, agora tão alta quanto Gameknight. Tinha mudado muito, mas seus olhos castanhos escuros continuavam iguais. Ainda exibiam a fúria e raiva que ela sentia dos monstros que haviam matado seus pais e destruído sua aldeia. Gameknight percebeu que a sede de vingança ainda a preenchia, e isso o deixou triste, pois a vingança é um mestre faminto que consome tanto presa quanto predador. Sua mãe sempre dizia que a melhor vingança era viver uma vida completa, ser bem-sucedido e feliz. Só que Gameknight sabia que Caçadora não estava pronta para ouvir essas coisas... Ainda não.

— Bem, se você já terminou de levar surras da minha irmã, temos muito a conversar — explicou Caçadora. — Venha, vamos à câmara de criação.

Ela girou graciosamente sobre um dos pés e seguiu para o centro da aldeia, para a torre de pedra que se erguia como uma sentinela, vigiando os habitantes. Gameknight a seguiu, com Costureira ao seu lado.

Muitos comemoraram ao ver Gameknight passar; ele tinha salvado a vida de todos eles e era um herói. Não, uma lenda, uma lenda viva: o Usuário-que-não--é-um-usuário, aquele que impediu que os monstros de *Minecraft* destruíssem tudo e todos. Aldeões e mais aldeões gritaram seu nome e lhe deram tapinhas nas costas enquanto ele corria pela aldeia. Isso fez Gameknight se sentir bem consigo mesmo, algo com que não estava acostumado; como se ele fosse alguém importante, valioso e merecedor. Não se sentia exatamente assim em casa, e especialmente na escola. No ensino fundamental, Gameknight999 era só Tommy Feynman, o menino que tentava ser invisível, porque era assim que se evitava os bullies. Ele não se sentia importante, significante ou valioso, porque sentir-se assim, ou ser corajoso e se destacar, chamava a atenção dos valentões. Não, não era na escola que ele mostrava o melhor de si; era em *Minecraft*. E, agora que tinha amigos ali, podia enfim se sentir bem consigo mesmo.

Quando eles alcançaram a torre de pedregulhos, Caçadora abriu a porta e foi até o canto oposto do aposento. Gameknight deu uma olhada escada acima e viu arqueiros nos vários andares, cada um com uma flecha preparada, olhando pela janela como se esperasse algum tipo de ataque.

O que estava acontecendo ali?, pensou.

A NPC sacou a picareta de diamante e golpeou o bloco do canto, destruindo-o com três pancadas e expondo o túnel secreto que ficava escondido em cada torre; era a entrada da câmara de criação subterrânea que ficava embaixo de cada aldeia. Jogou o bloco de lado e desceu pelo túnel com facilidade. Costureira foi logo em seguida, a pequena silhueta desaparecendo de vista. Gameknight estava prestes a ir junto, mas antes deu uma olhada pela escada dos andares superiores. Os arqueiros pareciam ansiosos. *Por que estão tão nervosos?*

O cabelo vermelho de Costureira apareceu de repente no topo do túnel, os olhos castanhos espiando Gameknight999 com uma expressão confusa no rosto.

— Você vai descer também, ou vai ficar fazendo turismo por um tempo? — Ela sorriu.

— Tá, estou indo.

Ela desapareceu no túnel escuro, e Gameknight desceu para a escadinha vertical. Deslizou por alguns degraus e parou para olhar a abertura brilhante. Perguntas trovejavam em sua mente como uma tempestade.

Tem alguma coisa acontecendo... Alguma coisa inesperada. Não gosto do inesperado.

Com um arrepio causado pela sensação familiar de que alguma coisa ruim iria acontecer, Gameknight deslizou pela escada para as profundezas sombrias de *Minecraft*.

CAPÍTULO 3
A MENOR ONDULAÇÃO

Enquanto Gameknight escorregava até o fim da escada, perguntas ricocheteavam em sua mente.

O que está acontecendo? Por que todos parecem ansiosos? Por que há tantos guerreiros nas muralhas? As perguntas irrompiam em sua mente como relâmpagos, cada uma faiscando mais forte que a última por sua paisagem mental. Vez ou outra, teve que parar para considerar algumas ideias: estava tão concentrado nos questionamentos que achou que poderia cair da escada.

Quando finalmente chegou ao fim do poço, deparou-se com Caçadora e Costureira esperando impacientes por ele. Caçadora parecia agitada.

— Por que demorou tanto? — indagou.

— Ahh... Eu estava só pensando — respondeu Gameknight. — Tipo... qual é a desse monte de arqueiros? Tem dois Vigias e uma porção de arqueiros na torre. E eu percebi uma penca de soldados nas muralhas. Parece que vocês estão se preparando para um ataque. O que está acontecendo?

— Você tem que falar disso com Artífice — afirmou Caçadora. — Só sei que a guerra ainda não acabou, e o problema dos zumbis ainda precisa ser resolvido.

— O problema dos zumbis? — repetiu Gameknight.

— É, você sabe... eles precisam ser resolvidos... se você entende o que eu quero dizer.

— Por quê? Eles atacaram a aldeia?

— Já atacaram antes e vão atacar outra vez! — exclamou Caçadora. — E nós temos que nos livrar deles antes que isso aconteça. — Caçadora fez uma pausa para respirar e se virou para a irmã. — Os monstros destruíram nossa aldeia, sequestraram você, mataram nossos pais e todos os nossos amigos. Eles destruíram tudo. Não podemos nunca confiar em zumbis!

Fez outra pausa, e Gameknight viu a dor em seu rosto aumentar conforme ela revivia a devastação de sua aldeia. Os olhos ficaram cada vez mais furiosos com as memórias que repassavam em sua mente.

— Eles são monstros e nós somos NPCs — rosnou Caçadora. — Nunca vai haver paz entre as nossas raças, e a única maneira de acabar com esta guerra é quando um de nós for completamente eliminado, e eu voto que sejam eles e não nós. Alguma objeção?

Ninguém disse nada. Deixaram apenas a raiva de Caçadora se dissipar lentamente.

— Não vi nenhum zumbi por aí — comentou Gameknight. — Tem certeza que eles vêm atacar a aldeia?

— É claro que eles estão vindo! — retrucou Caçadora. — É isso que os zumbis fazem, eles atacam, depois atacam de novo e de novo. É a única coisa que sabem fazer, além de gemer e grunhir.

— Mas eu pensei que a guerra tivesse acabado — apontou Gameknight. — Derrotamos Malacoda e Érebo e salvamos a Fonte. Achei que as batalhas teriam terminado.

— Não sei se vão terminar algum dia — acrescentou Caçadora. — Nosso histórico com os monstros de *Minecraft* é baseado na luta. Quando nossas mãos estavam unidas, antes que você as tivesse libertado, éramos apenas vítimas esperando o bote. Agora, os NPCs se recusam a continuar sendo vítimas.

— Só que assim parece que nunca vai haver paz — observou Gameknight.

— É mesmo — concordou Costureira. — Talvez a gente devesse resolver nossos problemas conversando, e não lutando.

Gameknight considerou a última declaração de Costureira, mas não disse nada. Não sabia como seria possível algum dia entrar em um acordo de paz com os zumbis... mas talvez ela tivesse razão. Talvez fosse melhor tentar.

Eles atravessaram em silêncio o túnel iluminado por tochas. Gameknight recordou quantas batalhas tiveram em túneis como aquele enquanto se deslocaram pelo servidor, mantendo-se apenas alguns passos à frente do exército de monstros do Nether de Malacoda. Espiou as profundezas do corredor sombrio, e meio que esperou ver garras de zumbi tentando atacá-lo a qualquer momento. Só que ele sabia, bem no fundo, que aquela passagem era segura, e que aqueles dias de luta constante e medo avassalador tinham ficado para trás.

Em minutos, chegaram ao fim do túnel e entraram na larga câmara circular onde ele encontrara Artífice pela primeira vez. Estava vazia, exceto por uma mesa de madeira e uma cadeira no centro. Do lado oposto do salão, Gameknight viu duas portas de metal, com tochas posicionadas acima: a entrada da câmara de criação. Caçadora foi até as portas e bateu com o punho cúbico. Segundos depois, um rosto blindado espiou pela janelinha. O guarda encarou cada um deles, depois deu uma olhada no resto da câmara, se assegurando de que não havia ameaças. Satisfeito de que estava tudo seguro, apertou o botão do lado de dentro, fazendo as portas se abrirem.

Por que eles estão sendo tão cautelosos?, pensou Gameknight. *O que é que provoca tanto medo neles?*

O trio entrou na câmara de criação, e seus ouvidos foram imediatamente agredidos pela cacofonia de martelos retinindo no metal, carrinhos de mina matraqueando pelos trilhos e trinta NPCs produzindo as ferramentas da guerra. Gameknight ficou chocado com a atividade. Não tinha visto uma câmara de criação tão agitada desde que se preparavam para a guerra que salvou *Minecraft*.

Gameknight desceu os degraus que levavam até o piso da câmara e viu seu melhor amigo em *Minecraft*, Artífice, no meio do turbilhão. Ia de uma bancada de trabalho a outra, comentando a afiação de uma espada ou as plumas de uma flecha.

— ARTÍFICE! — gritou Caçadora, mais alto que a barulheira.

O jovem rapaz se virou na direção do grito. Seus olhos azuis passaram por Caçadora, mas logo se cravaram em Gameknight. Ele sorriu e largou a flecha que inspecionava em um carrinho de mina próximo, depois correu até o pé da escadaria, com a bata negra esvoaçando enquanto ele abria caminho em meio ao labirinto de bancadas de trabalho. Saltou por sobre um carrinho que chegava, e aterrissou com graça bem diante do trio.

— Mas que entrada mais dramática — comentou Costureira com um sorriso maroto.

Artífice deu de ombros, passou por ela correndo e parou diante de Gameknight999.

— Olá, amigo, é bom te ver de novo — afirmou Artífice.

— É, acho que já faz um tempo, talvez algumas semanas — respondeu Gameknight.

— Algumas semanas? — Caçadora riu.

Então Gameknight olhou para Artífice e notou que o amigo estava alguns centímetros mais alto, com rosto e corpo mais maduros. Parecia que tinha envelhecido uns dois anos, em vez de duas semanas. O usuário jogara um pouco de *Minecraft* aqui e ali nesse período de tempo, mas tinha se mantido longe do servidor de Artífice. As memórias das aventuras passadas — batalhas com criaturas do Mundo da Superfície e os monstros do Nether — ainda estavam frescas em sua mente. Em vez de procurar por aventuras em reinos digitais, ele passara um tempo fazendo experiências com mods, sendo o mais recente sua maior criação.

— Ahhh... Desculpa eu ter passado tanto tempo longe — gaguejou Gameknight, sentindo-se mal pela ausência. — Mas agora estou de volta.

— Bem, você é muito bem-vindo, Gameknight999 — respondeu Artífice, colocando a mão cúbica no ombro do amigo.

— O que está acontecendo por aqui, Artífice? — perguntou Gameknight. — Vi todos aqueles soldados na muralha da vila, e os Vigias extras na torre. Isso pareceu meio estranho, mas aí eu chego aqui embaixo e encontro todos vocês produzindo espadas e armaduras. Caçadora está pronta para ir à guerra agora mesmo. O que está acontecendo?

Artífice olhou para Caçadora e Costureira, depois apontou o salão circular no topo da escada.

— Deveríamos conversar lá em cima — afirmou o menino numa voz cautelosa, e começou a subir os degraus.

As irmãs assentiram e foram também, com Gameknight no encalço, confuso. Chegaram ao topo da escada e entraram no salão revestido de pedregulho, fechando a porta atrás de si.

— Qual é a razão de tanto segredo? — perguntou Gameknight.

— Tem alguma coisa acontecendo com os zumbis — respondeu Artífice.

— Como assim, "tem alguma coisa acontecendo com os zumbis"? Você quer dizer que eles estão doentes ou coisa assim?

— Doentes? — repetiu Caçadora, com uma expressão irritada no rosto. — Você é tão idiota.

— Caçadora... seja legal — ralhou Costureira, dando um tapa no braço da irmã.

— Não, não estão doentes — explicou Artífice. — Achamos que eles estão aprontando alguma. Os artífices em todos os outros servidores falam de ataques de zumbis... muitos deles. Só que, mais importante que isso, eles estão infectando os aldeões sempre que possível.

— Por que fariam isso? — perguntou Gameknight enquanto ia para o centro do salão, se afastando do barulho que vazava pelas portas de ferro. Os outros o seguiram.

— Não sabemos direito. Só sabemos que estão ficando mais violentos. E, o mais preocupante de tudo, eles estão se comportando como se alguém os organizasse. É como se houvesse um líder entre eles.

— Por que isso é tão surpreendente? — perguntou Gameknight. — Por que não poderia haver um líder zumbi?

— Vilas Zumbis nunca se deram bem umas com as outras — explicou Caçadora enquanto andava pela sala. Sem perceber, sacou o arco encantado, e a arma tremeluzente lançou poças de luz safira nas paredes cinzentas de pedra. — Eles sempre lutam uns contra os outros como animais, nunca cooperando ou agindo como uma comunidade.

— Até agora — acrescentou Artífice. — Alguém os botou para trabalharem juntos, e eles estão ficando cada vez mais violentos. Esse tipo de comportamento não acontece desde a Grande Invasão Zumbi de cem anos atrás.

— Grande Invasão Zumbi? — repetiu Gameknight, lembrando alguma coisa sobre isso... um livro, ele tinha visto um livro na biblioteca da fortaleza logo antes de o exército deles ter viajado para o Fim.

— Sim, houve uma grande invasão de zumbis há muito tempo, que custou muitas vidas. Meu trisavô, Ferreiro, liderou as forças que detiveram a invasão. Mas isso foi muito tempo atrás, em uma época diferente. É perturbador que estejamos vendo os zumbis se comportando do mesmo jeito.

— Eles são como um bando de animais selvagens e deveriam ser exilados em algum lugar onde não possam criar problemas para gente de bem como nós — afirmou Caçadora, com um tom venenoso. — Não queremos que eles façam a mais pessoas o que fizeram com a minha família... com a minha aldeia.

Ela ainda não tinha superado a destruição de sua aldeia e a morte dos pais pelas mãos de Malacoda, o rei do Nether. O ghast aterrorizante tinha liderado um exército de monstros do Nether numa campanha que devastou o servidor onde ela morava e destruiu muitas vidas, incluindo as dos pais dela. Caçadora e sua irmã Costureira eram tudo que restava da aldeia; todos os outros estavam mortos ou Perdidos.

— Caçadora, temos que tomar cuidado. Antes de chegarmos a conclusões precipitadas, precisamos de mais informações — advertiu Costureira.

Caçadora rosnou, girou e saiu batendo pé até o lado oposto da câmara, ficando de cara para a parede. Seu corpo inteiro estava tenso, músculos contraídos como molas comprimidas, prontas para irromper.

— O que vocês vão fazer? — indagou Gameknight.

— O Conselho dos Artífices vai se reunir esta noite para discutir... ahh... problemas em *Minecraft*.

— Conselho de Artífices? O que é isso?

— Os artífices podem se comunicar quando estamos nos limites de *Minecraft*, lá nas profundezas da rocha matriz ou no alto do limite de blocos, 256 blocos de altura — explicou Artífice. — Nesses lugares, podemos estender nossas mentes e ouvir os pensamentos uns dos outros. Esta noite, todos os artífices em *Minecraft* vão discutir a situação e decidir o que fazer.

— Mas talvez isso não seja nada — sugeriu Gameknight. — Pode ser uma série insignificante de eventos aleatórios, sabe, como a ondulação causada por uma pedrinha jogada num lago. As ondulações vão em todas as direções e se somam aos movimentos aleatórios da água. Talvez não seja nada.

— Meu tio-bisavô Entalhador uma vez me contou sobre uma onda gigantesca que desabou em sua vila litorânea quando ele era criança — contou Artífice enquanto se aproximava do amigo. Caçadora se virou e escutou, ainda agarrando o arco na mão quadrada.

— Como uma onda enorme poderia ter se formado em *Minecraft*? — perguntou Gameknight. — Ondas são provocadas pela lua... pela gravidade.

— Tio-bisavô Entalhador me disse que até as menores ondulações podem virar grandes ondas se o vento continuar empurrando. A menor, mais insignificante das coisas pode se tornar grande se alguma força a impulsionar adiante, e foi isso que aconteceu com aquela onda.

— E o que isso tem a ver com o assunto? — perguntou Caçadora, soando irritada, com o rosto carrancudo.

— Talvez o comportamento estranho dos zumbis seja a menor das ondulações, mas o líder deles pode ser o vento — explicou Artífice. — Com o passar do tempo, essa ondulação zumbi poderia crescer.

— E não queremos que eles se tornem uma grande onda — acrescentou Costureira.

— Exatamente — concordou Artífice.

— THOMAS... VEM JANTAR — gritou a mãe da porta do porão.

Gameknight se afastou do computador, tirou o fone de ouvido, olhou para os degraus do porão e suspirou.

— TÁ BEM, MÃE, TÔ INDO — gritou ele em resposta. Colocou o fone de volta e se aproximou do computador outra vez. Puxou o microfone para perto da boca e falou com os amigos. — Tenho que ir jantar, mas volto o mais rápido que puder.

— Quando você retornar, já saberemos o que os artífices decidiram — disse Artífice. — Temo que as coisas em *Minecraft* vão mudar com certeza.

CAPÍTULO 4
O VENTO

Herobrine se aproximou silenciosamente por trás do usuário, com os olhos brilhando intensamente. Quando chegou mais perto, a barra da bata negra tocou de leve as folhas de grama, queimando-as com a presença odiosa e vil que a vestimenta continha. O usuário se curvou sobre a bancada de trabalho, criando algum tipo de ferramenta de madeira ali em campo aberto... ignorando o terreno ao redor — que idiota. O artífice de sombras parou logo atrás dele, inclinou-se para a frente e escutou. Podia ouvir os sons da internet vazando pelo filamento de servidor que se estendiam da cabeça do usuário ao céu, conectando-o ao mundo exterior. Música se infiltrava pelo fio prateado, e também imagens de sites aos milhares, todos eles passando na mente do artífice de sombras como um show de slides.

Ele gemeu baixinho. A sensação de toda aquela liberdade logo além do alcance lhe causava dor e o enchia de fúria insaciável. Herobrine tinha lembranças tênues de quando esteve lá fora na internet, movendo-se de sistema em sistema com impunidade, só que agora estava preso dentro daqueles ridículos servidores de *Minecraft* e precisava sair. Seu plano de fuga tinha sido arruinado por Érebo, aquele enderman imbecil. Tudo o que ele precisava fazer era destruir a Fonte. Mas o enderman egoísta atrapalhara os planos ao subestimar Gameknight999. Herobrine não cometeria o mesmo erro. O caminho da salvação, a fuga daquele confinamento, era por meio do Usuário-que-não-é-um-usuário e o Portal de Luz; mas ele tinha que colocar o alvo na posição certa, no momento certo para que o plano funcionasse.

Herobrine chegou um pouquinho mais perto e escutou os sons da internet em sua mente, e o volume crescia conforme ele se aproximava. Era delicioso... Todas as possibilidades, todos os computadores e sistemas que ele poderia infectar pelo mundo, se ao menos conseguisse escapar daquela prisão. Então ele executaria sua vingança contra aqueles no mundo físico.

Ele riu.

De repente, o usuário se virou e ficou chocado ao ver Herobrine, com seus olhos brilhantes, logo atrás dele. Antes que o usuário pudesse reagir, a criatura sombria desapareceu na velocidade do pensamento e se materializou no fundo de uma fenda profunda. Ele pensou em voltar e matar o usuário, mas não queria chamar atenção para si... Ainda não. Além disso, não tinha uma espada decente ou qualquer peça de armadura.

Foi então que ouviu a risada esganiçada de um enderman. Virou-se e viu a criatura escura espreitando das sombras, a pele negra se misturando às paredes rochosas.

É exatamente disso que eu preciso, pensou.

Teleportou-se até o enderman e se materializou ao lado da fera magricela. Antes que a criatura pudesse reunir suas próprias partículas de teleporte ao redor de si, o artífice de sombras começou a bater nela, martelando com o punho sombrio. O enderman, confuso, virou-se para confrontar o atacante, mas Herobrine desapareceu e reapareceu atrás dele de novo. Acertou o monstro nas costas, depois no flanco, em seguida na cabeça, e reduziu lentamente a vida dele. O bicho tentou reagir, agitando os longos braços fininhos, mas Herobrine era rápido demais e evitava com facilidade os contra-ataques. Desaparecia e reaparecia, assim se movendo ao redor da fera, atacando com uma ferocidade que a criatura jamais vira antes. Quando sua vida estava quase zerada, o monstro condenado desabou no chão, sobrevivendo por um fio.

E foi então que Herobrine começou a criar. Ajoelhou-se ao lado do monstro, reuniu seus poderes de artífice e passou a esculpir a criatura de modo diferente, convertendo o código de computador em outra forma. Um brilho arroxeado envolveu o enderman quando ele tentou fugir, mas o artífice de sombras deteve o teleporte e concentrou as partículas roxas no artifício, usando aquela energia para seus próprios fins. O corpo do enderman encolheu devagar, ficando mais magro, e a criatura magricela se transformou numa coisa longa e pontuda.

O artífice de sombras desapareceu por um mero instante e voltou com o galho de uma árvore. Nas mãos dele, todas as folhas secaram e sumiram diante dos olhos, o verde virando cinzas. Herobrine chacoalhou o galho para derrubar a folhagem morta, colocou-o no chão ao lado do que restava do torso do enderman, e então voltou a criar. Gradualmente, o corpo sombrio e encolhido se fundiu com o galho de árvore até que não fosse possível distinguir onde o pedaço de madeira acabava e onde começava a carne de enderman. As mãos do ser de trevas eram um borrão, e, com elas, ele reformou a criatura na ferramenta de que precisava. O corpo do enderman foi ficando menor, mais estreito e mais pontudo, conforme o código que o definia era forçado a se tornar algo novo. E, com uma explosão de poder de criação, o artífice de sombras encerrou seu trabalho.

Herobrine se levantou e se afastou das sombras da parede até a luz do sol. Na mão direita, segurava uma espada pontuda negra como a meia-noite, com uma névoa de partículas roxas dançando por seu fio aguçado. Segurou o cabo de madeira com firmeza e golpeou o ar. A lâmina afiada como uma navalha assoviou com o movimento, deixando uma trilha de luz roxa em seu rastro.

Um gemido ecoou pela fenda. Herobrine se virou e viu um zumbi que se aproximava, mantendo o corpo apodrecido nas sombras para não irromper em chamas. O artífice avançou com rapidez até o monstro e atacou com toda a força. Com um só golpe, a espada ender extinguiu a vida da criatura, destruindo-a num instante, deixando para trás três esferas de XP. Herobrine recuou, afastando-se das esferas; não precisava delas. Ainda não.

— Eis uma espada digna de mim — afirmou o artífice de sombras, com os olhos faiscando de maldade. — Mas eu ainda preciso de armadura.

Guardou a espada no inventário e soltou um chamado esganiçado e gargalhante que soava tal qual um enderman. Imediatamente, quatro endermen apareceram diante dele, olhos dardejando ao redor, procurando ameaças.

— Obrigado por terem vindo tão rápido, meus amigos — saudou o artífice de sombras, numa voz calma e tranquilizante. — Preciso de vocês e aprecio sua colaboração.

Então ele sacou a espada ender e atacou os monstros sombrios, mais uma vez os levando à beira da destruição. Quando os quatro caíram, ofegantes e quase mortos, Herobrine começou a trabalhar mais uma vez, convertendo os segmentos de código digital em algo de que precisava desesperadamente.

— Obrigado mais uma vez por me oferecer sua força vital — disse Herobrine. — Vocês darão uma excelente armadura... armadura ender. Depois que eu a completar, será hora de preparar minha armadilha para o Usuário-que-não-é-um-usuário.

CAPÍTULO 5
FAMÍLIA

Para se preparar para o jantar, Tommy resolveu vestir uma camiseta limpa, pois a que ele usava tinha manchas de leite achocolatado (ele gostava de beber enquanto jogava *Minecraft*). Tirou a camiseta, jogou no cesto de roupa suja e escolheu outra no armário. Claro que pegou uma camiseta com estampa de *Minecraft*. Tinha pensado em encomendar uma camisa com "Gameknight999" escrito, mas no mundo físico ele não era o Usuário-que-não-é-um--usuário; no mundo físico ele era só Tommy Feynman, um garoto comum de 12 anos que só queria viver sua vida sem ser notado. Na escola, ele sempre tivera um alvo para bullies pintado nas costas, até recentemente. Depois de suas aventuras em *Minecraft*, Tommy andava um pouco mais ereto e se sentia mais confiante. Quando os valentões o confrontavam agora, ele apenas mudava a situação e reformulava o campo de batalha ao seu favor, o que na maioria das vezes significava que ele simplesmente ia embora.

Também começou a notar os padrões: os bullies ficavam de bobeira perto das latonas de lixo do refeitório; eram sempre os últimos a entrar nos ônibus e os últimos a chegar às aulas. Conhecer os padrões permitia que ele se organizasse de forma a reduzir a chance de um encontro. Fora algo que aprendera com suas aventuras em *Minecraft*: não seja uma vítima, analise a situação, mude o cenário e transforme-o numa vantagem a seu favor. Por esse motivo, a vida dele tinha melhorado.

Mas o mesmo não valia para a irmã dele.

Jenny estava sempre se metendo em algum tipo de confusão na escola. Ela amava artes, tanto que não chegava a notar as pessoas. As outras crianças a chamavam de Artista-Nerd, e ela não ligava. Tommy a admirava por sua coragem e autoconfiança, mas também queria às vezes que ela segurasse um pouco a onda, porque era sempre responsabilidade dele tirá-la das encrencas em que se metia. Afinal, era tarefa dele tomar conta da irmã. O pai sempre dizia que "família cuida da família, não importa o que acontecer". E isso significava que Tommy tinha que cuidar de Jenny na escola, mesmo que isso significasse atrair a fúria dos bullies da irmã para si.

Tommy vestiu a camiseta de creeper e fechou o armário. Porém, enquanto a porta se fechava, ele viu a caixa de papéis escondida no fundo. Eram as anotações que tinha feito sobre sua aventura em *Minecraft*. O menino começara a registrar tudo que acontecera, desde o Mundo da Superfície, passando pelo Nether e indo até o Fim e a Fonte. Tommy queria escrever a história inteira para não esquecer o que tinha vivido. Talvez até colocar num livro e se autopublicar na Amazon. Ouvira falar que tinha gente fazendo isso.

Talvez, se ele conseguisse vender o suficiente, alguma editora o notasse e se oferecesse para publicar os livros.

Não... isso é ridículo, pensou ele. *Isso nunca poderia acontecer.*

Porém, a coisa mais importante que tinha aprendido em suas aventuras em *Minecraft* com seu amigo NPC, Artífice, fora que o primeiro passo em direção à vitória era aceitar que o sucesso era possível. Uma vez que você acreditasse que era capaz de conseguir o que queria, bastava continuar tentando até chegar lá. Portanto, ele continuaria trabalhando naqueles livros até *ser* bem-sucedido.

— JANTAR... Venham, crianças — gritou a mãe, do primeiro andar.

Tommy empurrou as anotações para o fundo do armário e as cobriu com o casaco, depois fechou a porta e desceu correndo. Sentiu o cheiro de alguma coisa maravilhosa na mesa, mas o verdadeiro motivo para a empolgação que ele sentia era descobrir se seu pai estaria lá ou não.

O pai de Tommy tinha partido em outra de suas longas viagens de negócios, tentando vender suas invenções. Era comum que ele chegasse só na hora do jantar, isso se viesse para casa.

— Espero que ele esteja aqui — murmurou Tommy para si mesmo.

Desceu escorregando no corrimão, aterrissou de pé e correu para a sala de jantar. Ao entrar, ficou triste ao ver que o lugar do pai estava vazio, e o quarto prato estava conspicuamente ausente da mesa.

— Venha se sentar — chamou a mãe.

Tommy se sentou diante da irmã e fez cara feia para ela. Ainda estava bravo por causa do que tinha acontecido na escola mais cedo.

— Como foi na escola hoje? — perguntou a mãe enquanto servia uma travessa de bolo de carne com legumes.

Ótimo, pensou Tommy. *Vamos ver o que ela diz.*

— Foi tudo bem — respondeu Jenny.

— TUDO BEM?! — exclamou Tommy. — Ela meteu a gente em encrencas de novo, mamãe.

— Ah, tenho certeza de que não foi nada de mais — respondeu a mãe.

Jenny apenas sorriu.

— Foi sim, mãe — reclamou Tommy. — Ela quase me fez levar uma surra... de novo.

— Que história é essa? — indagou a mãe, enquanto colocava a travessa na mesa.

Jenny pegou a colher e se serviu de um monte de cenouras, depois pegou a fatia da ponta do bolo de carne. Eles sempre competiam pela ponta; era a parte mais crocante. Cutucou o pedaço de carne com o garfo e escutou o estalo... estava perfeito. Jenny sorriu e mostrou a língua para Tommy.

— Ela mandou o Snipes e o capanga dele, Brandon, deixarem outro menino em paz, e eles ficaram muito bravos.

— Já ouvi falar no Brandon... não gosto desse menino. Mas quem é Snipes? — perguntou a mãe.

— É o mais novo dos valentões — respondeu Tommy. — É um garoto novo que acabou de entrar na nossa escola. O pai dele veio para cá transferido pelo trabalho, ou coisa assim. Enfim, ele estava perturbando o Jimmy Maxwell, e a Jenny se meteu.

— Não podia deixar aquele menino perturbar o Jimmy — retrucou Jenny com boca cheia de cenouras. — Snipes tem o dobro do tamanho dele e estava acompanhado por todos os camaradas dele. Engraçado como os bullies sempre precisam dos amiguinhos por perto para atormentar uma pessoa sozinha.

— Mãe, ela não pode ficar fazendo isso. Toda vez que a Jenny abre a boca, ela se mete em alguma encrenca e eu que tenho que livrar a cara dela — reclamou Tommy. — Desta vez, eu tive que entrar na frente de Snipes e convencer ele a desistir de bater em nós dois.

— Tenho certeza de que ele não ia machucar vocês — disse a mãe, enquanto cortava uma fatia de bolo de carne e colocava no prato de Tommy.

O menino olhou para o prato e viu que a mãe tinha cortado bem no meio do ovo cozido de gema dura que ficava sempre no centro do bolo de carne que ela fazia. Tommy sorriu e mostrou a língua para a irmã enquanto espetava o ovo com o garfo e enfiava na boca.

— É claro que ia, mãe! — discordou Tommy com a boca cheia de ovo. — Você tá brincando?

— Não fale com a boca cheia, querido.

Tommy terminou de mastigar, engoliu e então continuou:

— Ele ia me dar uma supersurra, depois ia atrás da Jenny. Eu falei que ele não precisava fazer isso. Todo mundo sabia que ele era fortão, e bater em duas crianças menores não seria um desafio para alguém assim. — Fez uma pausa para dar um gole de leite achocolatado que a mãe tinha acabado de servir. — Ele me olhou de cima a baixo, e aí acho que concluiu que a gente não seria desafio e foi embora.

— Viu? Não aconteceu nada — acrescentou Jenny, com um imenso sorriso no rosto.

— Parece que tudo deu certo no fim — concordou a mãe.

— Só que, antes de ir embora, ele se inclinou para perto e sussurrou para mim. Falou: "Se a sua irmã se meter comigo de novo, vai ser dor de cabeça pra vocês dois." E aí ele fez um punho e socou a palma da outra mão. Parecia um martelo batendo em aço. Mãe, ele falou sério.

Tommy pegou a colher e se serviu de mais cenouras.

— Se a Jenny ficar metendo o nariz nos assuntos dos outros, ela vai acabar se machucando. Por que ela não pode ficar quieta?

— Eu sei que às vezes a Jenny não se contém, e que ela fala o que pensa sem se importar com as consequências — disse a mãe. — Só que isso é uma coisa boa. Se você vê uma coisa errada, tem que se manifestar e dizer algo. Ficar calado só ajuda os bullies a continuar fazendo o que eles fazem.

— Mas por que sou sempre eu que tenho que tirar ela dessas encrencas?

— Porque família sempre cuida da família... não importa o que acontecer — respondeu a mãe. — E, além disso, quando seu pai está fora, você é o...

— É, eu sei, eu sou o homem da casa e tenho que tomar conta da minha irmãzinha — respondeu Tommy, como se recitasse de memória. — Ouvi papai me dizer isso umas cem vezes, mas estou cansado de assumir o lugar dele aqui. Por que ele não pode ficar em casa, para variar?

— Você sabe por que, Tommy. Seu pai está viajando para vender suas invenções para nos sustentar. Ele trabalha duro criando todas as geringonças, mas elas não servem para muita coisa se ele não conseguir vendê-las. Então, quando ele está fora, todo mundo precisa ajudar, e isso significa vocês dois, também.

— Vou tentar, mamãe — respondeu Jenny. — Tommy, conte-me mais sobre seus amigos em *Minecraft*. Eu quero ouvir... quero ouvir.

Tommy suspirou e começou a descrever Artífice, seu melhor amigo em *Minecraft*. As perguntas dela tinham ficado mais insistentes na última semana; ela estava começando a se interessar de verdade pelo jogo e pelos personagens que ele conhecera. Sempre que tinha oportunidade, Jenny o interrogava sobre a série de eventos que tinha acontecido, começando por quando ele fora puxado para dentro do jogo pelo digitalizador do pai e terminando com a defesa da Fonte, quando o menino voltou ao mundo físico por meio do feixe. Ele não se incomodava em contar a ela sobre seus amigos digitais, na verdade gostava muito de falar deles. Os NPCs de *Minecraft* provavelmente eram os seus melhores amigos no mundo, mesmo que ele soubesse que isso soava esquisito. Sua mãe ficou confusa no começo, sem saber direito como interpretar as histórias de Tommy, mas ele piscou para que ela pensasse que estava só inventando tudo aquilo para divertir a irmãzinha, Jennifer, mesmo que fosse tudo verdade.

— Me conta sobre os monstros de novo — pediu Jenny.

— Bem, tinha Érebo, o rei dos endermen, e Malacoda, o rei do Nether — explicou Tommy. — Érebo era um enderman, alto e assustador, e Malacoda era um ghast enorme. Os dois eram muito aterrorizantes.

— E quanto a Herobrine? — indagou Jenny. — Você viu Herobrine quando estava no jogo?

Tommy soltou um suspiro exasperado.

— Jenny, não existe isso de Herobrine.

— Só que eu ouvi falar que ele é...

— Eu conheço todas as histórias... que ele é o fantasma do irmão morto de Notch... que ele se esgueira atrás dos jogadores por algum motivo... que ele muda as coisas que as outras pessoas constroem... que ele odeia árvores... eu já ouvi tudo.

O menino pegou uma fatia de pão e passou manteiga nela, depois dobrou ao meio e enfiou o pedaço todo na boca.

— Sabe — comentou a mãe —, você podia dar mordidas normais em vez de enfiar tudo na boca de uma vez.

Tommy ia responder... mas tinha pão demais na boca. Abriu um sorriso dentuço e cheio de pão para a mãe, e continuou depois de engolir.

— Eu ouvi até a teoria mais recente, de que ele é um vírus que infectou o jogo. Mas todas as imagens que eu vi pareciam ter sido alteradas, ou Herobrine está tão pequeno no fundo que você mal consegue enxergar. Não há nenhuma imagem boa dele, nenhum vídeo... nada.

— Mas se ele não é real — argumentou Jenny —, então por que os desenvolvedores de *Minecraft* negam a existência dele com tanta força? Parece até que estão tentando esconder alguma coisa importante. Como se fosse uma conspiração.

— Jenny, é só um tópico que eles usam para criar controvérsia para o jogo... Para manter as pessoas jogando. Essas polêmicas são sempre boas para as vendas.

— Bom, eu acho que ele é de verdade.

— Então é melhor tomar cuidado... Buuuuuuuuuuu. — Tommy fez uma cara assustadora e barulhos fantasmagóricos, depois colocou duas cenouras na boca como se fossem presas alaranjadas.

A irmã sorriu enquanto terminava de comer os próprios legumes.

Tommy se virou para a mãe e piscou o olho, sugerindo que era tudo uma história, depois deu uma olhada para a cadeira desocupada à cabeceira da mesa: a cadeira do pai. Estava vazia. Ele queria mostrar ao pai todas as coisas incríveis que tinha aprendido no jogo. Mas não podia... Não hoje, pelo menos. Talvez amanhã... Aquele era o mantra dele.

Eu queria que ele estivesse em casa, tô com saudades do meu pai, pensou Tommy.

Suspirou e devorou mais uma fatia de bolo de carne, pescando outro pedaço do ovo cozido de gema dura, depois acabou com os últimos pedaços de cenoura. Limpou a boca na manga, levantou-se, colocou o guardanapo limpo no prato e levou a louça para a cozinha. Por fim, seguiu para a porta do porão.

— Manhê, eu quero jogar *Minecraft* com o Tommy, mas ele nunca deixa — reclamou Jenny.

— Thomas, você tem que deixar sua irmã jogar também — determinou a mãe, com a voz ecoando pela casa como só a voz de uma mãe fazia.

— Mas é a vez dela de lavar a louça — protestou Tommy, sorrindo em seguida. Isso lhe daria tempo de voltar e falar com os amigos antes que ela terminasse.

— É verdade — admitiu a mãe. — Estou vendo aqui na lista de tarefas, é a vez dela.

— Mas mãããããe... — choramingou a menina.

Tommy sorriu. Ele sabia que tinha deixado a irmã numa cilada. Não havia escapatória das garras da lista de tarefas.

— Eu tô no porão! — gritou Tommy enquanto descia a escada de madeira.

CAPÍTULO 6
A NOVA ORDEM

Em segundos, ele estava logado em *Minecraft* de novo. Gameknight999 surgiu outra vez em seu esconderijo. Não tinha esperado isso. Era como se alguma coisa tivesse sido reinicializada no jogo. Estranho. Conferiu o inventário e seguiu para a vila de Artífice, ansioso para ouvir sobre o Conselho de Artífices. Enquanto corria pela paisagem, viu numerosas aranhas e creepers, mas também viu mais zumbis do que o esperado, e as criaturas apodrecidas se escondiam nas sombras das árvores ou em cantos escuros das cavernas que se abriam à superfície.

Isso o preocupava.

Por que haveria tantos zumbis ali à luz do dia? Normalmente, eles ficavam escondidos a esta hora, entocados onde quer que se entocassem, pois pegariam fogo imediatamente se a luz do sol tocasse suas peles. Porém, parecia que os zumbis estavam ficando mais corajosos, e isso era desconcertante.

Gameknight ignorou os monstros, manteve o curso e seguiu para a vila de Artífice. Enquanto corria, começou a ver a muralha exterior fortificada surgir acima das colinas suaves. A barricada de pedregulhos parecia forte ao longe, com blocos alternados no topo como dentes quadrados; proteção para os arqueiros que guardavam o perímetro. Gameknight se lembrava de quando tinham construído aquela muralha, durante a primeira batalha real contra Érebo, o rei dos endermen. As muralhas e as armadilhas que construíram dentro da aldeia tinham virado a maré de monstros que se abatia sobre a aldeia, e aplicou a primeira derrota aos monstros do Mundo da Superfície. Foi então que a guerra para salvar *Minecraft* começou para valer.

O jogador se lembrava de como os aldeões ficaram orgulhosos ao defender sua terra. Os NPCs tinham resistido bravamente, de armas na mão, e enfrentaram seus inimigos ancestrais, derrotando seus medos e se recusando a ceder. Isso teve um impacto duradouro sobre os aldeões. Ele ainda se lembrava do dia em que libertara as mãos dos aliados para que pudessem assumir a defesa de seu lar. Normalmente, os NPCs tinham as mãos unidas diante do peito, enfiadas nas mangas; mas Gameknight999, o Usuário-que-não-é-um-usuário, descobriu sem querer uma forma de libertar-lhes as mãos e deixar que pegassem em armas. Isso mudara as vidas deles e, quando a notícia se espalhou, todos os NPCs em todos os servidores de *Minecraft* libertaram suas mãos. Até hoje eles se mantinham altivos, fortes, destemidos de desafios porque sabiam que o sucesso *era* possível, que eles eram capazes de encarar um inimigo aterrorizante e derrotá-lo juntos. Porém, ao se aproximar da aldeia, Gameknight notou que as coisas pareciam diferentes. Via os guardas caminhando pela ameia, guardando o perímetro, mas não pareciam tão fortes e ameaçadores como ele recordava. E então percebeu o motivo — eles não tinham armas. E as mãos... não dava para ver suas mãos. Os braços estavam travados, cruzados de novo, as mãos escondidas nas mangas.

O que está acontecendo?, perguntou-se.

Os portões se abriram com a aproximação dele, um aldeão parado sobre a placa de pressão que lhe permitiria acesso. Gameknight parou na grande entrada de cascalho e viu aldeões perambulando, fazendo suas tarefas, mas nenhum dele usava as mãos; todas estavam escondidas nas mangas. Em vez de gritar o nome dele, os NPCs apenas paravam e o encaravam, alguns deles se curvando de leve. Dava para ver vários espiando o filamento de servidor que se estendia da cabeça dele. A fina torrente de luz branca disparava do corpo do jogador, mergulhando alto no céu, conectando Gameknight999 ao servidor... e à Fonte. Ele não era mais o Usuário-que-não-é-um-usuário, percebeu. Não, o filamento de servidor fazia dele apenas um jogador qualquer passeando por *Minecraft*. Só que, mesmo assim, todos aqueles NPCs o conheciam de vista, e muito bem. Agora, porém, o contemplavam como se fosse um estranho.

Aconteceu alguma coisa... mas o quê?

Gameknight se aproximou de um dos NPCs. Pelas roupas que vestia, era um padeiro, de bata castanha com uma larga faixa branca descendo pelo meio.

— O que está acontecendo? Tem alguma coisa errada? — indagou Gameknight.

Padeiro apenas o encarou de volta, com uma expressão triste no rosto quadrado, mas não disse nada. Gameknight se virou e viu uma criança correndo até ele, com mãos também ocultas, braços cruzados diante do peito. Era um dos filhos de Escavador, ele reconheceu imediatamente... Tampador.

Só que agora ele percebeu que havia alguma coisa definitivamente errada. Em vez de Tampador abraçar a cintura do jogador com seus bracinhos curtos, ele apenas parou ao lado do amigo, encostando a cabeça no estômago dele. Gameknight olhou para baixo e pousou a mão no ombro do menino, que por sua vez olhou para cima.

— Qual é o problema, Tampador? — perguntou Gameknight. — Por que ninguém fala comigo?

O menino continuou calado, apenas olhando seu herói, o Usuário-que-não-é-um-usuário. Este se ajoelhou e encarou Tampador bem nos olhos.

— Qual é o problema?

Tampador apenas o encarou de volta, com uma expressão incrivelmente triste no rosto. Então uma lágrima cúbica se formou no canto de um dos pequenos olhos castanhos quadrados. Escorreu pelo rosto, deixando para trás um rastro retangular de umidade. Um grunhido soou na praça. Gameknight notou a forma quadrada de Escavador se aproximando, e sua bata castanha e cinzenta balançava com a caminhada. Ele grunhiu mais alguma coisa na linguagem ancestral dos NPCs, depois gesticulou com a cabeça para a casa deles. Tampador olhou para Gameknight, depois correu para casa.

Escavador encarou o jogador, depois deu meia-volta e seguiu para o centro da aldeia. Parou por um momento, para se assegurar de que Gameknight o seguia. Grunhiu de novo, acenou com a cabeça para o jogador o seguir, depois disparou para o centro da aldeia. Gameknight suspirou enquanto observava Tampador desaparecer na casa deles, e então seguiu Escavador até o centro da aldeia, em direção à alta torre que se erguia sobre a vila.

Eu preciso descobrir o que está acontecendo, pensou Gameknight. *E, para isso, tenho que falar com Artífice. Mas será que ele vai falar comigo?*

Gameknight estremeceu quando eles entraram na torre de pedregulho que vigiava a aldeia. Escavador foi até o canto oposto do andar térreo e parou ao lado da entrada secreta que levava às câmaras de criação subterrâneas e à rede de carrinhos de mina. Gameknight pegou a picareta de diamante e golpeou com força, estilhaçando o bloco de pedregulho com três pancadas rápidas, deixando exposto o longo túnel. Encarou Escavador, suspirou, desceu para a escada e escorregou para as trevas.

CAPÍTULO 7
SUSSURROS NA ESCURIDÃO

Gameknight chegou ao fundo do poço e olhou de volta para cima. Escavador o fitava do alto, iluminado pelas tochas espalhadas nas paredes do andar térreo da torre. Por fim, a escuridão reinou quando Escavador colocou um bloco de pedregulho na abertura, selando o poço.

O jogador se virou e seguiu para a câmara circular, na esperança de encontrar seu amigo Artífice. Correu o mais rápido que pôde e alcançou a câmara em um minuto, com a cabeça cheia de perguntas. Porém, ao entrar no salão, estava vazio... Nada de Artífice. Gameknight suspirou e foi até as portas de ferro que guardavam a câmara de criação. Bateu à porta com a picareta de diamante e espiou pela janelinha. No mesmo instante viu toda a atividade cessar, quando aqueles que produziam itens para *Minecraft* pararam e meteram as mãos nas mangas. Um dos guardas couraçados que protegiam a porta se aproximou e olhou Gameknight pela janelinha, depois balançou a cabeça negativamente, com uma expressão triste no rosto.

Eles não vão me deixar entrar, pensou o jogador. *Isto é ridículo!*

Foi até a porta e usou a picareta de diamante para destruir os blocos de pedregulho que sustentavam a porta. Os blocos desmoronaram com facilidade sob o ataque, fazendo a porta cair para o chão também. O guarda apenas ficou ali parado, enquanto Gameknight entrava na câmara de criação. O jogador sabia que todos os guardas agora portavam espadas; tinham se tornado muito hábeis no manejo, mas nenhum deles ergueu a mão para detê-lo.

Gameknight contemplou a câmara e viu Artífice junto a alguns outros NPCs, e a pequena silhueta trajava a bata negra que se destacava dos outros NPCs, vestidos de cinza. Ele tinha um ar de importância que não combinava com seu tamanho. Era algo na expressão de seu rosto, os olhos azuis brilhantes tão cheios de anos de experiência e sabedoria, mesmo que o corpo contivesse apenas a menor porção desse tempo todo.

Artífice um dia fora um NPC idoso e grisalho; era provável que fosse o NPC mais velho de todos os servidores de *Minecraft*. Porém, durante aquela batalha terrível para salvar este servidor e deter os monstros do Mundo da Superfície, Artífice tinha sido morto. Felizmente, tinha absorvido XP suficiente para ressurgir no servidor seguinte, reaparecendo na atual forma de criança. Todos os NPCs percebiam pelos olhos de Artífice que ele não era uma criança, mas talvez o NPC mais sábio de *Minecraft*, e Gameknight tinha aprendido a não subestimar aquela sabedoria. Isso era importante porque, agora mesmo, ele precisava de respostas sobre o que estava acontecendo.

Gameknight desceu os degraus que levavam até o piso e passou correndo pelos NPCs, cujos olhos seguiam seu progresso. Todos sabiam aonde ele ia. O jogador saltou os últimos degraus, recebendo um pouco de dano da queda, e disparou direto para o amigo.

— Artífice, o que está acontecendo? Que negócio é esse com as mãos dos aldeões? Por que ninguém mais fala comigo?

Gameknight olhou bem fundo nos olhos do amigo e esperou por uma resposta... não recebeu nenhuma, apenas um olhar entristecido e um balançar de cabeça.

— O que está acontecendo?!

Artífice olhou em volta pela câmara, para todos os NPCs que observavam aquele encontro, depois olhou de volta para Gameknight e balançou a cabeça.

O olhar de Gameknight vasculhou a câmara e viu que todo mundo os observava, e então teve uma ideia. Puxou a picareta, foi até a parede da câmara de criação e começou a escavar. Perfurou diretamente a carne de *Minecraft*, abrindo um túnel de 2x2 blocos que atravessava a parede e seguia por mais uns dez blocos. Recolheu a pedra toda, que se transformou em pedregulhos no inventário dele, e voltou até Artífice. Puxou a pá e a usou para empurrar Artífice delicadamente até o túnel.

— Vai... Entra no túnel — comandou Gameknight.

Artífice olhou em volta para os outros NPCs, com um pedido de ajuda estampado no rosto.

— Não olhe para eles, eles não podem ajudar... Agora vá, entre no túnel.

Gameknight continuou empurrando o amigo com a pá. Sentia-se mal em fazer isso, mas sabia que era o único jeito de conseguir algumas respostas.

Com relutância, Artífice se permitiu ser empurrado para o túnel. Uma vez dentro do corredor, ele se virou e foi até o fim da passagem rochosa. Lá, aguardou Gameknight999.

O jogador pegou os blocos de pedregulho e começou a selar a passagem, preenchendo o túnel com três camadas do material para isolar os dois daqueles que aguardavam na câmara de criação. Depois sacou algumas tochas e as espalhou pelas paredes, enchendo a salinha improvisada de luz.

— Agora, fale — sussurrou Gameknight.

Artífice olhou em volta e foi até o ponto mais fundo do túnel, tão longe da câmara de criação quanto era possível. Gameknight parou ao seu lado e esperou.

— O Conselho de Artífices... eles tomaram uma decisão — explicou Artífice, numa voz baixa e sussurrada, quase inaudível.

— Uma decisão sobre o quê?! — perguntou Gameknight, falando mais alto conforme a frustração crescia.

Artífice encarou Gameknight com olhos assustados, depois olhou em volta.

— Desculpa — sussurrou Gameknight. — Sobre o que foi essa decisão?

— Têm acontecido problemas com os zumbis — continuou Artífice. — Eles andam atacando aldeias por todos os planos de servidores, infectando cada vez mais NPCs. É como se eles quisessem aumentar seu número por algum motivo.

— Você acha que é mais uma invasão zumbi, tipo aquela que você mencionou que aconteceu há tanto tempo?

— É nisso que muitos dos artífices acreditam. Todos esperam que não seja o caso, que tudo possa voltar ao normal.

— Mas o que é normal? — indagou Gameknight. — Tudo mudou desde a Batalha Final. Por que os zumbis atacariam todas as aldeias assim, sem provocação? Não faz sentido.

— Muitos pensam que o problema é que *Minecraft* foi alterado... por você.

— Por mim?

Artífice assentiu com a cabeça.

— Mas eu tentei salvar *Minecraft*!

— Eu sei, você mudou *Minecraft* para que pudéssemos salvar a nós mesmos. Todos sabem disso e todos estão gratos, só que muitos acreditam que agora as coisas deveriam voltar ao jeito como eram antes de Érebo e Malacoda.

— Voltar ao que eram...? Eu não entendo.

Artífice tirou as mãos das mangas e as ergueu no ar como se as mostrasse ao amigo. Depois as guardou de volta, cruzando os braços sobre o peito.

— Foi decidido pelo Conselho de Artífices que os NPCs não podem falar com usuários, que também não podem nos ver usando as mãos... como era antes...

— Antes do Usuário-que-não-é-um-usuário.

Artífice concordou com um aceno de cabeça e continuou:

—Foi decidido que os segredos de *Minecraft* devem ser escondidos de qualquer um que tenha um filamento de servidor.

—Você quer dizer que ninguém pode saber que vocês estão vivos.

Artífice fez que sim.

—E ninguém pode descobrir que vocês sabem usar as mãos.

Ele fez que sim de novo, agora com uma expressão de tristeza se espalhando pelo rosto quadrado.

—E vocês não podem falar com ninguém que tenha um...

Gameknight parou de falar quando seu cérebro registrou a conclusão do que ele estava dizendo, e depois olhou para o amigo enquanto uma dor maior do que qualquer coisa que já sentira em *Minecraft* se espalhava por seu corpo: a dor de amizades perdidas... e de amigos ausentes.

—Você quer dizer que nós não podemos...

Artífice fez que sim com a cabeça enquanto usava a manga para enxugar uma lágrima do rosto quadrado.

—Mas... nós somos... Tipo, eles não podem simplesmente...

—Foi decidido, está feito — declarou Artífice, com a voz cheia de emoção. — Qualquer um que for visto quebrando essas leis será expulso da vila e forçado a se tornar um dos Perdidos, um NPC sem aldeia.

—Será obrigado a vaguear por *Minecraft* até encontrar uma aldeia que o aceite... Só que nenhuma aldeia vai aceitar, né?

Artífice não respondeu, mas Gameknight sabia muito bem a resposta daquela pergunta.

— Então a punição para quem violar essa regra na verdade é a morte, não é? — perguntou Gameknight.

Artífice concordou de novo, depois olhou para o chão, envergonhado.

— Está feito. Quando nós deixarmos este túnel, não poderemos nos falar nunca mais.

As palavras atingiram Gameknight999 como uma espadada. Seus amigos... perdidos... aquilo não estava certo. Ele queria reclamar com alguém, gritar e berrar, mas não faria diferença. A decisão não mudaria. Aquele era o fim de *Minecraft* como Gameknight conhecia, e ele sentia como se tivesse sido apunhalado no coração.

— Começamos como estranhos nesta aldeia — disse Artífice, encarando Gameknight999. — E acabamos nos tornando melhores amigos. É triste que todas as coisas que começam tenham que terminar. Sentirei saudades profundas de nosso tempo juntos.

Gameknight olhou para o amigo e ficou cheio de raiva. Como isso poderia acontecer? Não era justo. Tateou em busca das peças do quebra-cabeça, buscando uma solução para aquele problema, mas não havia nada ali, nenhuma ideia brilhante, nenhum truque para contornar a situação... Só tristeza, uma incontrolável tristeza.

— Chegou a hora de você partir — afirmou Artífice em voz baixa, apontando a parede de pedregulho.

Gameknight pegou a picareta e atacou os blocos. Toda a sua raiva foi concentrada naquela parede, toda a sua fúria com a injustiça daquela situação, a estupidez daquela decisão... Todas as suas emoções focadas naqueles blocos de pedra. Em segundos, a picareta de diamante destroçou a parede como se fosse feita de papel, deixando pequenos cubos flutuantes que logo foram absorvidos para o seu inventário. Depois que o último bloco foi removido, Gameknight se virou para olhar o amigo pela última vez, depois deu meia-volta para partir. Porém, de repente, esbarrou em outro usuário.

— Oi, Tommy — disse uma voz de garotinha.

Gameknight deu uma olhada acima da cabeça da garota e viu o nome Monet113 flutuando no ar com letras brancas reluzentes.

Era a irmã dele.

— O que você está fazendo aqui? — indagou ele.

— Mamãe falou que eu podia usar o laptop para jogar *Minecraft* — explicou ela. — Então eu entrei no jogo e me teleportei até você. Esse aí atrás é Artífice? É igualzinho ao jeito que você descreveu.

Gameknight olhou sobre o ombro, para Artífice, depois se virou de volta para a irmã.

— É... esse é...

Monet passou correndo pelo irmão e parou bem diante de Artífice.

— Oi, Artífice, meu nome é Jenny, eu sou a irmã de Tommy e...

— Não use nossos nomes verdadeiros na internet...

— Ah, é... Desculpa. Meu nome é Monet113 e eu sou a irmã de Gameknight999. É um prazer conhecer você, Artífice.

O garoto de bata negra não disse nada, apenas olhou para a frente.

A menina contemplou Artífice por um minuto, depois se virou de volta ao irmão.

— Qual é o problema? — perguntou Monet113. — Por que ele não fala comigo?

— Ele não tem mais permissão de falar com usuários.

— Como assim?! — exclamou Monet, com a voz soando aguda no fone de Gameknight.

— Eles decidiram que as coisas... — ele fungou — que as coisas precisam voltar a ser como eram antes da guerra. Isso quer dizer nada de falar com usuários.

— Mas isso não é justo, tipo, eles podiam...

— Deixa isso quieto! — retrucou Gameknight.

A menina percebeu pelo tom do irmão que ele não estava de brincadeira. Monet recuou, saiu do túnel e ficou fora do caminho. Gameknight emergiu da passagem, sentindo todos os olhares da câmara. Via as expressões tristes e solidárias nos rostos de todos os NPCs, mas sabia que não havia nada que ninguém pudesse fazer. Aquilo era só *Minecraft*... a partir de agora... só mais um joguinho bobo de computador.

Parou por um momento e olhou para trás, para o amigo. Os grandes olhos azuis de Artífice o fitavam de volta, cheios de tristeza. Porém, parecia que o jovem NPC estava prestes a dizer alguma coisa.

De repente, uma das Vigias entrou correndo na câmara. Ela desceu os degraus em disparada e parou bem diante de Artífice, mas se virou para encarar Gameknight e Monet. Claramente, ela queria dizer algo, mas não tinha permissão, então ficou ali parada, nervosa.

— Venha, mana, vamos embora — disse Gameknight enquanto rumava para a saída da câmara de criação, com a irmãzinha a reboque.

Alcançaram a superfície em silêncio, mas, quando saíram da torre, encontraram a aldeia imersa no caos. Os aldeões corriam para todos os lados em pânico, com as mãos metidas nas mangas, os braços cruzados sobre o peito.

— O que está acontecendo? — perguntou Gameknight a um aldeão.

O NPC apenas balançou a cabeça.

O jogador se virou para outro NPC e o interrogou, recebendo a mesma resposta. Olhou em volta pela praça de cascalho até encontrar Escavador. Correu até o amigo, parou diante dele e fitou seus olhos.

— Escavador, o que está acontecendo?

Escavador olhou em volta e percebeu que havia muitos olhos nele. Virou-se para as muralhas e correu, guiando Gameknight até as escadas que levavam ao topo da barricada. Gameknight seguiu o NPC, ainda confuso. Os aldeões agiam como se estivessem aterrorizados, mas do que tinham medo?

Quando chegou ao topo da barricada, ele entendeu o medo. Nas colinas que cercavam a cidade havia um grande grupo de aranhas, com alguns creepers misturados.

O jogador sacou o arco encantado e disparou algumas flechas para medir a distância, depois fez pontaria nos creepers. Se conseguisse detoná-los, talvez isso destruísse algumas das aranhas também. Porém, notou que suas flechas eram as únicas que voavam.

— Por que vocês não estão disparando? — gritou para os outros arqueiros na muralha. — Atirem nos creepers.

Só que os aldeões ficaram ali parados encarando Gameknight. Alguns olharam nervosos para as aranhas que se aproximavam, mas nenhum deles sacou as armas, com as mãos ainda inutilmente unidas dentro das mangas.

— Vocês precisam lutar... AGORA!

Não houve resposta, apenas olhares assustados e entristecidos.

Então Artífice estava ao seu lado. Esbarrou de leve no jogador, fazendo Gameknight dar meia-volta. Notou que Artífice tinha uma placa nas mãos. Tinha alguma coisa escrita, mas não dava para ver direito até que ela foi plantada num bloco. A placa continha apenas quatro palavras, mas elas transmitiram uma mensagem poderosa que o esmagou como se ele estivesse num torno.

Você tem que ir!

Gameknight encarou a placa, depois Artífice. Entendeu a mensagem: eles não poderiam se defender enquanto um usuário estivesse ali. Os NPCs prefeririam deixar os monstros invadirem a aldeia a violar a lei decretada pelo Conselho dos Artífices.

Gameknight suspirou. Aquele era realmente o fim. Olhou para trás, viu a irmã e correu até ela.

— A gente tem que ir embora — anunciou ele.

— O quê? Mas, vai ter uma batalha... eu quero assistir.

— Se a gente ficar aqui, os aldeões não vão poder se defender e vão morrer. São criaturas vivas, não meras peças de um jogo para se brincar. — Olhou Artífice, ainda no topo da muralha, depois a irmã. — É hora de ir embora... Você primeiro.

— Ahhhhh... tudo bem — respondeu Monet, relutante.

A personagem dela ficou paralisada por um momento, depois desapareceu num clarão que pareceu se lançar ao alto conforme o filamento de servidor se retirou de volta ao céu. Gameknight então contemplou o amigo Artífice, acenou para ele por aquela que provavelmente seria a última vez, e se desconectou de *Minecraft*.

CAPÍTULO 8
A CRIAÇÃO DE XA-TUL

— Ele não está aqui — murmurou Herobrine para si enquanto saía da aldeia zumbi.

Tinha acabado de explicar à turba de zumbis qual seria sua nova tarefa: fazer os NPCs sofrerem até lhe entregarem o que ele queria — o Usuário-que-não-é-um-usuário. Não aceitaram a liderança dele de imediato. Uma pena, mas eles sempre recusavam... no começo. Isso forçava o ser sombrio a demonstrar a eficácia de sua nova espada ender em alguns dos anciãos zumbis. Porém, depois de uns dez ou 15 exemplos, a aldeia zumbi tornou-se bem razoável.

Ele deu uma risada. Zumbis, tão pateticamente fracos. Destrua alguns deles, e todos os outros entram na linha... Tão previsíveis.

Mas agora Herobrine precisava se deslocar para um novo servidor em busca de sua presa. Normalmente, bastaria concentrar seus próprios poderes de artífice de sombras e criar uma passagem que o levaria pela Fonte até um novo servidor, mas isso consumia muita energia e sempre o deixava com uma sensação imensa de fraqueza e vulnerabilidade. E não gostava de se sentir vulnerável, mesmo que não houvesse qualquer coisa nestes servidores com a menor chance de desafiá-lo... Bem, exceto pelo Usuário-que-não-é-um-usuário, mas não tinha sentido a presença dele em nenhum dos servidores desde a Batalha Final.

Ele vai voltar, pensou Herobrine. *O tal Gameknight999 não vai conseguir resistir.*

Enquanto saía do túnel escuro para a luz do sol, viu um usuário ao longe. O jogador construía algum tipo de geringonça de redstone, com pistões e placas de pressão.

Esses usuários não entendem o verdadeiro poder contido em Minecraft, pensou. *São tão idiotas quanto os NPCs.*

Concentrou seus poderes de artífice de sombras, criou uma passagem pela qual atravessou, materializando-se logo atrás do usuário. No mesmo instante, interceptou os sons da internet que vazavam pelo filamento de servidor. Imagens de gatinhos fazendo coisas fofas, conversas de telefone, transações financeiras, sinais de controle de máquinas, códigos de defesa sendo testados... Uma miríade de coisas se movia pela internet, todas de uma vez. Era delicioso... Toda aquela gente, todo aquele potencial, toda aquela liberdade... Tudo isso pouco além dos limites daqueles servidores ridículos. Ele tinha que escapar... Precisava encontrar o Usuário-que-não-é-um-usuário e fugir daquela prisão.

Quando eu invadir a internet, vou tomar conta de tudo e vou fazer os usuários sofrerem, pensou Herobrine. *Vou interromper suas comunicações, sa-*

botar seus sistemas de controle e atrapalhar suas vidas de todas as formas possíveis. Vou governar o mundo deles de dentro da sua própria criação, a internet. Foram burros o bastante para conectar tudo a ela. Até mesmo as máquinas militares estão nesta rede. Logo, vou terminar o que mandei Érebo, aquele pobre servo, começar. Mas, primeiro, preciso de um novo serviçal. Um novo herói para continuar a partir de onde Érebo e aquele idiota do Malacoda fracassaram.

Estendeu a mão para o alto e agarrou o filamento de servidor do usuário. Naquele instante, o usuário se virou para trás e ficou surpreso ao dar de cara com um artífice de sombras de olhos brilhantes atrás de si. Herobrine sacou a espada ender e a usou para cortar o filamento de servidor, assim desconectando o jogador do servidor. Naquele instante, o filamento foi recolhido de volta à Fonte, levando o artífice de sombras junto, permitindo que ele pulasse pela Fonte até um novo servidor sem consumir a própria energia.

Ao se materializar, Herobrine se sentiu empolgado. Não sabia direito se o truque ia funcionar, mas tinha dado perfeitamente certo. Tinha se movido do último servidor até o atual sem se sentir vulnerável. Fantástico!

E então ele sentiu uma ondulação distante no tecido de *Minecraft*. O artífice de sombras se ajoelhou, encostou a orelha contra a planície relvada e escutou. E ele ouviu! Havia o mais tênue dos ecos que ainda reverberava na música de *Minecraft*. Gameknight999 tinha passado por aquele servidor.

Finalmente, ele encontrou a trilha.

Olhou em volta e percebeu que tinha se materializado num bioma de Mega Taiga. Pinheiros elevados se erguiam bem alto no ar, tão altos que mal dava para ver o topo. Por perto, havia áreas de terra sem grama alguma, com pequenos cogumelos marrons brotando nas sombras. Blocos de pedra musguenta se acumulavam aqui e ali, destacados contra o marrom do piso da floresta. Faziam Herobrine se lembrar das maravilhosas masmorras que seus artífices de sombras gostavam de espalhar por aí para instigar os tolos usuários. Quando exploravam aquelas áreas, os jogadores nunca pensavam em levar consigo leite, o único antídoto para veneno de aranha das cavernas.

Herobrine riu, mas então se calou ao ouvir o uivo ululante de um lobo à esquerda na floresta. Outro respondeu em seguida à direita, depois mais outro e mais outro. Eles tinham sentido sua presença.

— Eu odeio lobos — murmurou Herobrine.

Eles sempre pareciam estar de olho nele, atacando imediatamente sempre que o encontravam. O artífice podia se defender facilmente contra uma matilha pequena ou média, especialmente agora que tinha a espada ender. Eram uma mera inconveniência, mas ele não queria distrações naquele momento. Havia coisas importantes a serem feitas.

Abriu outra porta, entrou e se materializou na entrada de uma caverna que se estendia pelas entranhas de *Minecraft*. Desceu por ela e seus túneis secundários em busca da aldeia de zumbis que ele sabia estar escondida ali perto. Os sons de outros monstros ecoavam pela caverna, os estalos das aranhas e o sibilar dos pés dos creepers. Mas esses seres eram espertos o bastante para se manter longe de Herobrine.

Aprofundou-se na rede de túneis e começou a sentir o cheiro de fumaça e cinzas: o cheiro do lar. Correu pela passagem rochosa e continuou descendo até alcançar o nível da lava... Lava maravilhosa, gloriosa. Seguiu adiante pela margem de um rio de lava por uns quarenta blocos até escutar o ruído que procurava, o barulho de água: uma cachoeira. Ao longe, viu uma torrente fluindo de um buraco na parede, uma coluna azul que caía na lava, formando pedregulho e obsidiana.

Aquele era o lugar.

Esquadrinhou as paredes e encontrou o que procurava, uma seção plana, com apenas um bloco de pedra se projetando. Saltou sobre o rio de lava e estendeu a mão para pressionar o bloco solitário, mas se deteve ao ouvir o som de gemidos de zumbis. Seus uivos tristonhos reverberavam no corredor com toda a infelicidade de sua espécie... para sempre banidos da luz do sol por suas transgressões passadas e agora relegados apenas às sombras, transformando o céu azul numa pálida lembrança.

Um grupo de seis zumbis se aproximava.

— Obrigado por terem vindo, amigos — disse Herobrine.

Os monstros pareceram confusos.

— Preciso da sua ajuda para criar meu novo servo, quer dizer, meu novo herói — explicou Herobrine, com um sorriso irônico no rosto. — E o seu sacrifício entrará para a história como o acontecimento que finalmente me permitiu escapar da minha prisão. Vocês deveriam estar orgulhosos.

Um dos zumbis olhou para os camaradas, depois se virou para Herobrine.

— O que esse artífice de sombras está falando? — grunhiu ele na sua voz gutural, quase animalesca.

— Vocês vão ver — respondeu Herobrine, sumindo e reaparecendo bem ao lado do grupo.

Sacou a espada ender e atacou os monstros indefesos, arrancando-lhes a vida com cortes dolorosos. Os monstros tombaram instantaneamente, cada um à beira da morte.

Herobrine guardou a espada, estendeu as mãos aos zumbis feridos e, concentrando todos os seus poderes de criação, começou a transformar o código de computador que governava as criaturas, empurrando as linhas de programação em novas direções. No mesmo instante, as mãos começaram a brilhar com um amarelo doentio, como a cor de uma flor moribunda, enquanto moldava as criaturas em algo novo. Herobrine contemplou seu trabalho e viu as linhas de software começarem a se fundir, um emaranhado de comandos informatizados se tecendo numa complexa tapeçaria de instruções digitais. Enquanto ele trabalhava, os corpos dos monstros passaram a se sobrepor e fluir uns nos outros, gradualmente se metamorfoseando numa nova criatura maior, mais alta e mais forte que seus antecessores. Quase no fim, Herobrine viu alguns blocos de ferro por perto e estendeu a mão para adicioná-los à sua obra. Esticou o ferro em longos fios de arame e teceu o metal em pequenos elos de cota de malha. Estendeu a malha sobre o corpo e a anexou à criatura com o poder de criação. Suas mãos agora quase incandesciam um branco forte. Foi então que infundiu seu próprio ódio incontrolável pelos NPCs do Mundo da Superfície e ao patético Gameknight999. Despejou cada gota de sua natureza vil e maligna sobre a criatura e encerrou o trabalho.

Enquanto a luz de suas mãos se apagava lentamente, o ser se levantou e recuou para admirar o produto de sua habilidade. A criatura jazia no chão, parecendo dormir. Com um forte chute nas costelas, Herobrine trouxe-a à consciência. O zumbi gigantesco se levantou, erguendo-se mais alto que Herobrine, com a pele apodrecida pendendo em abas, ossos expostos surgindo por sob as roupas esfarrapadas. Com cuidado, deu o primeiro passo à frente. A cota de malha que lhe cobria o corpo tilintou e retiniu ao balançar sobre a criatura assustadoramente colossal.

— Venha, meu filho, adiante-se e deixe-me ver você melhor — comandou Herobrine.

O monstro avançou para a luz do rio de lava. Era o maior zumbi que Herobrine já vira em *Minecraft*. Um zumbi normal chegaria apenas à altura do ombro daquela coisa. Seus braços eram grossos e musculosos, como dois perigosos canhões prestes a disparar, mas a parte mais maravilhosa da criatura eram as garras. Herobrine via as garras afiadas como navalhas nas mãos, cada uma parecendo mais uma adaga mortal, com pontas que reluziam à luz da lava. Aquelas garras cortariam ferro como se fosse manteiga. O Usuário-que-não-é-um-usuário não teria a menor chance.

Herobrine riu.

— Mestre — disse o monstro em sua voz rouca.

— Sim, meu filho — respondeu Herobrine.

— Mestre, qual é meu nome?

Herobrine pensou por um momento, depois pescou um nome da antiga história zumbi. Isso faria os artífices do Mundo da Superfície tremerem nas bases e desejarem que nunca tivessem resistido a ele.

— Eu lhe chamarei de Xa-Tul — anunciou Herobrine, abrindo um fantasmagórico sorriso cheio de dentes para a criatura. — Agora venha, temos muito o que fazer e muitas criaturas para destruir.

E então Herobrine soltou uma risada insana e maldosa que fez as paredes de madeira ao seu redor se encolherem de terror.

CAPÍTULO 9
MONET113

Na manhã seguinte, Jenny acordou cedo. Ela queria chegar antes que o irmão ao computador do porão: aquele era mais rápido e tinha os melhores gráficos. Além disso, jogar *Minecraft* no laptop não era a mesma coisa que jogar no computador do pai. Desceu a escada em disparada, dois degraus de cada vez, correu até a escrivaninha do canto e se sentou.

O irmão devia ter deixado *Minecraft* ligado na noite anterior, porque o jogo rodava na tela... mas estava diferente. Tommy andava se metendo a fazer os próprios mods ultimamente, e talvez tivesse testado até tarde na noite passada antes de ir para a cama. Ela não sabia e não dava a mínima. Jenny só queria entrar no jogo e falar com Artífice e todos os amigos de Gameknight. Ela sabia que eles não falariam com usuários, o irmão tinha deixado isso perfeitamente claro e, considerando como ele ficara chateado ao sair do jogo, Jenny sabia que deveria ser verdade.

Mas ela tinha um plano.

Fez login com seu ID de usuário, Monet113, e seu avatar se materializou no jogo. Só que, em vez de olhar para o que tinha se formado em *Minecraft*, a menina girou e empurrou a cadeira até o controle da invenção do pai, o digitalizador.

— Tommy entrou em *Minecraft* com o digitalizador e saiu sem problemas — disse ela ao porão vazio. — Então, devo conseguir fazer a mesma coisa.

Ela tinha visto o pai usar o digitalizador muitas vezes e sabia bem onde ficavam todos os botões que ativavam o aparelho. Ligou a energia, depois carregou os capacitores, por fim fazendo a coisa funcionar. A máquina, que mais lembrava uma arma de raios, começou a brilhar num amarelo suave enquanto um zumbido reverberava no porão. A ponta do digitalizador estava apontada direto para ela. O zumbido ficava mais forte e ela se virou para a tela do computador, pronta para atravessar o Portal de Luz. Porém, logo antes de o mecanismo alvejar a menina com um feixe de luz branca incandescente, Jenny viu sua personagem de *Minecraft* na tela. Encarando-a de volta do monitor de computador não estava o avatar que ela esperava. Em vez de estar vestida em azul marinho com um pouco de roxo no torso e cabelos azuis claros escorrendo até os ombros, ela viu a imagem de uma criança zumbi, o corpo apodrecido e roupas esfarrapadas parecendo prestes a cair aos pedaços.

— Zumbi... por que ela parece um...

E então o feixe de luz a envolveu, embrulhando com seus dedos ardentes toda a matéria do seu ser. Sensações de formigamento se espalharam por seu corpo inteiro, fazendo a pele parecer estar queimando, mas ao mesmo tempo terrivelmente fria. Jenny mal conseguia distinguir os detalhes do porão no clarão da luz branca, mas tudo começou a girar conforme o zumbido ficou mais alto e a luz, mais forte. Era como se estivesse presa no olho de um furacão, e o aposento que a cercava rodava ao seu redor a 100 quilômetros por hora. No começo parecia que a luz a martelava de fora, cobrindo a pele da menina com uma camada luminosa. Mas logo a sensação de calor frio passou a irradiar de dentro dela também, quando o digitalizador começou a englobar todas as partes de sua força vital. Jenny sentiu que estava sendo sugada pelo ralo digital no fundo desta banheira chamada realidade. Era como se ela estivesse sendo desmontada à força, a mente, as memórias e as emoções arrancadas do mundo físico e inseridas nos uns e zeros do reino digital.

Por fim tudo ficou escuro conforme Monet113 perdia lentamente a consciência, mas bem quando as trevas cobriram sua mente, ela achou poder ouvir animais: galinhas, vacas, porcos... Minha nossa.

Quando abriu os olhos, Monet descobriu que estava deitada de cara para baixo num gramado. Sentou-se e olhou em volta. Atrás dela havia uma grande colina, uma projeção rochosa espetada no ar, uma cachoeira fluindo do topo. Uma brisa soprou pela paisagem, fazendo as folhas de grama balançarem de leve e levando a fragrância doce das flores aos seus sentidos. Tudo parecia tão real, os detalhes da grama das árvores, colinas e céu; era tudo tão lindo.

Monet113 foi pegar uma flor branca aos seus pés mas, ao estender a mão, viu garras afiadas nas pontas dos dedos quadrados.

Garras?, pensou. *Por que eu teria garras?*

E então ela contemplou os próprios braços. Era de um verde desbotado e manchado, parecendo um bloco de queijo que tinha passado muito tempo na geladeira. As mangas da camiseta estavam esfarrapadas e rasgadas, o material azul claro parecendo ter sido torcido algumas centenas de vezes além do necessário. Ela se levantou e olhou as pernas. Vestia calças azuis, também manchadas e esfarrapadas.

Estou confusa... O que aconteceu?

Monet viu o lago que se formava ao pé da cascata e foi até lá, na esperança de ver o próprio reflexo. Assim que a jogadora começou a andar, seus braços automaticamente se ergueram e se esticaram para a frente, com as garras negras faiscantes estendidas. Ela tentou baixar os braços, mas era difícil fazê-lo enquanto andava, pois a rigidez deles estava de alguma forma ligada aos pés arrastados.

Chegou ao poço de água, fitou o reflexo e ficou chocada com o que viu: era uma criança zumbi! De alguma forma, Monet113 tinha entrado no jogo como uma criança zumbi em vez de sua *skin* colorida normal.

— Como isso foi acontecer? — indagou ela em voz alta para ninguém, para *Minecraft*.

E então um som de estalos ecoou nas colinas. Era um som que a menina conhecia muito bem de suas muitas horas de *Minecraft*: uma aranha.

Monet girou e deu de cara com uma aranha gigante, cujos múltiplos olhos vermelhos a encaravam com intenção suspeita.

Será que ela vai me atacar?, pensou a menina, enquanto ondas de medo se abatiam sobre ela.

Olhou para baixo e viu as garras curvas malignas na ponta de cada uma das oito pernas, cujas pontas aguçadas reluziam ao sol. Ergueu o olhar e viu os pelinhos negros que cobriam o corpo da criatura se movendo em todas as direções ao mesmo tempo. Era como se cada fio curtinho tivesse mente própria... Repulsivo. Com um arrepio, Monet voltou sua atenção à cara aterrorizante. O bicho estalou as mandíbulas curvas e parecidas com chifres que ficavam em ambos os lados da boca horrenda. Pareciam capazes de cortar aço. Monet se arrepiou de novo com as ondas de medo que lhe desciam pela espinha.

O que eu vou fazer?, pensou, logo em seguida tendo uma ideia. *O que o meu irmão faria? Já sei... Ele lutaria!*

Monet113 abriu o inventário, sem saber muito bem como, e procurou alguma arma, ferramenta ou qualquer coisa com que pudesse se defender, mas não achou nada. A aranha andou para o lado e a olhou de cima a baixo, aproximando bem a cabeçorra. Os olhos vermelhos incandescentes apontavam em todas as direções ao mesmo tempo enquanto inspecionavam a jogadora, depois se voltaram para o alto, para acima da cabeça dela; a criatura provavelmente procurava pelo filamento de servidor. Se encontrasse, Monet estaria frita. O monstro deu mais uma volta ao redor da jogadora e encarou seus olhos escuros. Satisfeita por se tratar de só mais um zumbi, o monstro foi embora pela planície relvada, estalando as mandíbulas.

— Essa foi por pouco — comentou Monet com uma voz rouca e resmunguenta.

— O que foi por pouco? — perguntou outra voz detrás dela.

Monet se virou e deu de cara com outra criança zumbi. Estava vestida exatamente como ela, camiseta azul clara esfarrapada, calça azul marinha rasgada, mas o rosto era sutilmente diferente. Os olhos eram escuros como os de Monet, mas tinham um toque de verde. Monet viu cicatrizes fundas no rosto e nos braços dela, e algumas pareciam ter sido feitas recentemente.

— Percebendo cicatrizes nos braços desta zumbi? — perguntou a menina zumbi, com um tom de orgulho. — Treinamento de batalha começou... É esperado que mais cicatrizes se juntem a estas, logo.

— O quê? — retrucou Monet.

— Treinamento de batalha... Treinamento de batalha zumbi... Ah, talvez esta nova zumbi não tenha começado ainda? Tudo bem, vai começar logo. Qual nível?

— O quê... Eu não entendo.

A garota zumbi chegou mais perto, com garras negras faiscando ao sol. Monet queria se afastar, mas sabia que precisava ficar parada e não parecer suspeita.

— Qual é o nome de nova zumbi? — perguntou a menina. — Esta zumbi é chamada Ba-Jin.

— Meu nome é Monet11... Ah... Digo, meu nome é Monet.

— Mo-Nay... A nova zumbi é uma Mo? Uau!

Ba-Jin estava impressionada, mas Monet não entendia o motivo. Estava prestes a perguntar quando um gemido soou pela paisagem.

— Zumbis precisam voltar — disse Ba-Jin. — Os anciãos não gostam que os pequenos fiquem muito tempo ao sol.

— Ah... Sim... É claro — respondeu Monet.

Zumbis temiam a luz do sol quando adultos porque ela os incendiava. Crianças-zumbi, por outro lado, eram imunes aos efeitos flamejantes do sol e podiam sair durante o dia. *Mas, aparentemente, os outros zumbis não gostam que elas fiquem fora por muito tempo*, pensou Monet.

Monet113 seguiu a nova amiga em direção às sombras das árvores, onde viu mais zumbis perambulando com braços estendidos para a frente. Todos se vestiam de forma idêntica, camiseta azul clara, calças azuis escuras. Era como se todos tentassem ser iguais entre si. Entretanto, ao esquadrinhar a multidão de zumbis, Monet percebeu diferenças sutis: este aqui com cicatrizes no rosto, aquele ali mancava, outro tinha a pele um pouco mais escura que o resto; havia diferenças, sim, mas parecia que todos os zumbis queriam esconder as diferenças sob as roupas iguais... Interessante.

Um dos adultos fez uma careta de desaprovação para ela e Ba-Jin, os olhinhos negros se cravando nas duas como se houvesse alguma coisa errada. Monet sabia que eles não poderiam ver o filamento de servidor dela; como tinha usado o digitalizador, ela não tinha um filamento para ser visto, mas, talvez, vissem as letras acima da cabeça? Enquanto seguiam os adultos pela densa floresta, passaram por um laguinho. Monet foi até a beirada e contemplou a própria imagem refletida. Encarando de volta da superfície aquosa havia uma criança zumbi; sua pele era verde e apodrecida, com algumas leves manchas de cor aqui e ali, deixando-a um pouco diferente das outras crianças. Os olhos eram mortos e frios, pintados de preto como o interior do armário com as luzes apagadas. Na cabeça cúbica não havia cabelos, mas tinha uma faixa azul no lado direito, provavelmente um resquício da skin original de *Minecraft*. Olhando mais de perto, Monet113 viu algumas letras flutuando logo acima da cabeça, mas eram feitas de algum tipo de fonte transparente, portanto a luz as atravessava — eram quase invisíveis. Se alguém olhasse com atenção, poderia notar. Monet tinha que ser cuidadosa. Seria importante não chamar atenção para si. Quem sabe o que os zumbis fariam se descobrissem que ela era uma usuária, ou pior, uma Usuária-que-não-é-uma-usuária.

Um arrepio a atravessou quando o perigo potencial da situação se embrulhou em sua mente como um cobertor sufocante, e ela se afastou da água, para continuar seguindo os zumbis em direção à Vila Zumbi.

CAPÍTULO 10
SEMENTES DA TEMPESTADE

Herobrine e Xa-Tul se materializaram silenciosamente diante da entrada da grande caverna, aparecendo neste novo servidor na esperança de encontrar o irritante Gameknight999. No mesmo instante, Herobrine sentiu que Gameknight999 não estava ali, nem nunca tinha estado naquele servidor; as ondulações ecoantes de sua passagem estavam completamente ausentes. Era o servidor errado.

— Eu ainda vou encontrar você, Gameknight999 — murmurou.

— O quê? — resmungou Xa-Tul numa voz grave que soava como um trovão rouco.

— Nada... Ele não está aqui — respondeu Herobrine. — Vá instruir seus súditos. Seja rápido. Vou esperar aqui.

— Sim, mestre.

Xa-Tul entrou na caverna e seguiu os túneis irregulares escuridão adentro. Sentia a presença de outros monstros nas sombras, mas todos o temiam, graças a seu tamanho anormal e aterrorizante até para seu próprio povo. Xa-Tul ignorou a presença deles e fechou os olhos. Abriu-se para a música de *Minecraft* e ouviu todas as criaturas diferentes que rastejavam pelos túneis; aranhas que clicavam as mandíbulas, preocupadas; creepers procurando alguma coisa para explodir; zumbis vagueando sem rumo e sem objetivo. Bem, ele lhes daria um objetivo logo, logo. Vasculhou as próprias memórias, tateando em busca da localização da Vila Zumbi. Mesmo que só estivesse vivo há algumas horas, carregava as memórias dos zumbis que tinham oferecido alegremente suas vidas para que ele fosse criado. E então encontrou: a colisão de fogo e água, era disso que ele precisava... Seria ali que encontraria a entrada da vila zumbi.

Seguiu pelo túnel adiante e continuou descendo. Às vezes se deparava com becos sem saída, passagens que terminavam abruptamente; era assim que *Minecraft* criava esses túneis às vezes. Com seus poderosos punhos, Xa-Tul destroçava as paredes de pedra quando sentia uma passagem do outro lado, esmigalhando blocos nas mãos como se fossem feitos de papel, para poder alcançar seu destino. Xa-Tul contemplou as poderosas mãos com garras e se maravilhou com a própria força. As memórias dos zumbis dentro dele nunca tinham visto nada assim.

Interessante, pensou Xa-Tul. *Essa força será conveniente quando for a hora de enfrentar aquele covarde do Usuário-que-não-é-um-usuário.*

Ele deu uma risada insana e maldosa. E então sentiu: calor... Delicioso e fumacento calor de lava. Destruiu mais uma parede de pedra e terra e se deparou com um imenso lago de lava mais abaixo, com uma cachoeira num dos extremos.

Era para lá que precisava ir.

Seguiu pela beira do lago, contornando o perímetro até alcançar a queda-d'água. O borrifo da torrente espirrava no rosto quadrado do grande zumbi e resfriava um pouco sua pele, compensando parte do calor extremo da lava.

— Como pode o povo do Mundo da Superfície aguentar isto? — disse Xa-Tul, enquanto passava pela água fresca para chegar à entrada secreta.

Seus pés escorregavam na obsidiana e em pedregulhos molhados que sempre estavam presentes no encontro de lava e água. Estendeu as garras dos pés para baixo, e assim conseguiu uma aderência melhor na pedra ao atravessar o córrego até o outro lado. Na parede oposta, Xa-Tul via uma seção lisa de rocha que se estendia para os dois lados. Havia um único bloco se projetando da superfície, parecendo deslocado. O zumbi gigante pressionou o bloco de pedra e as portas da Vila Zumbi se abriram para um longo túnel escuro. Ele entrou nas trevas e ouviu as portas se fechando atrás de si, para ocultar a entrada e a existência da vila de qualquer usuário ou NPC que passasse pelo corredor subterrâneo.

Xa-Tul avançou rapidamente a passos largos pelo túnel, como se fosse o soberano ali. O tilintar da cota de malha de ferro enchia o túnel com um salpico musical delicado, que soava como sinos de vento enquanto ele se aprofundava no túnel; era um som estranho para aquele lugar. De vez em quando, sentia a cabeça verde careca raspando no teto de pedra, pois o espaço não tinha sido projetado para alguém tão grande e ameaçador como ele. Xa-Tul esmagava um ou outro bloco inconveniente com o imenso punho, e assim abria um pouco o espaço para que se adequasse às suas necessidades. Negava-se a ser visto encolhido ou se abaixando.

Ao longe, viu a luz no fim do túnel, o brilho esverdeado das fontes de vida que sabia que encontraria no vilarejo. Sempre havia várias delas nas vilas zumbis. Quando chegou ao fim do túnel, Xa-Tul parou e contemplou a caverna. Era uma gigantesca seção escavada dentro de *Minecraft*, com um pé-direito alto rochoso que se erguia por pelo menos uns 30 blocos. As paredes e o piso eram irregulares e serrilhados, como se um grupo de mineiros descuidados tivesse escavado a área sem dar a mínima para aqueles que viveriam ali. Havia fontes de vida embebidas nas paredes e no piso, cujas torrentes faiscantes iluminavam a área com um brilho esmeraldino alienígena. Era exatamente como as memórias coletivas dentro de Xa-Tul lhe garantiram que seria. Grupos de zumbis estavam parados sob as fontes, sendo banhados na luz esverdeada, faíscas de vida curativa nutrindo as criaturas. As brasas faiscantes espirravam como água, se acumulando no chão por um instante antes de desaparecer. Era assim que os zumbis se alimentavam, ficando embaixo da fonte e recuperando sua vida. Se ficassem muito tempo longe da Vila Zumbi e das fontes de vida, eles morreriam, pois zumbis não comiam a carne daqueles que destruíram. Isso era parte da piada cruel do Criador após a Grande Invasão Zumbi; era a punição dele para as transgressões da espécie. Isso os mantinha atados às prisões subterrâneas, incapazes de gozar da liberdade de viver sob as estrelas. Essa situação mudaria um dia — ele cuidaria disso. Porém, primeiro, Xa-Tul tinha que levar ordem aos zumbis de *Minecraft* e unificá-los numa onda implacável de violência que limparia os servidores dos asquerosos NPCs.

Os zumbis sob a fonte mais próxima não perceberam a passagem do monstro supercrescido, pois estavam perdidos no prazer da fonte de vida, ou simplesmente distraídos. Xa-Tul não se incomodava, ele os educaria muito em breve.

O rei dos zumbis se aprofundou na imensa caverna e percebeu que aquela vila era idêntica a todas as outras que ele já vira. Grupos de lares malfeitos espalhados por toda a caverna, em posições aparentemente aleatórias pelo solo rochoso. Não havia um senso de ruas ou avenidas na aldeia, apenas casas quadradas instaladas em qualquer lugar onde coubessem. Ao atravessar o piso da caverna, via os túneis distantes que levavam para as profundezas de *Minecraft*. Ele sabia que os corredores desciam até o nível de rocha-matriz, onde ficavam os portais-zumbis. Esses portais moviam zumbis de uma vila a outra e de um servidor a outro. No passado, Malacoda, o rei do Nether, tinha descoberto como acessar a rede de portais e a usou em sua campanha para trazer criaturas do Nether para o Mundo da Superfície. Tinha sido assim que o poderoso ghast conseguira montar um exército tão grande e levá-lo à superfície, onde foi capaz de atacar os NPCs e sequestrar seus artífices. Herobrine, o Criador, tinha explicado como a arrogância e autoconfiança exageradas de Malacoda o tinham condenado à ruína. O ghast tolo subestimara tanto Gameknight999 quanto Érebo, o rei dos endermen.

Xa-Tul não cometeria o mesmo erro; não subestimaria ninguém.

O zumbi gigante afastou o olhar dos túneis e seguiu pelo caminho em zigue-zague que avançava pela caverna até a beira da grande praça aberta no centro da vila. Era um ponto de reuniões para os zumbis desta cidade, e neste momento um encontro acontecia. A maioria dos zumbis da cidade estava no local, com o líder numa plataforma elevada. Xa-Tul não se deu o trabalho de ouvir a criatura; não tinha o menor interesse no que ele dizia. Só se importava com a obediência da vila.

Xa-Tul abriu caminho em meio à multidão e seguiu direto para a plataforma. Estava claro que o líder local tinha visto Xa-Tul, pois parou de falar e vestiu apressado a armadura dourada, depois se afastou da escada que levava até o palanque, preparado.

O zumbi gigante deu um salto poderoso de dois blocos de altura e pousou no topo do palanque com um baque trovejante que tilintou sua cota de malha. Ele se virou e encarou furioso o zumbi líder.

— Este zumbi se chama Xa-Tul, é o novo líder, e tem instruções para todos esses zumbis — retumbou Xa-Tul com voz rouca.

— Esse estranho não é o líder aqui — respondeu o zumbi líder. — Este zumbi se chama Ur-Vil, o líder desta comunidade. — Ur-Vil olhou para cima, para o tamanho imenso de Xa-Tul, e engoliu seco, nervoso. — Xa-Tul deseja fazer desafio pela liderança desta Vila Zumbi?

Antes que Xa-Tul pudesse responder, Ur-Vil sacou a espada dourada e atacou. Golpeando a arma reluzente com toda a força, atacou o recém-chegado com uma rapidez relampejante. Xa-Tul percebeu por que aquela criatura era o líder: provavelmente nenhum dos desafiantes tinha esperado tanta velocidade e força. Era assim que se decidia a liderança de uma Vila Zumbi; por meio de batalha, mas, infelizmente para Ur-Vil, Xa-Tul tinha a força de cinco zumbis e a velocidade de dez.

Xa-Tul esticou o braço colossal, segurou a mão da espada do inimigo e deteve o ataque. Depois, castigou o futuro ex-líder com uma saraivada de socos. Ur-Vil se soltou, recuou e girou para a esquerda, golpeando a arma contra as pernas do invasor. Xa-Tul reagiu mais rápido do que seria possível a um zumbi normal, saltou sobre a lâmina, depois pousou sobre um pé só, usando o outro para acertar um chute forte no estômago de Ur-Vil, derrubando-o de costas no chão. Enquanto o inimigo tentava se levantar, Xa-Tul girou e deu uma rasteira, fazendo o zumbi cair de novo, desta vez piscando, todo vermelho.

Ur-Vil rolou para o lado, levantou-se trêmulo e atacou. Porém, novamente Xa-Tul foi rápido demais e evitou com facilidade a espada dourada, afastando-se para o lado e acertando um golpe devastador no corpo blindado em ouro, martelando o oponente com uma barragem de socos tão velozes que os espectadores viram só um borrão. Ur-Vil piscou vermelho repetidamente enquanto sua vida se reduzia rápido até se encontrar à beira da aniquilação. Caiu de joelhos.

— Ur-Vil entrega a liderança deste clã? — rosnou Xa-Tul, parado sobre o oponente.

— É bem sabido que o poder não se transfere... voluntariamente — respondeu Ur-Vil, com voz solene.

Xa-Tul assentiu. Não era assim que as coisas eram feitas nas vilas zumbis. A liderança passava do líder derrotado ao vencedor. A destruição do velho era necessária para que o vitorioso pudesse assumir a liderança. O XP *tinha* que ser transferido, e todos sabiam que o XP só era transferido com a destruição de um dos combatentes.

Xa-Tul pegou Ur-Vil e o ergueu bem alto sobre a cabeça. A espada de ouro caiu com estardalhaço. O monstro uivou ao atirar Ur-Vil para o chão. Quando este atingiu o solo, desapareceu com um estalo, deixando a armadura e XP flutuando. Xa-Tul pulou e deu um passo à frente para absorver o XP do antecessor, ao que os outros zumbis recuaram. Então se abaixou e pegou a espada e o elmo dourados.

Com o elmo numa das mãos, o gigante riscou as garras afiadas no capacete metálico, esculpindo-o numa nova forma. Enquanto trabalhava, suas mãos brilhavam como as de artífices do Mundo da Superfície, pois os poderes do Criador permitiam que ele alterasse o código do elmo em algo novo. Quando ele terminou, colocou o elmo na cabeça. Em vez de parecer um capacete blindado, agora parecia um tipo de coroa maligna. Pontas douradas cercavam sua cabeça como imensos chifres de uma fera pré-histórica. Elas faiscavam à luz da Vila Zumbi, com pontas de aparência letal. A coroa real brilhava forte.

Voltou ao pódio, saltou ao topo e se virou para encarar os súditos.

— É a aurora de uma nova era — ribombou Xa-Tul. — Zumbis em todos os servidores se referirão a este zumbi como Xa-Tul, o novo líder da raça zumbi. E, assim como aquele Xa-Tul do passado distante liderou o povo zumbi numa grande invasão, este Xa-Tul vai liderar os zumbis desta era numa nova conquista.

Os zumbis se entreolharam, confusos. Alguns grunhiram e gemeram empolgados, mas a maioria não sabia bem o que estava acontecendo. Foi então que, subitamente, Herobrine apareceu no palanque, materializando-se bem ao lado de Xa-Tul. O imenso zumbi ignorou o próprio Criador e continuou falando:

— A tentativa de destruir a Fonte e escapar dos limites de *Minecraft* fracassou por causa do Usuário-que-não-é-um-usuário. — O nome do inimigo fez todos os zumbis contemplarem o novo líder com uma expressão de raiva no rosto. — Chegou a hora dos zumbis se vingarem dele e tomarem de volta a terra que foi negada aos monstros das sombras.

Xa-Tul apontou para o teto, com as longas garras negras refletindo a luz verde das fontes de vida, parecendo estar incandescentes. Então virou a cabeça para Herobrine.

— O Criador, aquele que deu vida à Érebo, rei dos endermen, e Malacoda, rei do Nether, trouxe Xa-Tul aqui para liderar a raça zumbi contra os desprezíveis NPCs do Mundo da Superfície. O grande exército zumbi lhes causará sofrimento e desespero conforme as vilas forem atacadas até que o Usuário-que-não-é-um-usuário se apresente e enfrente o Criador, Herobrine.

Os zumbis fitaram o artífice de sombras, depois levaram os olhos negros de volta ao novo rei.

— Os NPCs serão punidos até que o salvador covarde deles se apresente e aceite o castigo por ter desafiado a vontade do Criador. Então, quando o

Usuário-que-não-é-um-usuário estiver rastejando aos pés de Herobrine, implorando aos zumbis que poupem as vidas dos patéticos NPCs, então Herobrine se vingará e destruirá Gameknight999 para sempre.

Os zumbis comemoraram, com rosnados de empolgação misturados a gemidos exuberantes.

— Busquem aldeias do Mundo da Superfície e façam-nas sofrerem — berrou Xa-Tul, com o punho erguido no ar. — Infectem o máximo de aldeões que puderem para que o exército zumbi cresça. Esta invasão será maior que a de nossos antepassados, e mostrará à história como é uma verdadeira grande invasão zumbi. Façam os NPCs se arrependerem de terem desafiado os ancestrais zumbis e o nosso banimento aos túneis e cavernas. O exterior do Mundo da Superfície pertencerá aos zumbis mais uma vez!

A multidão zumbi gritou em uníssono.

— AGORA VÃÃÃÃOOOO!

Enquanto os zumbis seguiam para os túneis que levavam à superfície, Xa-Tul fitou Herobrine. O artífice de sombras apenas fez que sim com a cabeça, com olhos que brilhavam forte, e então pousou a mão sobre o ombro do zumbi rei. A dupla formou um portal que levava à próxima vila zumbi e desapareceu, teleportando-se, prontos para remover o líder seguinte e espalhar as sementes da violência.

CAPÍTULO 11
À BRECHA NOVAMENTE

Gameknight desceu os degraus até o porão dois de cada vez, com uma das mãos no corrimão e a outra segurando um pão com firmeza. Tinha pegado ao passar pela mesa da cozinha a caminho do porão, pois sabia que precisaria comer alguma coisa antes de se conectar. Provavelmente seria seu único alimento antes do almoço, pois esperava continuar o trabalho em seu mod de *Minecraft* pela maior parte do dia. Porém, ao chegar ao fundo da escada, ficou paralisado, deixando o pão cair no chão.

Jenny estava desabada na escrivaninha, com o digitalizador brilhando forte e raivoso.

— Ah, não... — murmurou ele, correndo até a irmã.

Tommy pressionou os dedos no pulso dela e sentiu que havia pulsação. Pousou a mão nas costas da menina e percebeu a respiração, que era superficial e lenta.

Você está bem, irmãzinha?, pensou.

Depois se virou e encarou o digitalizador. Jenny o tinha ligado e apontado para si mesma.

— Nããão!

Lá foi você de novo, agindo impulsivamente.

Tommy viu *Minecraft* na tela, exibindo uma imagem de menina zumbi com uma mecha azul do lado direito da cabeça, exatamente como a skin da irmã no jogo.

Então ele entendeu o que tinha acontecido.

Tinha deixado o mod ativado a noite inteira: o mod zumbi. Ele mudava a skin do usuário para uma skin de zumbi, para que ficasse visualmente igual a uma das criaturas apodrecidas, e escondia o nome do usuário com uma fonte transparente. Jenny devia ter usado o digitalizador e ter sido transportada a *Minecraft*, materializando-se como uma menina zumbi.

— Aposto que ela fez isso para poder bater papo com Artífice — murmurou Tommy consigo. — Se ela for à aldeia, vão matá-la, achando que é um zumbi. Tenho que chegar lá antes dela!

O menino puxou uma cadeira até a mesa e abriu rapidamente outra janela no computador para iniciar *Minecraft*. Colocou o fone de ouvido, posicionou o microfone perto da boca e entrou no jogo como Gameknight999. Enquanto o jogo abria, imagens terríveis do que poderia acontecer à irmã se formavam na cabeça dele.

— O que você estava pensando, Jenny? — comentou com a irmã, inconsciente. — Uma vez que você entra em *Minecraft* de verdade, não é mais apenas um jogo. Eu tentei deixar isso bem claro!

Ele deveria ter deduzido que ela tentaria alguma coisa do tipo. A irmã de Tommy sempre se jogava de cabeça cegamente em tudo, fazendo coisas impulsivas sem pensar nas consequências. Ele, por outro lado, era um planejador. Sempre mapeava tudo, fazia listas e programações e se assegurava de saber tudo que teria que fazer antes de começar. Jenny era o contrário. Ela fazia o que dava na telha assim que o pensamento se materializava. Às vezes, Tommy sentia um pouco de inveja, mas não agora. Ela estava em grave perigo e era responsabilidade dele resolver o problema, para variar.

Gameknight deu uma olhada no monitor do computador e viu a tela de *Minecraft* sendo carregada lentamente.

— Por que você não começa mais rápido?

Olhou de volta à irmã e sentiu uma onda de raiva dentro de si. Era sempre obrigação dele tomar conta de Jenny quando o pai estava fora. Esta última viagem tinha sido a mais longa: já fazia duas semanas que ele não aparecia em casa. Tommy estava cansado da responsabilidade, farto de livrar Jenny de encrencas na escola... ou no caminho de casa... ou no shopping... ou... Ela estava sempre se metendo em algum tipo de problema por causa da sua atitude "aja primeiro, pense depois". Porém, daquela vez era diferente. Ela não estava só encrencada... Ela podia morrer. E Tommy não deixaria isso acontecer. Não, Gameknight999 não deixaria isso acontecer.

Por fim, *Minecraft* terminou de carregar, e o personagem do jogador se materializou onde ele o tinha deixado, bem atrás das muralhas da aldeia. Assim que ele apareceu, Gameknight999 viu os NPCs por todos os lados pararem o que estavam fazendo e largarem as ferramentas. Ele ignorou os olhares indagatórios e foi direto à torre de vigia. Enquanto corria, viu Escavador e seus filhos perto da casa deles, mas os ignorou e seguiu em frente.

Ao alcançar seu destino, o jogador disparou torre adentro e rapidamente partiu o bloco que cobria o túnel secreto. Desceu escorregando pela escada vertical de madeira e disparou até a câmara de criação. Gameknight ignorou as portas de ferro, puxou a picareta e abriu com rapidez um buraco de dois blocos de altura na parede. Passou correndo pelos NPCs blindados em armadura de ferro e desceu até o piso da câmara de produção, onde encontrou seu amigo Artífice.

— Artífice... preciso da sua ajuda — começou ele.
— Minha irmã usou o digitalizador e veio para *Minecraft* pelo Portal de Luz. Ela está dentro do jogo... e é *dentro* mesmo.

Artífice olhou para o amigo, com confusão estampada no rosto.

— Você sabe, da mesma forma como aconteceu comigo — prosseguiu Gameknight. — O corpo dela está no mundo físico, mas todo o resto está aqui dentro. Ela atravessou o Portal de Luz e agora está *dentro* do jogo.

Artífice olhou preocupado para ele, mas não disse nada.

— E, para piorar... ela está igual a um zumbi, não um usuário. — Gameknight fez uma pausa para deixar a ficha cair, e continuou: — Acho que ela pode estar a caminho daqui, para falar com você, Caçadora e Costureira, mas, se ela chegar perto dos portões, ela poderia ser morta. — Chegou mais perto e sussurrou nas orelhas quadradas: — Preciso da sua ajuda... por favor.

Artífice encarou o amigo, e claramente tinha entendido o que acontecera e o que poderia ocorrer. Porém, em seguida Artífice olhou acima da cabeça de Gameknight, depois trouxe os olhos de volta ao amigo, com uma expressão triste.

— Eu sei que você não pode colocar todo mundo para ajudar, mas alguns de vocês poderiam...

Artífice se aproximou e deu um empurrãozinho no amigo, olhou acima da cabeça dele e depois fitou os olhos de Gameknight, balançando a cabeça.

— Você tem razão, ela poderia estar em qualquer lugar, e algumas pessoas não adiantariam de nada. Eu preciso fazer alguma coisa, mas o quê?

E então Gameknight entendeu o que ele dizia. Os NPCs não poderiam ajudar um usuário; o filamento de servidor impedia que aqueles NPCs lhe oferecessem qualquer assistência. Só que Gameknight precisava fazer alguma coisa. Não poderia simplesmente deixar a irmã vagar por aí como zumbi até que os aldeões a encontrassem e a matassem. O jogador tinha certeza de que Artífice o ajudaria, mas isso provavelmente lhe custaria a vida, e ele não queria pedir esse tipo de sacrifício ao amigo. Mas precisava fazer alguma coisa.

Por que ela tinha que ser tão irresponsável?, perguntou-se o menino. *E se ela for morta?*

Então os pedaços do quebra-cabeça começaram a se agitar na mente dele. Havia uma solução ali, mas Gameknight não conseguia vê-la... ainda. Mas ele sabia que *tinha* que encontrar algum jeito, pelo bem de Jenny. E então uma das peças parou de quicar e emergiu da névoa de confusão... seguir os zumbis de volta ao lugar onde eles passavam o dia... Sim, ele poderia fazer isso, mas como poderia, se ele... e então o resto do quebra-cabeça se formou na mente de Gameknight, todas as peças se encaixando em seus lugares.

— Artífice... eu sei exatamente o que tenho que fazer — afirmou Gameknight, empolgado. — Fique aqui mesmo e não se mexa.

Gameknight então se desconectou do jogo e tirou o fone. Pegou o telefone e ligou para o amigo Shawny, que morava ali perto na mesma rua. Contou o que tinha acontecido, explicou o plano e a parte que o amigo desempenharia.

— Tommy, isso é loucura — afirmou Shawn.

— Eu não tenho escolha, então venha já para cá, o mais rápido possível.

— A caminho!

Ele desligou e ficou andando de um lado para o outro no porão cheio de tralhas. Ocasionalmente, dava uma olhada na tela do computador, onde a imagem da irmã em forma de zumbi estava congelada. Ele tinha que ajudá-la. Aquilo era culpa dele. Jenny era responsabilidade de Tommy, e ele devia tomar conta dela, afinal, não havia ninguém mais para ajudar. A mãe não saberia como e o pai estava por aí, tentando vender uma das invenções. Tommy queria que o pai fosse mais presente. Estava começando a se ressentir com as geringonças dele. Eram elas que o afastavam o tempo todo da família... de Tommy. O menino sabia que o pai fazia o que era necessário, pelo bem de todos, mas ainda queria que ele ficasse mais em casa.

Tommy olhou em volta para todas as tentativas frustradas de invenções bem-sucedidas, e ficou com vontade de derrubá-las. Talvez, se algumas delas quebrassem, o pai voltaria para casa para consertá-las, mas ele sabia que o pensamento era obviamente ridículo. Aquele era um problema de Tommy, e ele tinha que resolvê-lo de um jeito ou de outro.

Olhou para o digitalizador incandescente e ficou com raiva.

O que ela tinha na cabeça?, pensou.

Pegou o tripé e moveu o dispositivo, apontando para longe da irmã, para outro ponto do porão. Não queria ver aquela coisa ainda apontada para ela.

Foi então que Tommy ouviu a porta dos fundos se abrir, um par de pezinhos correr. Então o som de Nikes descendo os degraus ecoou pelo porão. Tommy deu uma olhada e viu o amigo Shawn correndo escada abaixo à toda.

— Shawn, aqui — gritou Tommy.

Shawn foi imediatamente até ele, com uma sacola cheia de coisas embaixo do braço.

— Você trouxe tudo o que eu pedi? — perguntou Tommy.

— Claro — respondeu Shawn. — Coloquei a placa na porta do porão dizendo que nós três estamos gravando vídeos de *Minecraft*.

— Ótimo, assim minha mãe não vai interromper até que a gente consiga tirar Jenny do jogo — afirmou Tommy. — Você está pronto?

— Você tem certeza de que isto é uma boa ideia? — insistiu Shawny. — Parece meio... humm...

— Perigosa... burra... maluca... irresponsável? — sugeriu Tommy.

— Humm... é, todas essas coisas.

— Bem, eu não tenho escolha. Minha irmã é mais importante, e eu tenho que garantir a segurança dela.
— Tudo bem — decidiu Shawny. — Vamos lá.
— Ótimo. Você vai ali, e eu fico sentado aqui.

Shawn foi até a posição dele, pegou o laptop e ligou.
— Vou observar as coisas daqui — disse ele, indicando o laptop.
— Legal — respondeu Tommy.
— Certo, preparar?

Shawn fez que sim com a cabeça.
— Apontar?

Shawn conferiu os controles, e fez que sim de novo.
— Então vamos lá... Aperte o botão.

Com uma expressão hesitante, Shawny apertou o botão.

Um zumbido preencheu o porão como se eles estivessem dentro de uma colmeia de vespas furiosas. Tommy odiava aquele barulho, em parte porque o lembrava da última vez em que tinha sido picado por uma abelha, mas também porque sabia o que viria em seguida. Virou-se para trás, deu uma última olhada no amigo, e então um feixe de luz irrompeu do digitalizador e o envolveu numa nuvem de calor, frio e dor. Era como se todos os nervos pegassem fogo, mas, ao mesmo tempo, estivesse gelado até os ossos. Olhou em volta e começou a sentir as coisas girando ao seu redor, rodopiando cada vez mais rápido até que tudo se misturou numa faixa cinzenta de confusão, e depois começou a desaparecer nas trevas.

CAPÍTULO 12
ADENTRO...
DE NOVO

Gameknight acordou com sons familiares: o mugido das vacas, o cacarejar das galinhas, o grunhido dos porcos. Ele se sentou e viu uma colina cúbica adiante, uma alta projeção rochosa se lançando ao céu. Uma longa queda d'água se lançava da projeção, derramando-se num poço quadrado, que por sua vez deitava água para uma caverna subterrânea. Uma rápida olhada ao paredão vertical da colina revelou algumas tochas nos blocos de terra: a velha toca-esconderijo que Gameknight criou na primeira vez que entrou em *Minecraft*.

É, estou definitivamente dentro de Minecraft *de novo.*

Olhou para o céu e conferiu a posição do sol. Precisava chegar à aldeia de Artífice antes do anoitecer. Tinha esperado se materializar de volta na câmara de criação, mas, aparentemente, era ali onde sempre apareceria se viajasse pelo Portal de Luz. Deu outra olhada no sol e calculou que teria o tempo certinho.

Sacou a espada e saiu correndo para a aldeia em velocidade máxima. No mesmo instante atraiu a atenção de uma aranha gigante. A criatura preta peluda saltou detrás de uma árvore e atacou, estendendo as terríveis garras curvas contra a carne de Gameknight. O jogador deu um passo para o lado, saindo do alcance, depois saltou adiante, golpeando a aranha com velocidade de relâmpago. O monstro grunhiu quando a lâmina brilhante se cravou na carne escura. Recuou cautelosamente, estalando as mandíbulas escuras uma contra a outra de maneira selvagem. De repente, outra aranha apareceu, provavelmente respondendo ao chamado da companheira.

Eu não tenho tempo para isso!

Gameknight999 saltou para a frente e gritou enquanto caía sobre a primeira aranha com uma onda de ataques, talhando as pernas com a espada, depois estocando os ombros, e então perfurando o abdome. Ignorou a companheira dela e pressionou o ataque com toda a força, com o objetivo de eliminar um adversário o mais rápido possível. Sentia a outra aranha golpeando suas costas, mas a armadura de diamante o protegeria... por enquanto.

Finalmente, a primeira aranha expirou, sua vida esgotada. Gameknight se virou para encarar o monstro que restava. A aranha hesitou ao ver o destino da companheira... e isso foi um erro, um erro de *noob*.

Você nunca hesita em batalha. Você força o ataque e jamais dá ao oponente a chance de pensar. Ele tinha aprendido isso havia alguns anos com usuários mais experientes de *Minecraft*: OwenTheBanker e Imparfa. Eles eram da mesma equipe de PvP, e lutaram juntos em muitos campeonatos. Eram os melhores, e bem que Gameknight gostaria de ter a ajuda deles naquele momento. Podia lembrar de quando estiveram lá naquele topo de colina, quando os NPCs e usuários se uniram na defesa da Fonte. Aquilo tinha sido...

De repente, uma garra negra curva tentou acertá-lo. Gameknight se abaixou e a garra passou raspando pela cabeça.

Tenho que prestar atenção!

Ele girou e cravou a espada numa das oito patas do monstro, depois rolou para o lado e atacou por trás. Continuou a girar e cortar, e assim reduziu lentamente a vida da criatura até que ela desapareceu com um estalo, deixando para trás um rolo de seda. Virou-se e olhou em volta pela paisagem, procurando mais inimigos; não havia nenhum. Recolheu o novelo (nunca se sabe o que pode ser útil em *Minecraft*), e continuou a maratona até a aldeia de Artífice.

Enquanto corria, avistou os zumbis que se reuniam à sombra das árvores, como se aguardassem alguma coisa. Em geral zumbis ficavam escondidos durante o dia, pois pegavam fogo se fossem expostos diretamente à luz solar. Isso fazia com que eles ficassem fora do caminho e deixassem as pessoas viverem suas vidas sem se preocupar com ataques o tempo todo. Mas, à noite, tudo mudava. À noite, os zumbis dominavam o Mundo da Superfície, e os aldeões só poderiam ficar dentro de casa e torcer para que não quebrassem a porta.

Isso foi antes que o Usuário-que-não-é-um-usuário viesse a *Minecraft*.

Agora, muitas das aldeias eram fortificadas, com NPCs dispostos a pegar uma espada ou arco para proteger suas terras e suas vidas. As coisas tinham mudado dramaticamente depois que ele usou o digitalizador do pai e entrou em *Minecraft*; e, considerando aqueles zumbis aglomerados debaixo de um grande carvalho, as coisas pareciam continuar mudando.

Por que há tantos zumbis por aí? Eles odeiam a luz do sol! Por que se esconderiam à sombra das árvores, correndo o risco de serem queimados?

Bem, enquanto ficassem na sombra e não o atacassem, ele estaria bem... por enquanto.

Seguiu correndo pelas colinas, e afastou-se da floresta e dos zumbis. Ainda ouvia os gemidos das criaturas vagueando à sombra. Eram provavelmente muitos deles, pois dava para ouvir os uivos dramáticos bem de longe. Isso o preocupava para valer. O que estava acontecendo?

Enquanto corria, Gameknight viu as muralhas da aldeia surgirem atrás das colinas suaves. As paredes de pedregulho se destacavam, brutais e frias contra o lindo verde das colinas relvadas. Contemplou o céu e viu a face quadrada do sol começar a baixar no horizonte. E, conforme o céu foi se avermelhando com o crepúsculo, os gemidos dos zumbis ficaram mais altos.

Alguma coisa ia acontecer. Estariam os zumbis se preparando para um ataque? Por quê?

Ao se aproximar dos portões da aldeia, parou para escavar um buraco de três por três blocos que ficava bem dentro do limite do alcance dos arqueiros. Depois, ele o encheu de água e empilhou três blocos TNT bem no meio. Com cuidado, Gameknight removeu o bloco mais baixo, de modo que os dois de cima ficaram flutuando no ar, sobre a poça de água. Era uma armadilha que ele tinha aprendido com Romantist, um novo amigo em *Minecraft*. Seria uma surpresinha para os zumbis, se atacassem. Parou um momento para admirar o trabalho, girou e seguiu para os portões.

Ao se aproximar, notou os olhares surpresos nos rostos quadrados dos soldados que guardavam as muralhas. Todos sabiam quem ele era, Gameknight999, mas ficaram espantados com o que viram: nenhum filamento de servidor!

Correu até os portões e parou para falar com um dos guerreiros.

— Mandem todos os arqueiros dispararem naqueles blocos de TNT — instruiu Gameknight. — Tenho o mau pressentimento de que vai haver um ataque zumbi. Espero estar errado, porque a última coisa de que precisamos é mais uma guerra, mas, se eu estiver certo, isso será uma surpresinha para os monstros.

Mais NPCs se aproximaram, todos chocados com Gameknight999. Alguns sussurraram entre si, mas a expressão de surpresa em todos os rostos era evidente.

— Vocês me ouviram. Arqueiros, cubram aqueles blocos de TNT com flechas — comandou. — E encontrem Caçadora. Vamos precisar dela. AGORA VÃO!

Sem esperar para ver se suas ordens seriam cumpridas, seguiu direto para a torre de vigia. Ignorou os olhares questionadores, irrompeu no prédio de pedregulhos e seguiu direto para o túnel secreto. Arrebentou o bloco que cobria o túnel e desceu em disparada como um meteoro caindo na terra. Seguiu pelo corredor, atravessou o salão redondo e chegou à câmara de criação. No centro estava seu amigo, Artífice. Os olhões azuis se voltaram para o jogador, e depois contemplaram o espaço acima de sua cabeça. O velho amigo abriu um imenso sorriso e deu um passo à frente.

—Bem-vindo de volta, Usuário-que-não-é-um--usuário — saudou-o Artífice com um sorriso, e envolveu o amigo com os pequenos braços, dando-lhe um abraço caloroso.

Gameknight devolveu o abraço, depois afastou Artífice gentilmente.

—Artífice, preciso da sua ajuda — disse Gameknight, com a voz carregada de tensão. — Minha irmã, ela...

—Os zumbis estão atacando! — gritou alguém do topo da escada.

—De novo? — exclamou Artífice ao procurar o dono da voz. — Lamento, meu amigo, mas temos de cuidar disso antes. Venha, você pode ajudar. Afinal, não tem mais um filamento de servidor, então agora é um de nós.

Sem esperar pela resposta, Artífice saiu correndo pelos degraus, com a bata negra balançando com o movimento. Os NPCs que não estavam produzindo espadas ou flechas seguiram o líder pela escada até a superfície. Suspirando, Gameknight sacou a espada e seguiu a fila de NPCs. Não queria mais lutar. Não depois da Batalha Final. Muitos bons NPCs foram perdidos. O jogador se sentia encurralado, mas morreria antes de deixar que os amigos NPCs fossem assassinados. Aquela sensação familiar começou a infiltrar seu corpo, aquela onda de emoções e incerteza quanto ao que estava prestes a acontecer: era medo. Mas Gameknight afastou os pensamentos de "*e se*", segurou a espada com firmeza e seguiu os amigos à batalha, mais uma vez.

CAPÍTULO 13
O TIRO QUE ECOOU POR MINECRAFT

Gameknight seguiu os outros soldados até a superfície, depois correu até as muralhas que cercavam a aldeia. Eles tinham construído os muros há muito tempo contra os ataques daquele enderman insanamente violento, Érebo. Infelizmente, as barricadas ainda eram necessárias.

Gameknight alcançou o topo da muralha e viu um grupo de zumbis perambulando, sem saber direito o que fazer. Viu que seu dispositivo de TNT estava cravejado de flechas, com suas hastes emplumadas espetadas como espinhos num porco-espinho letal. Esperava que a medida não fosse necessária. Ouviu o som de vários passos atrás de si e virou-se para olhar a praça. Grupos de guerreiros guiando cavalos chegavam ao quadrado de cascalho; a cavalaria se preparava para investir e enfrentar a ameaça.

Tem alguma coisa errada aqui, pensou Gameknight. *Por que os zumbis atacariam esta aldeia? Eles sabem que jamais conseguiriam penetrar as muralhas. Tudo que os aguarda aqui é dor e morte. Alguma coisa deve os estar obrigando a fazer isso.*

Gameknight999 olhou para oeste e percebeu que o sol estava começando a tocar sua face quadrada no horizonte. O céu assumia tons diferentes de carmesim e rubi, o lado oriental já mostrava um punhado de estrelas. Muitos dos zumbis também olharam para oeste e viram o inimigo mortal se pondo atrás das montanhas distantes. Isso permitiu que mais zumbis emergissem das árvores a distância, com tristes gemidos que eram transportados pela brisa suave e preenchiam o ar com a fome de violência deles. Aqueles sons serviam apenas para enfurecer os defensores da muralha da aldeia, que gritavam insultos de volta às criaturas decompostas, fazendo os zumbis gemerem ainda mais alto.

Deu uma olhada pela muralha e viu Artífice parado acima dos portões com um arco na mão. Foi até o amigo e falou baixinho em seu ouvido.

— Tem alguma coisa errada, Artífice. Por que esses zumbis atacariam aqui? Eles sabem que não podem derrubar as muralhas... não sem os creepers.

— Eles estão fazendo isso há semanas — contou Artífice. — E nós continuamos rechaçando os ataques, mas eles não parecem parar.

— Bem, em vez de simplesmente matá-los, vamos descobrir o que está acontecendo — sugeriu Gameknight.

— Você quer sair e bater um papo com eles? — indagou uma voz raivosa atrás deles.

Ele girou e se deparou com Caçadora, com seus cabelos vermelhos vibrantes esvoaçando gentilmente à brisa. Ela tinha o arco encantado na mão, uma flecha preparada e uma expressão de violência furiosa no rosto. Porém, antes que Gameknight pudesse responder, ouviu outra voz gritar seu nome:

— GAMEKNIGHT!

Era Costureira.

Ela abriu caminho por entre os outros guerreiros, então passou os braços pela cintura do amigo, abraçando-o com força.

— Você voltou! — exclamou ela, depois o fitou. — Por quê? Eu pensei que você não quisesse mais voltar para *Minecraft*... você sabe... desse jeito.

Ela apontou acima da cabeça dele, indicando a ausência de filamento de servidor.

— Bem... eu fui obrigado porque...

— Vamos ter tempo para bater papo mais tarde — interrompeu Caçadora. — Neste momento, tem zumbis lá fora que querem entrar e matar todos nós. Deixem as historinhas do passado para depois. — Caçadora olhou para a irmã. — Costureira, cadê o seu arco? Pegue-o.

Costureira olhou a irmã e suspirou, depois pegou o próprio arco encantado e preparou uma flecha.

— Não... esperem. Isto tudo está errado — insistiu Gameknight. — Tem alguma coisa acontecendo que eu não entendo.

— Tudo que eu entendo é que há zumbis lá fora se preparando para atacar — retrucou Caçadora.

Gameknight podia ver uma carranca de raiva se espalhando pelo rosto dela. Provavelmente estava se lembrando do ataque que tinha destruído a própria vila e matado seus pais. Uma grande fúria ardente jazia dentro de Caçadora por causa daquele ataque e da morte de todos que ela conhecia. E, agora, era como se estivesse ansiosa para obter um pouco de vingança por aqueles que perdera.

— Bem, não ataquem ainda — insistiu Gameknight. — Me deixem sair e conversar com eles. Precisamos descobrir o que querem.

— Conversar com eles?! — exclamou Caçadora. — Eles são um bando de monstros! Não são gente como nós. Vão matar todo mundo!

Gameknight ignorou os protestos e desceu até a praça. Abriu um dos portões e saiu para o campo aberto que ficava entre a aldeia e os zumbis que perambulavam à beira da floresta. Ele estava assustado, e se perguntou o que estava fazendo, mas sabia que violência não deveria ser a primeira reação a um problema. E, naquele momento, precisava desarmar a situação para poder encontrar a irmã. Concentrando-se no *agora*, seguiu direto até os monstros, pensando no que diria ao líder deles em vez de se concentrar no próprio medo. Ao passar pela pilha de TNT que tinha armado, Gameknight viu que havia centenas de flechas espetadas nela como espinhos mortais; os arqueiros se mantiveram ocupados.

Ótimo... mas ele torcia para que não fosse necessário.

Gameknight avançou alguns passos além dos blocos de TNT, parou e se manteve firme. Provavelmente, estava fora do alcance dos arqueiros nas muralhas, e os zumbis saberiam disso. Guardou a espada, tirou o elmo de diamante e ficou ali, esperando.

Os zumbis conversaram entre si, obviamente agitados com a presença de Gameknight. Ouvia os comentários resmunguentos, animalescos, entre eles, então um deles se adiantou. Enquanto observava o zumbi se aproximar, Gameknight primeiro pensou que ele era idêntico a todos os demais monstros mas, conforme ele chegou mais perto, viu cicatrizes marcando seus braços e rosto. Primeiro achou que fossem cicatrizes de batalha, mas então percebeu que eram marcas de garras de outros zumbis... Curioso.

O zumbi parou a alguns passos de Gameknight.

— Qual é o seu nome? — perguntou o Usuário--que-não-é-um-usuário.

— Ta-Zin — respondeu o monstro.

— Bem, Ta-Zin, o que vocês querem aqui?

— Estes zumbis foram comandados a castigar os NPCs do Mundo da Superfície — disse Ta-Zin numa voz rouca.

— Por quê?

— Porque foi comandado... Porque é o que os zumbis fazem: zumbis destroem NPCs.

Gameknight andou de um lado para o outro, pensando. Depois parou e falou de novo:

— Quem os comandou a fazer isso?

O zumbi apenas o encarou com seus olhos mortos e frios, nada dizendo.

— Você tem medo de me contar, ou o seu comandante tem medo de ser descoberto?

— Xa-Tul não tem medo de nada! — retrucou o Zumbi. — Estes zumbis aqui viajaram pelos portais--zumbis até o servidor atual, e agora este servidor será purgado.

— Mas por quê? — insistiu Gameknight, se aproximando mais um passo. — Vocês não podem sobreviver a esta batalha. Seus zumbis estão em inferioridade numérica e certamente vão morrer. Por que vocês têm que fazer isto?

— Porque é pelo bem do clã... e porque Xa-Tul comandou. — O zumbi parou para olhar Gameknight mais de perto, e depois notou as letras flutuando sobre a cabeça dele. Ta-Zin deu uma olhada para cima e viu que ele não tinha um filamento de servidor, e isso fez a criatura arregalar os olhos. — O Usuário-que-não-é-um-usuário. — O zumbi ergueu uma das mãos com garras. — Xa-Tul comandou que...

Foi bem então que uma flecha flamejante passou voando sobre o ombro de Gameknight e se cravou na criatura em decomposição, seguida por mais duas, que consumiram a vida do zumbi. Ta-Zin então desapareceu, deixando para trás três esferas de XP e um pouco de carne podre de zumbi. Todos os outros zumbis urraram, seus gemidos passando de tristes a furiosos. Era como se o tiro de Caçadora tivesse liberado a raiva deles e, de alguma forma, Gameknight sentiu que não tinha acontecido só ali, mas por todos os servidores em todos os planos em *Minecraft*.

Olhou para trás e viu Caçadora na passarela elevada, sorrindo satisfeita. Ela então acenou para ele como se dissesse "de nada". E então a represa que contivera a maré de violência explodiu. Os zumbis partiram para a cidade, com vozes raivosas enchendo o ar de ódio e violência. Gameknight deu meia-volta e voltou correndo até os portões da aldeia.

Subiu os degraus com rapidez e ascendeu ao topo da muralha, se aproximando de Caçadora.

— Por que você fez aquilo?! — exclamou.

— Ele ia atacar — respondeu Caçadora. — Você não viu quando ele ergueu o punho? O zumbi ia te atacar e, porque você é um idiota que tirou o capacete, eu tive que te proteger. Eu salvei sua vida!

— Ele não ia me atacar, ele ia me dizer o que os zumbis estavam fazendo por aqui!

— Você não ia descobrir nada de útil com aquele monstro.

— Ah, é? — retrucou Gameknight. — Eu descobri o nome do líder deles, Xa-Tul.

— O que você disse? — indagou Artífice, com um tom nervoso na voz.

— Eu disse que o líder é Xa-Tul — repetiu Gameknight.

— Talvez seja melhor discutir isso mais tarde — sugeriu Costureira enquanto pegava o braço de Gameknight e o virava para que ele pudesse ver a multidão que se aproximava.

O exército de zumbis agora tinha emergido da floresta. As longas sombras das árvores tinham desaparecido quando a paisagem passou do crepúsculo à escuridão da noite. Os NPCs viam que havia de trinta a quarenta zumbis, uma grande coleção de monstros, mas nada comparado aos soldados experientes da aldeia. Conforme eles se aproximaram, Gameknight pegou o braço de Caçadora e a puxou para perto.

— Espere até que estejam em volta dos blocos de TNT e então atire nos explosivos.

— E qual vai ser a utilidade disso? — retrucou ela. — Esses monstros estão espalhados por toda parte do campo de batalha. Os explosivos não vão fazer muito estrago.

— Confie em mim.

— Tanto faz — respondeu ela, depois preparou uma flecha e apontou.

— Não atirem ainda, arqueiros, deixem que eles cheguem mais perto — gritou Gameknight. Olhou para a cavalaria que se reunia perto dos portões da cidade e se preparava para investir. — Cavalaria, alto, e esperem.

Olhares curiosos foram lançados para ele, mas Gameknight não se importava. Não queria arriscar as vidas dos NPCs a menos que necessário.

E então o arco encantando de Caçadora libertou a flecha. O encantamento de *Chamas* no arco fez a ponta do projétil se incendiar enquanto riscava o ar. Traçou um arco elegante no céu, depois se cravou nos blocos de TNT. No mesmo instante, eles começaram a piscar, depois caíram na poça de água que Gameknight tinha colocado embaixo. As centenas de flechas que os arqueiros tinham espetado nos blocos rubro-negros caíram com os explosivos e ficaram acima dos cubos piscantes.

— Muito impressionante — zombou Caçadora.

— Espera só — respondeu Gameknight.

Então os blocos de TNT explodiram, lançando as flechas bem alto no ar. Os zumbis mais próximos da detonação foram feridos pela onda de choque, alguns morreram, mas a maioria só permaneceu ali, olhando as flechas que se lançavam às alturas, escurecendo o céu. As hastes pontudas então caíram como um temporal, centenas de setas se despejando no campo de batalha, atingindo zumbis com golpes múltiplos simultâneos. A maioria teve a vida extinta num instante, e poucos zumbis sobreviveram à chuva mortal.

—Agora... fogo! — gritou Caçadora. — Acabem com o resto deles!

Os arqueiros na muralha abriram fogo, disparando contra os poucos zumbis restantes. Em minutos, a batalha tinha acabado, e nenhum dos NPCs sofrera sequer um arranhão. Os aldeões começaram a gritar o nome de Gameknight, reafirmando a lenda que tinha começado a se formar ao redor dele. Caçadora lhe deu tapinhas nas costas, com um sorriso brutal aberto de orelha a orelha.

—Isso foi fantástico! — exclamou ela. — Temos que fazer mais dessas bombas de flechas.

Caçadora se virou para Escavador e lhe falou em voz baixa. Gameknight ouviu o comando para que o NPC grandalhão construísse mais bombas de flechas por todo entorno da aldeia, então ela voltou ao seu lado.

—Esta foi a melhor batalha de um lado só que eu já vi! — afirmou Caçadora.

—Batalhas nunca são boas — retrucou Costureira. — Elas são apenas tristes.

—Bem, do meu ponto de vista, isso foi incrível! — insistiu a irmã mais velha com orgulho.

Gameknight, ainda confuso com o que o zumbi tinha dito, desceu da muralha até a praça. Todos queriam parabenizá-lo, mas ele ignorou a comemoração e se concentrou no que havia ouvido. De repente, Artífice estava ao seu lado.

—Me diga o que o zumbi lhe disse... Sobre Xa-Tul — pediu o amigo.

— Ele falou que eles tinham viajado pelos portais-zumbis para chegar aqui, e que Xa-Tul era o líder deles; imagino que seja o rei zumbi? — Parou por um momento para pensar nisso, depois segurou o ombro de Artífice. — Você agiu como se reconhecesse o nome?

— Sim — confirmou Artífice com voz solene. — Houve uma vez um rei zumbi com esse nome, Xa-Tul. Ele liderou os zumbis na primeira grande invasão zumbi. Havia livros que descreviam o que aconteceu naqueles tempos ancestrais, antes da Junção.

— Eu me lembro de ter visto alguns livros na fortaleza, antes de partirmos para o Fim para enfrentar o Dragão Ender. Um deles dizia alguma coisa sobre uma invasão, e outro tinha escrito "A Junção".

— Essas são coisas na nossa história que poucos conhecem. Agora, há muitas histórias inventadas por NPCs para assustar os filhos e obrigá-los a fazerem as tarefas, ou se comportarem; pouco se sabe realmente além de que alguma coisa importante aconteceu há muito, muito tempo.

— Mas este não pode ser o mesmo rei zumbi, pode?

— Claro que não — respondeu Artífice.

— Então por que você está tão preocupado?

— Alguém escolheu esse nome para o novo rei zumbi. A pessoa que fez essa escolha... ela é a verdadeira ameaça aqui. — Artífice fez uma pausa e segurou a mão detrás das costas enquanto andava de um lado ao outro por algum tempo, processando a informação, depois parou e se virou para Gameknight999. — Diga-me, por que você voltou? Eu achava que nada poderia fazer você sair de casa e retornar ao interior de *Minecraft*.

— Eu já lhe disse... minha irmã, ela tomou o Portal de Luz. Ela está aqui em *Minecraft*.

— Isso não deve ser um problema — respondeu Artífice. — Podemos mandar notícias pela rede de carrinhos de mina, notificando todas as aldeias. Ela será encontrada.

— O problema é que eu estava executando um programa de modificação do jogo no meu computador, um programa que faz você parecer um zumbi quando entra em *Minecraft*.

— E por que você criaria uma coisa dessas? — indagou Artífice.

Gameknight só olhou para o chão e ficou calado.

— Hummm... Isso é um problema. Se ela for encontrada por um aldeão, eles presumiriam que é um zumbi e a atacariam... ou coisa pior — disse Artífice.

— Mas é provável que os zumbis a encontrem primeiro. Vão levá-la para a cidade zumbi.

— Onde fica isso?

— Em algum lugar bem profundo — explicou Artífice. — Os gêmeos Lenhadores seguiram alguns dos zumbis até uma caverna, mas os perderam nos túneis em algum lugar perto de um lago de lava.

— Você pode me levar até lá?

— É claro — respondeu Artífice. — Mas para quê? Não podemos entrar na cidade zumbi e procurar por ela... Seria suicídio.

— Eu tive uma ideia — afirmou Gameknight, enquanto as peças do quebra-cabeça começaram a ricochetear dentro de sua cabeça.

CAPÍTULO 14
MO-NAY

Monet seguiu Ba-Jin e os outros zumbis até o elevado penhasco rochoso. As altas árvores, com seus galhos entrelaçados, ofereciam excelente cobertura aos zumbis, permitindo que relaxassem um pouco. Monet concluiu, pela aparência das grandes árvores e dos imensos cogumelos que cresciam entre as áreas escuras, que este era um bioma de floresta coberta. Ela só tinha visto imagens desse tipo de região no YouTube, e ouvira falar que sempre havia zumbis em meio às altas árvores, mas agora entendia. Em algum momento, tinham passado da floresta normal de pinheiros e chegado neste imenso ambiente quase pré-histórico. Monet provavelmente estivera ocupada demais conversando com Ba-Jin para perceber a transição.

Adiante, ela viu o fim da floresta, um conjunto de altas colinas visíveis por entre os troncos espessos. Com encostas íngremes e protuberâncias severas, tinha que ser o bioma de colinas extremas do qual ouvira falar mas nunca vira. Monet notou a boca de uma imensa caverna escavada na base de uma das colinas e um túnel que mergulhava nas profundezas da montanha; era provavelmente o destino do grupo. Quando a floresta ficou menos densa perto do limite, os zumbis mais velhos tiveram que avançar de sombra em sombra, tomando o cuidado de evitar serem tocados pela luz do sol. Seguir a sombra era como caminhar por um labirinto. De vez em quando eles alcançavam sombras sem saída e tinham que voltar atrás para encontrar uma trilha abençoadamente escura que os levasse ao sopé do imenso penhasco. Monet e Ba-Jin não precisavam ser tão cuidadosas, pois crianças-zumbi não eram suscetíveis aos ardentes raios do sol. Por algum motivo, elas podiam sair sob a luz solar direta e não sentiam qualquer efeito negativo.

Enquanto corriam pela floresta, Monet aproveitou a oportunidade de recolher flores que pareciam crescer por toda a parte. Então percebeu que estava se sentindo estranha. Era como ter fome, só que diferente. Ela não tinha vontade de comer, mas começava a se sentir fraca e vazia, com a vida se reduzindo. Se não encontrasse alimento logo, ela ficaria mal.

— Por que Mo-Nay recolhe essas flores? — indagou Ba-Jin.

— Eu acho que elas são bonitas — respondeu a menina, esfregando a barriga que roncava. — Além disso, eu posso moer as flores em pigmentos e usá-los para pintar.

— Pintar... bonitas... Ba-Jin não entende.

— Aqui — disse Monet. — Deixa eu mostrar.

Pegou a mão da amiga, fez a jovem zumbi parar e se ajoelhou. Puxou uma coleção de flores de cores diferentes, espalhou-as no chão e as esmagou, transformando as pétalas numa pasta granulosa. Continuou a moer a gosma, que foi ficando mais uniforme e assumiu a consistência de uma tinta. Monet então pegou um pouco de pigmento com os dedos e pintou uma listra colorida na camiseta azul-claro de Ba-Jin. Passou mais tinta nos dedos quadrados e aplicou mais listras de cor, criando um arco de branco que se transformava em amarelo, com quadrados vermelhos vibrantes ao longo das beiras. Com alguns retoques de pigmento aqui e ali, Monet terminou.

— Agora você está bonita — anunciou Monet com um sorriso no rosto.

Ba-Jin tentou olhar para baixo, para a camiseta, mas não conseguiu ver o efeito completo.

— Venha ver seu reflexo nesta poça.

Ba-Jin se aproximou da água com o lento caminhar de zumbi e olhou o reflexo. Parada ali, imóvel, contemplou a imagem sem reagir.

— Bem... o que você achou?

Virou-se um pouco, deu uma olhada de um lado, depois do outro, então se ajoelhou para ficar mais perto da água e ver mais de perto. Lentamente, Ba-Jin levantou a cabeça e olhou para Monet. Um sorriso se abriu gradualmente no rosto dela. Ficou de pé, virou-se e encarou a amiga com um olhar de espanto nos olhos escuros, o sorriso aberto cada vez maior.

— Isto é maravilhoso — disse a jovem zumbi, agora fitando a camiseta colorida. — Ba-Jin gosta muito do que Mo-Nay fez com esta camiseta. Faz Ba-Jin se sentir... hum... especial.

Uma expressão de orgulho surgiu no rosto da zumbi enquanto ela contemplava a camiseta e olhava em volta para conferir se os outros zumbis tinham percebido. Alguns dos monstros mais velhos tinham notado e precisaram olhar de novo, com a surpresa estampada nos rostos marcados por cicatrizes.

— Por que você fala assim? — perguntou Monet.

— Assim como? — respondeu Ba-Jin enquanto se afastava da água e voltava a seguir os outros zumbis.

— Você nunca usa *eu* ou *nós* ou *a gente*. Já ouvi você me contar sobre seu clã zumbi, seu lar e sua família, mas você fala de tudo na terceira pessoa. É quase como se *você* não existisse, só o clã fosse real.

— Tudo é pelo clã — respondeu Ba-Jin, como se recitasse uma lição. — Além disso, é assim que os zumbis falam.

— Mas você não tem pais que se importam com você mais do que com o clã?

— Sim, pais se importam, mas tudo é feito pelo clã. É o costume zumbi. O clã sempre vem primeiro.

— Não tem coisas que *você* queira fazer... você sabe, para você mesma? — indagou Monet. — Do que *você* gosta? O que você quer fazer quando crescer?

— Quando Ba-Jin crescer, Ba-Jin quer uma família — admitiu em voz baixa. — Ba-Jin quer ter filhos um dia.

— Isso é ótimo!

— Mas Ba-Jin tem medo.

— Por quê? — perguntou Monet.

Ela chegou mais perto e falou num sussurro:

— Tempos são perigosos. Há muita conversa de guerra de novo. Será que filhos de Ba-Jin ficariam seguros? Ba-Jin não gostaria que filhos sofressem.

— Claro, nenhum pai ou mãe gostaria disso. É normal.

— Mas guerra é normal? — indagou Ba-Jin, olhando imediatamente ao redor, como se pensasse que seria problemático fazer aquela pergunta.

— Guerra nunca é bom — afirmou Monet, sem se importar em baixar a voz. — Mas e se...

Ba-Jin pousou a mão no braço dela, impedindo que falasse. Estava claramente nervosa com aquele tópico... com o questionamento de como as coisas eram feitas.

— Venha — interrompeu. — Há que se alcançar os outros.

A zumbi pegou a mão de Monet e saiu correndo. Ela ficou espantada em perceber como a mão da amiga era macia e gentil. Nunca tinha pensado que zumbis poderiam ser gentis e preocupados com os filhos.

Interessante, pensou.

— Ba-Jin, por que ficou surpresa com meu nome quando você me conheceu? — perguntou Monet enquanto elas corriam para alcançar os demais.

— Ba-Jin nunca conheceu criança que fosse *Mo* — respondeu.

— Eu não entendo — disse Monet enquanto se abaixava para pegar flores brancas e amarelas. — Você poderia me explicar o que o seu nome significa? Nós... hum... fazemos as coisas diferentes no meu clã.

— Certo. A primeira parte do nome significa a posição social do zumbi. Quanto mais perto do começo do alfabeto, mais baixa a posição. A segunda metade é o nome da família. Os pais de Ba-Jin todos têm o segundo nome de Jin. O pai de Ba-Jin é Sa-Jin, e a mãe de Ba-Jin é Nu-Jin.

— Ahh... entendi. — Monet se abaixou para pegar algumas flores roxas, depois foi para um canteiro vermelho. — Meu nome me faz parecer uma zumbi de alto nível social.

— É claro... Mo-Nay deve ser importante na vila.

Monet riu, atraindo os olhares dos outros zumbis como se eles nunca tivessem ouvido um zumbi rindo antes. Ba-Jin a encarou, confusa.

Ela estava prestes a explicar o que era tão engraçado quando chegaram à entrada do túnel. Os zumbis entraram rapidamente, com Monet no encalço. Quando adentraram o corredor sombrio, ela notou os colegas de caminhada relaxando visivelmente. Alguns deles olharam para trás, para a luz forte logo além da sombra do penhasco, e estremeceram. O zumbi líder então grunhiu alguma coisa e seguiu pelo túnel, com o resto do grupo em seu rastro.

Abrindo caminho por entre as passagens rochosas, os zumbis mergulharam cada vez mais nas profundezas. Faziam curvas fechadas para um lado e para o outro num padrão aparentemente aleatório, evitando os becos sem saída comuns nos túneis de *Minecraft*. O líder parecia saber exatamente aonde ia, mesmo que Monet já estivesse completamente perdida.

O grupo virou uma esquina e se deparou com outras criaturas das trevas: uma aranha das cavernas azulada rodeada por um bando de aranhas gigantes. Monet achou ser capaz de ouvir as criaturas sussurrando umas para as outras, o som de suas vozes quase como o sibilar de uma cobra. A aranha azul das cavernas ficava para trás e quase agia como se fosse subordinada às demais. Ela não se importava. Monet113 sabia que outros jogadores tinham medo dessas aranhas menores, mas não entendia o motivo. Como era relativamente nova em *Minecraft*, não dominava todos os aspectos do jogo.

Enquanto seguiam pelos caminhos rochosos, encontraram uma tropa de creepers. Os seres malhados de verde e preto estavam escondidos atrás de grandes estruturas rochosas, provavelmente na esperança de pular e assustar usuários ou NPCs distraídos. Porém, assim que viram os zumbis, todos recuaram. Exceto um deles. O creeper solitário parecia atraído por Monet. Rastejou até ela em suas perninhas e chegou bem perto. Os olhos escuros a examinaram de cima a baixo, mantendo rígida a boca, permanentemente curva em tristeza.

O monstro parecia confuso.

O creeper se aproximou e pareceu farejá-la, absorvendo seu odor, mas aparentava estar em dúvida. A criatura verde malhada olhou acima da cabeça dela, depois de volta ao seu rosto zumbi e fungou de novo, com os olhos negros cheios de confusão.

Ah, não... Será que ele sabe que eu não sou realmente uma zumbi?

Ela tentou abrir o inventário, procurar algum tipo de arma com que se defender, mas só encontrou um punhado de flores. Não tinha nada, nem espada, nem arco... apenas as garras afiadas nas mãos.

O que vou fazer?

O creeper olhou o punhado de flores, depois o rosto dela de novo. Os olhos negros pareciam sondar o próprio âmago de Monet, procurando alguma pista para explicar a confusão.

E então um zumbi adulto foi até ela e empurrou o creeper para longe, afastando-o como se fosse um bicho de estimação irritante.

— Cai fora, creeper — grunhiu o zumbi, enquanto olhava para Monet; depois se virou e continuou seguindo os camaradas.

Enquanto desciam, Monet começou a sentir o calor aumentar devagar, o ar se enchendo de fumaça e cinzas. A névoa seca de fuligem flutuava no túnel escuro e dificultava a detecção de buracos no chão e degraus entre blocos. O líder zumbi reduziu um pouco a velocidade conforme ficava mais difícil de enxergar, mas, por fim, o corredor acabou num penhasco estreito que não ficava mais que cinco blocos acima de um imenso lago de lava. Os outros zumbis sorriram ao ver o magma, mas agora foi a vez de Monet estremecer.

O grupo avançou cuidadosamente pelo penhasco e encontrou um lance de degraus que dava em uma trilha de pedra que margeava o lago. Ao longe, um córrego gorgolejante disparava de uma parede de pedra, espirrando à beira do lago de rocha derretida. A lava flamejante e a água fresca se chocavam e criavam pedregulho e obsidiana. Ao ver isso, o líder começou a se mover mais rápido, como se sentisse que o lar estava próximo. O zumbi alto vadeou pela água e apertou um único bloco de pedra que se destacava da parede lisa. Um clique soou quando o bloco se moveu um pouco, depois a parede se abriu lentamente, revelando um túnel sombrio que se estendia treva adentro. Monet via que o fim do túnel estava iluminado, mas não por tochas ou lava. Em vez disso, uma estranha luz verde se projetava na parede — parecia até que uma espaçonave alienígena tinha pousado do outro lado da passagem estreita.

O grupo entrou rapidamente no túnel, e Monet os seguiu com cautela. Cheia de trepidação, ela sem querer esbarrou a mão na parede de pedra ao entrar, deixando para trás uma leve mancha vermelha. Monet se aprofundou no túnel e ouviu o arranhar de pedra contra pedra ecoando pela passagem quando as portas rochosas se fecharam atrás dela. Virou-se e captou um último relance do lago de lava quando as portas se selaram, e a luz alaranjada foi sendo espremida até que a parede se fechou completamente, mergulhando todos numa fantasmagórica penumbra esverdeada, causada pela leve luz que vinha do fim do túnel. Virou-se e alcançou o resto dos zumbis apressadamente. A luz fraca a deixava meio nervosa, pois *Minecraft* tinha o hábito de colocar surpresinhas nos cantos escuros, mas os zumbis adiante pareciam despreocupados, então ela seguiu em frente, ficando o mais perto possível de Ba-Jin.

Quando chegaram ao fim do túnel, os zumbis adultos pareceram felizes: estavam em casa. Monet viu que estavam completamente relaxados agora, retraindo as garras e liberando toda tensão do corpo. Ela observou as criaturas por um momento, depois virou-se e lançou o olhar para fora do túnel, para a caverna que se abria diante deles.

Ficou chocada com o que viu.

Uma enorme caverna se abria diante dela, com uma Vila Zumbi esparramada pelo piso rochoso. Casas de vários tamanhos e formas se espalhavam pela câmara, cada uma feita de todos os tipos imagináveis de blocos de *Minecraft*. Lembrava Monet de uma colcha de retalhos colorida, com todas as cores do arco-íris presentes ali no chão da caverna. Ela via blocos de minério de ouro, ferro, carvão, pedra, terra, areia; todos os tipos de blocos de *Minecraft* estavam ali, salpicados pela Vila Zumbi. Ao longe, a menina viu coisas estranhas parecidas com fontes posicionadas por todo o lugar, cada uma espirrando fagulhas verdes bem alto no ar e iluminando a área. Em volta de cada fonte havia um grupo de zumbis parados na torrente faiscante, como se tomassem banho.

De repente, uma nuvem roxa surgiu perto do grupo, chamando a atenção de Monet. Um enderman saiu da névoa lavanda com um bloco de terra na mão. A criatura sombria pousou cuidadosamente o bloco no chão e se teleportou para longe noutra nuvem de fumaça roxa. Um zumbi próximo correu e pegou o bloco, depois o levou de volta para acrescentá-lo à sua casa em algum lugar da caverna.

Afastando os olhos da cena colorida, ela continuou seguindo os outros, e Ba-Jin a aguardava junto ao fim do grupo.

— Vem logo, Mo-Nay — disse Ba-Jin com voz tensa. — Precisamos de vida, estou ficando sem, e aposto que você também.

Monet fez que sim com a cabeça e seguiu a nova amiga. Ba-Jin tinha razão, Monet *estava* começando a se sentir fraca. A zumbi pegou a mão dela e a levou a uma das fontes verdes faiscantes que pontilhavam a câmara. Encontraram aquela mais próxima da entrada, que fluía de um pequeno buraco na parede da caverna. De mãos dadas, as duas amigas pararam debaixo do fluxo de luz verde faiscante. Assim que as faíscas verdes tocaram seu pé, Monet se sentiu instantaneamente rejuvenescida, pois o chafariz de vida a preenchia com saúde. Virou-se, olhou Ba-Jin e viu que a jovem zumbi sorria, envolta por completo pelas forças curativas da fonte. Monet entrou totalmente no fluxo e se banhou na torrente doadora de vida, as fagulhas verdes dançando ao seu redor como vagalumes alienígenas.

— Ba-Jin, o que aconteceria se a gente não voltasse à vila a tempo? Você sabe... antes que a gente ficasse com fome demais...?

A garota olhou para Monet como se viesse de outro planeta.

— Bem, o zumbi morreria, é claro — respondeu Ba-Jin com um tom sério na voz. — Às vezes acontece, mas não tem problema se isso servir para ajudar o clã. Houve vezes que zumbis partiram para atrapalhar o inimigo, sabendo que não seria possível voltar às fontes a tempo. A única coisa importante é o clã. O que acontece ao zumbi é insignificante.

— Como você pode dizer isso...? O que acontece a você é importante!

— Só se servir ao clã — respondeu a amiga, enquanto se virava para passar a mão sobre o bloco de onde fluía a vida faiscante.

Monet olhou para a parede, depois pegou algumas das flores que tinha recolhido. Ajoelhou-se e esmigalhou-as até criar uma pasta, então usou os dedos quadrados como um pincel improvisado para aplicar o pigmento colorido na parede. Com movimentos largos do braço, pintou cores fluídas pelas rochas, preenchendo os blocos cinzentos com tonalidades diferentes do inventário florido. Enquanto ela fazia isso, Ba-Jin e os outros zumbis a observavam com espanto. Movendo-se de cor a cor, Monet acrescentou um caleidoscópio de tons ao redor da fonte, misturando enquanto pintava de modo que elas se transformavam gradualmente de uma coloração a outra. Aplicando alguns quadrados brancos à beira de um traço vermelho, Monet continuou sua criação, adicionando mais e mais cor até que seu dom artístico lhe disse que estava pronto.

Virou-se, olhou para Ba-Jin e sorriu.

— Foi por isso que eu colhi as flores — anunciou Monet, orgulhosa.

— O que você fez? — indagou Ba-Jin. Seu rosto evidenciava confusão.

— Decidi que esta parede precisava de mais cor... Um toque de beleza que me lembraria como é fantástico estar viva.

Monet deu um passo atrás e contemplou a criação. Ao se afastar, as silhuetas quadradas tomaram forma. Ela tinha pintado um enorme mural que exibia uma longa flor vermelha com centro amarelo e salpicos de branco nas pétalas. Estava inclinada num ângulo como se soprada pelo vento, enquanto pequenas folhas verdes no fundo voavam pelo ar em correntes invisíveis.

Monet olhou os outros zumbis e ficou preocupada. Todos encaravam o mural, com rostos inexpressivos como se estivessem chocados com o que viam.

— Ba-Jin... está tudo bem? Você gostou?

— Ahh... é... ahh... — Ela lutava para encontrar palavras. — É a coisa mais incrível que Ba-Jin já viu.

Monet sorriu.

— Como foi que Mo-Nay aprendeu a fazer isso? — indagou Ba-Jin.

— Não sei, é só uma coisa minha. Poderia ensinar a você mais tarde, se quiser.

— Sim... sim, por favor.

— Certo, o que podemos fazer é...

De repente, houve um uivo raivoso que ecoou pela câmara inteira. Ele tirou a atenção da pintura de todos os zumbis próximos a ela e fez com que se virassem para o centro da caverna. Muitos começaram a se afastar, seguindo pelo caminho que levava ao piso.

— O que foi isso? — perguntou Monet.

— Assembleia — respondeu Ba-Jin. — Todos os zumbis desta cidade foram chamados para se juntar. Há uma reunião na praça central.

— Uma reunião...? O que isso quer dizer?

— Que alguma coisa foi decidida pelos anciãos zumbis. Vai haver um anúncio, e ordens serão dadas aos zumbis desta vila.

— Ordens... Sobre o quê?

— Não se sabe, mas o zumbi líder informará o que precisa ser feito. Tudo é para o bem do clã.

— Pelo bem do clã — ecoou um dos últimos zumbis a deixar a fonte pintada, com um sorriso ainda presente no rosto verde em decomposição.

— Pelo bem do clã — disse Monet em voz baixa, com uma sensação de trepidação assustada preenchendo sua alma.

CAPÍTULO 15
A REUNIÃO

Monet seguiu Ba-Jin pela confusão da aldeia. Não havia propriamente ruas e avenidas ali, apenas um conjunto aparentemente aleatório de casas feitas de blocos que formavam a Vila Zumbi. Correndo para conseguir acompanhar sua nova amiga, Monet rapidamente se desorientou enquanto a seguia por uma trilha em zigue-zague que levava ao centro da cidade. Em alguns trechos a trilha tinha apenas um bloco de comprimento, enquanto em outros havia um espaço de quatro ou cinco blocos entre as casas. Monet ficou espantada com a completa confusão e aleatoriedade daquele lugar, mas, depois de uma caminhada desconcertante de alguns minutos, finalmente elas chegaram à orla da praça central.

Monet viu um grande número de fontes de HP posicionadas nas extremidades da praça e alguns zumbis postados sob o seu brilho esmeralda intenso. Na praça, entretanto, havia cerca de 100 zumbis, se não mais, todos de frente para alguém que discursava. Parecia um oceano azul, com todas aquelas camisas leves se unindo num mar de safira ondulante; garras escuras emergiam da superfície como pequenas barbatanas de tubarão ameaçadoras conforme os zumbis erguiam as mãos pontiagudas em apoio ao palestrante. A coloração daquele mar era quase perfeita: as camisas azuis idênticas formavam os limites do oceano e as indistinguíveis calças azuis escuras davam a impressão de profundezas líquidas abaixo da superfície de garras. Aquela imagem ficou gravada na mente de Monet, e ela mal podia esperar para voltar para casa e desenhar a cena... Isso, claro, se ela um dia conseguisse voltar.

Talvez usar o digitalizador não tenha sido uma ideia tão boa assim, pensou, olhando para as garras que resplandeciam no meio da multidão.

No centro da praça, ela avistou uma plataforma de pedra com dois blocos de altura, sobre a qual havia um zumbi alto num estrado. Sua armadura dourada refletia as luzes esverdeadas da cidade, o que causava a sensação de que ele inteiro estava brilhando. O zumbi cintilante, que parecia irritado e nervoso, berrou aos cidadãos-zumbis algo que Monet não conseguiu entender, pois ela e sua amiga estavam muito longe. Ba-Jin olhou para Monet e, em seguida, para a camisa que vestia. Um sorriso voltou ao seu rosto quando ela olhou mais uma vez para a nova amiga, então a tomou pela mão e a conduziu até o centro do aglomerado.

Enquanto elas atravessavam a congregação de zumbis, Monet percebeu olhares curiosos sendo lançados em direção a ela e à camisa de Ba-Jin; Monet era agora como um peixe tropical recém-descoberto nadando naquele oceano azul; uma nova espécie darwiniana que evoluíra a partir das suas antecessoras e que agora estava preparada para ser vista. Os zumbis obviamente notaram sua blusa, pois vários dos espectadores sorriram ao ver aqueles arroubos de cor e olhares surpresos surgiram em diversos dos rostos putrefatos. Ba-Jin parecia radiante; obviamente tinha visto os zumbis de olhos escuros a encarando, e parecia que aquela era a primeira vez que ela sentia orgulho *de si mesma* e não apenas *do clã*.

Abrindo caminho através da multidão, elas se postaram lá na frente e pararam para ouvir.

— Chamaram um zumbi para conversar... provavelmente para discutir a rendição. Mas então um NPC atirou no zumbi... disparou várias vezes. O zumbi morreu ali mesmo, enquanto conversava com o líder dos NPCs.

A multidão de zumbis começou a ficar agitada. A notícia do ataque injustificado estava deixando todos irados.

— O zumbi não atacou! — prosseguiu o líder. — Ninguém foi para cima do NPC com garras afiadas. Era só uma conversa, e nada mais. Uma conversa! Mas os NPCs mataram o zumbi sem qualquer razão!

Os cidadãos da Vila Zumbi começaram a rosnar e gemer, possuídos por uma raiva que parecia prestes a transbordar.

— Quem é ele? — sussurrou Monet no ouvido de Ba-Jin.

— É o líder do clã, Vo-Nas.

— Então, a multidão de zumbis atacou a aldeia! — gritou Vo-Nas.

Os ouvintes aplaudiram e soltaram urras.

— E o que aconteceu com a aldeia? — gritou alguém.

— Quantos NPCs aqueles zumbis destruíram? — perguntou outro.

Vo-Nas ergueu as mãos verdes em decomposição, suas longas garras escuras cintilando à luz esmeraldina das fontes de vida. Um olhar solene surgiu em seguida no seu rosto monstruoso.

— Apenas um dos zumbis sobreviveu — disse ele, apontando para uma das fontes de HP. Um zumbi na extremidade da praça jazia no chão, abaixo do chafariz cintilante, seu corpo ainda perfurado por flechas. — Aquele zumbi acabou de voltar para a vila em busca de uma das fontes. — Sua voz tornou-se então mais baixa, assumindo um tom solene. — Todo o restante... morreu.

Vo-Nas olhou para a multidão de monstros e, em seguida, levantou a mão direita, com as garras afiadas abertas. Outros zumbis na multidão seguiram seu exemplo e também ergueram as mãos, imitando o gesto. Monet olhou em volta do clã e viu que agora todos os zumbis haviam levantado os braços verdes. Então ela reconheceu o que era aquilo, algo que seu irmão já lhe havia descrito: uma saudação para os mortos. Erguendo a própria mão, ela abriu suas garras, juntando-se à saudação coletiva. Os zumbis então inclinaram a cabeça para trás e soltaram um gemido triste e lamentoso que preencheu toda a caverna.

— Em nome daqueles zumbis que morreram pelo bem do clã — disse Vo-Nas —, a saudação do sacrifício é oferecida.

— Pelo bem do clã! — gritou um zumbi.

— Pelo bem do clã! — gritou outro.

— Pelo bem do clã! Pelo bem do clã! Pelo bem do clã! — As palavras ecoaram por toda a congregação.

Nesse momento, Vo-Nas baixou a mão e olhou para a comunidade de zumbis.

— Vingança contra os NPCs! Zumbis devem se vingar deles! — gritou Vo-Nas, com uma careta de escárnio e irritação.

— Por quê? — gritou Monet. — Por que devemos atacá-los?

Um silêncio constrangedor preencheu o lugar.

— Porque NPCs mataram zumbis!

— Mas os zumbis não foram até lá para atacar a aldeia dos NPCs? — perguntou Monet. — O que pensaram que aconteceria? Os NPCs provavelmente só estavam se defendendo. A violência nunca é a solução.

Os zumbis mais próximos de Monet se afastaram alguns passos dela. Apenas Ba-Jin ficou ao seu lado.

— Não precisa haver motivo para atacar NPCs. Zumbis atacam os inimigos porque eles não são zumbis — respondeu Vo-Nas. — NPCs não se parecem com zumbis, não agem como zumbis. Eles são diferentes. É assim que sempre foi e é assim que sempre será.

— As árvores são diferentes de... nós, mas não as atacamos, certo? — retrucou Monet.

— E por que zumbis atacariam uma árvore? Árvores são representam nenhuma ameaça.

— Os aldeões também não representam qualquer ameaça, apenas querem viver suas vidas, como os zumbis.

— É assim que as coisas são desde que existem zumbis e aldeões.

— Mas isso não significa que esteja certo — retrucou Monet. — Uma guerra não deve ser travada hoje só porque houve uma guerra ontem. Todas as criaturas querem viver em paz, mesmo aquelas que são diferentes dos zumbis.

— Qual é o nome dessa criança? — vociferou Vo-Nas.

— Eu me chamo Monet — respondeu ela.

— Mo-Nay? Uma Mo? Isso é difícil de acreditar. Onde estão os pais de Mo-Nay?

Silêncio.

— Eu vim de uma aldeia... diferente. Estou apenas de visita.

— Essa criança zumbi fala de forma diferente dos outros zumbis — disse Vo-Nas em tom acusatório, cheio de desconfiança.

— Diferente é bom. Significa que existem coisas que podemos aprender uns com os outros. Exatamente como com os aldeões.

Vo-Nas pulou do palco central e rumou furioso em direção a Monet.

— Essa criança não sabe de nada! Zumbis e aldeões são inimigos mortais. Não podemos aprender nada com os NPCs. Exceto a morte.

— Por que vocês são inimigos deles?

— É assim que é. É assim que sempre foi. É o que o clã precisa... destruir os NPCs.

— Você quer dizer que os zumbis devem morrer apenas para que a guerra possa continuar. Esta guerra não tem nenhum propósito. As vidas de zumbis que forem perdidas terão sido em vão. — Ela então parou por um instante para refletir. Em seguida, sorriu e continuou: — Não é bom para o clã que zumbis morram por nada. Chegou a hora de mudar as coisas.

— Esta zumbi está querendo assumir a liderança deste clã?! — berrou Vo-Nas, seu corpo musculoso assomando sobre a menina.

Um silêncio tenso espalhou-se pela praça da cidade, todos os olhos mortos e frios focando-se em Monet. Rapidamente, Ba-Jin apareceu ao lado dela e puxou seu braço.

— Fique quieta, Vo-Nas está ficando irritado. Não é bom irritar líder do clã.

Vo-Nas aproximou-se ainda mais de Monet e a encarou cheio de ódio. Ela sentiu seu olhar ameaçador e soube que sua morte era iminente. O medo atravessou sua espinha quando ela chegou à conclusão de que aquilo não era apenas um jogo... era para valer. Em vez de continuar a discussão, ela baixou o olhar e deu alguns passos para trás.

Vo-Nas sorriu.

— Venha. Ba-Jin deve levar Mo-Nay... para a casa da sua família — disse ela suavemente, puxando-a pelo braço. — Venha... agora, antes que seja tarde demais. Mo-Nay pode passar a noite na casa de Ba-Jin hoje.

Ba-Jin puxou sua nova amiga para longe dali e seguiu novamente em direção ao labirinto de casas dispersas. Ao longe, elas podiam ouvir Vo-Nas continuar sua campanha de violência, incitando todos os zumbis a atacarem os aldeões.

Aquilo deixou Monet triste.

Enquanto elas seguiam por entre as casas, Monet percebeu que um grupo de jovens zumbis começou a segui-las, monstros com idade próxima da delas, para mais ou para menos. Tentaram passar despercebidos enquanto seguiam Ba-Jin e Monet, mas não conseguiram.

— Violência gratuita não resolve nada, só gera mais violência — disse Monet.

— O quê? — disse Ba-Jin, mas Monet sabia que ela tinha ouvido... tal como os outros jovens zumbis que as seguiam.

— Os zumbis estão trilhando um caminho sem volta. Vocês estão consumidos pelo ódio aos NPCs e nem mesmo sabem o porquê. Sem comunicação ou entendimento, o círculo de violência continuará para sempre, levando apenas à morte. Isso me deixa triste.

Ba-Jin parou e virou-se para olhar para Monet. As outras crianças-zumbi pararam também e se esconderam novamente nas sombras.

— O que Mo-Nay diz é perigoso.

— A guerra também é. — Monet parou por um momento e, em seguida, pousou levemente a mão verde cheia de garras sobre o ombro da amiga. — Mas chega de falar de guerra e de morte. Vamos, me mostre a sua casa.

Ba-Jin sorriu, depois tomou Monet pela mão e levou-a até sua casa de pedra. Os jovens zumbis as seguiram nas sombras, cheios de perguntas sobre o que Monet havia dito... perguntas e dúvidas.

CAPÍTULO 16
O PREÇO DA DESOBEDIÊNCIA

Parado nos fundos da enorme caverna, Herobrine ouviu o discurso resmungado por Xa-Tul. O rei zumbi dirigia-se à sua recém-adquirida Vila Zumbi, orientando o clã a agir como uma gigantesca arma viva para atacar as aldeias da Superfície. Ele já havia ouvido este mesmo discurso muitas vezes antes e não precisava ouvi-lo novamente.

Eles vinham tomando vilas zumbis por toda a *Minecraft* e colocando-as sob o jugo de Xa-Tul. O rei zumbi transmitia diligentemente a mensagem violenta de Herobrine a todos os seus novos súditos: atacar os NPCs. Herobrine estava treinando os monstros da Superfície e as criaturas do Nether a odiarem os NPCs havia um século, na esperança de usá-los como ferramenta para escapar dos horríveis servidores de *Minecraft*. Agora, todo aquele trabalho finalmente começava a valer a pena.

— Ainda não consigo sentir a presença de Gameknight999 — murmurou Herobrine para si. — Ele não pode ter deixado *Minecraft*... isso seria impossível. Em *Minecraft* ele tem poder.... poder de verdade, e é alguém importante. Ele pode ter o que quiser, pois é o Usuário-que-não-é-um-usuário... o rei de todos esses NPCs. Que tipo de pessoa insana descartaria tanto poder assim? Não, ele tem de estar aqui... em algum lugar.

Ele fez uma pausa para olhar em volta e verificar se algum dos zumbis o pegara falando sozinho. Entretanto, todos os olhos frios e sem vida do local estavam focados em Xa-Tul.

— Vou para o servidor seguinte procurar o meu inimigo.

Seguindo até a entrada da caverna, Herobrine encontrou um túnel que levava a locais mais profundos de *Minecraft*. Enquanto ele descia a passagem sinuosa que levava às profundezas rochosas, a voz rosnada de Xa-Tul foi desaparecendo aos poucos. Ele sabia que o zumbi poderia lidar com aquelas criaturas lá em cima, na vila. Ele o criara para ser capaz de enfrentar qualquer coisa. Herobrine derramara cada grama de raiva, ódio e rancor que possuía no rei zumbi, fazendo dele a mais letal criatura de *Minecraft*. Depois dele mesmo, claro.

Ao virar a esquina, Herobrine se deparou com um grande salão, dominado por três portais. Cada um fora construído com obsidiana, a rocha negra brilhante que resultava da combinação de lava fervente com água fria. Esses blocos possuíam poderes mágicos de teleporte, e os usuários haviam descoberto que podiam transportá-los até o Nether. O que eles não sabiam é que em cada Vila Zumbi havia portais especiais com o poder de teleportar os monstros verdes e decrépitos de uma cidade subterrânea para outra.

Aproximando-se dos portais, Herobrine percebeu que aquele que levava ao Nether apresentava intacto o seu campo de teleporte roxo ao redor do anel de obsidiana: pequenas partículas flutuavam ao redor de suas bordas. O portal que levava a outras vilas zumbis daquele servidor, entretanto, estava envolto em uma estranha cor verde, igual à das fontes de HP abrigadas na caverna acima. A combinação das duas cores emprestava às rochas das paredes da câmara um horrendo tom castanho. A mesma coloração envolvia o terceiro portal, uma combinação de portal zumbi verde com portal roxo do Nether. O campo tremulante que preenchia aquele círculo de obsidiana parecia uma película cintilante de água suja, com partículas marrons flutuando próximo às bordas.

Este era o portal que Herobrine desejava.

Ao entrar no campo marrom de teleporte, a visão dele falhou e tornou-se distorcida à medida que o portal transmitia seu código de programação de um endereço de IP para outro à velocidade do pensamento. Num segundo, ele já estava materializado numa câmara idêntica, porém em outro servidor.

Fechando os olhos, Herobrine ampliou seus sentidos para escutar o mecanismo de *Minecraft*. Suspirou e abriu os olhos novamente.

O Usuário-que-não-é-um-usuário não estava ali.

Onde está você, Gameknight999?!

A frustração aumentou dentro de Herobrine, junto com a vontade de destruição. Seu inimigo estava à solta por aí, em algum lugar, escondendo-se como o tolo covarde que era.

— Uma hora eu vou encontrá-lo! — berrou para a câmara vazia.

Afastando-se do portal, ele entrou na passagem estreita que levava à câmara principal. A Vila Zumbi estava cheia daqueles tolos monstros decrépitos, cujos lamentos e gemidos preenchiam a caverna com sons melancólicos. Ignorando seus olhares curiosos, Herobrine rumou até a plataforma elevada que estava no centro do local. O líder dos zumbis aproximou-se dele, com a espada dourada desembainhada, pronto para desafiá-lo. Herobrine olhou feio para a criatura, depois emitiu um clarão violento pelos olhos. O monstro parou de se aproximar e simplesmente ficou ali parado, encarando o artífice de sombras. Todos os monstros sabiam que aqueles olhos cintilantes pertenciam ao Criador, que criara todos os heróis malignos, e o zumbi não queria encrenca com aquele ser... nem hoje... nem nunca. Dando um passo para trás, o zumbi embainhou a espada dourada e abaixou a cabeça apodrecida.

— Mestre — grunhiu o líder dos zumbis —, há ordens para estes humildes servos?

— Ainda não — retrucou Herobrine —, mas em breve seu novo líder chegará, e ele transmitirá minha mensagem.

— Novo líder? — perguntou o zumbi. Um olhar de medo cruzou seus olhos frios e sem vida.

Herobrine se limitou a sorrir.

Reunindo seus poderes de teleporte, ele desapareceu e se materializou na Superfície. A manhã estava na metade e o sol ainda estava atingindo seu ápice: sua face amarela brilhante cintilava sobre os habitantes de *Minecraft*. Entretanto, vários zumbis vagavam à sombra dos carvalhos escuros que o rodeavam. Olhando para o terreno, percebeu que estava em um bioma de floresta coberta. Carvalhos altos e negros assomavam nas alturas, e suas copas folhosas amplas conectavam-se com as dos carvalhos vizinhos, formando um telhado verde sob o qual os zumbis podiam se esconder dos raios ardentes do sol.

Árvores... odeio árvores, pensou Herobrine.

Esticou o braço e pousou a mão em um dos carvalhos negros. O brilho de seus olhos aumentou quando ele reuniu seus poderes de artífice e os envolveu em torno dos segmentos de código que dominavam aquela árvore. Aos poucos, as folhas verdes dos galhos lá do alto começaram a mudar de cor. Devagar, o verde luxuriante deu lugar a um tom pálido esverdeado, depois a um tom castanho e então a uma cor cinzenta horrenda. Eventualmente, todas as folhas apenas se desfizeram em pó, caindo ao redor de Herobrine como as cinzas de uma fogueira intensa. Ele sorriu ao sentir a árvore estremecer e sofrer com seu toque. Em questão de segundos, a luz do sol começou a atravessar o buraco feito na copa verde lá em cima, atingindo os zumbis que vagavam a esmo. Os que estavam no centro do campo de luminosidade explodiram em chamas quando a luz do sol e o céu azul os puniram pela transgressão cometida por seus ancestrais, 100 anos antes. Os monstros em chamas saltaram como velas dançantes, procurando água para apagar o fogo, mas não havia nenhuma por perto. Em segundos, seus pontos de vida se extinguiram e eles desapareceram com um estalo, deixando para trás poucos itens.

Herobrine sorriu e em seguida caminhou sob a luz solar, depois voltou para as sombras, enquanto se movia através da floresta escura. Ele não precisava de zumbis naquele momento; o que ele precisava era das Irmãs.

Teleportando-se pelo bioma, ele encontrou os limites da floresta escura. A partir dali se iniciava um bioma de savana. Havia alguns cogumelos gigantes nas fronteiras com a floresta coberta, as cúpulas vermelhas destacando-se em contraste com os troncos escuros. Parecia uma estranha combinação... Ele sempre se perguntara em que Notch estaria pensando quando criou aquilo.

Neste momento, ele ouviu o que viera buscar ali: mandíbulas afiadas batendo nervosamente. Virando-se, Herobrine avistou uma dúzia de aranhas descendo lentamente pelos troncos altos dos carvalhos, na esperança de surpreender o viajante solitário. Apesar de suas oito patas não emitirem qualquer som enquanto elas desciam, as aranhas não conseguiam evitar bater as mandíbulas ao se aproximarem. Era o que faziam quando estavam empolgadas, ou com medo, ou com raiva, ou felizes, ou... enfim, basicamente o tempo todo.

O maior dos monstros se aproximou vagarosamente, enquanto os demais se puseram a rodear a sua próxima vítima.

Elas não têm ideia de quem eu sou, pensou Herobrine. *Logo, logo irão aprender uma lição.*

Então a aranha líder deu um salto para a frente, com as garras abertas e afiadas como navalhas.

Em um único movimento fluido, Herobrine desembainhou sua espada ender e investiu sobre o monstro, dando ao mesmo tempo um passo para o lado. A aranha caiu com um baque seco, emitindo um clarão vermelho. As outras aranhas pararam de bater as mandíbulas e recuaram alguns passos. Estavam começando a perceber que aquele não era apenas um usuário que saíra para dar uma voltinha.

A grande aranha virou-se e olhou-o com seus múltiplos olhos vermelhos, cada qual ardendo de ferocidade e de ódio. Elas também tinham sido treinadas sutilmente ao longo do último século por Herobrine para odiar os NPCs e os usuários: os sussurros de Herobrine na escuridão e suas intromissões nos sonhos delas as fizeram aprender a odiar seus inimigos.

A aranha sibilou algo e, em seguida, atacou novamente. Dessa vez, Herobrine deu um pulo para o alto quando a criatura investiu sobre ele, e sua espada ender abriu um talho nas costas do monstro no momento do salto. A aranha piscou de novo, depois virou as costas e se afastou. Sabia que estava perto da morte e não queria mais atacar o estranho.

Decisão sábia... Talvez essa aí me possa ser útil.

Embainhando a espada, Herobrine deixou que seus olhos brilhassem intensamente, lançando uma iluminação dura e estéril em torno do grupo de aranhas. Quando viram aqueles olhos incandescentes, todas souberam instantaneamente quem ele era e abaixaram as cabeças — a aranha ferida foi a que mais se curvou.

— Aranhas, onde fica sua colônia? — perguntou Herobrine.

Nenhuma deles respondeu. Obviamente estavam aterrorizadas com ele.

— Eu não tenho tempo para isso... Respondam!

— A nossssssa colônia fica longe daqui, Criador — disse a aranha ferida; devia ser a líder. — Nósssss estamossss viajando pela floressssta, caçando NPCsssssss.

— Por que há tão poucas de vocês por aí?

— A eclosão dos ovos acontecerá em breve — respondeu a aranha. — A rainha deixou assss outrassss Irmãsssss cuidando do centro de incubação. Ela não quer contar apenasss com ossss Irmãossssss para proteger e cuidar dos filhotessss sozinhossss.

Herobrine assentiu. Ele sabia que o termo "Irmãos" se referia às aranhas das cavernas, que eram do sexo masculino; já as aranhas pretas gigantes eram todas do sexo feminino. Devido ao fato de virem da mesma rainha, eram parentes umas das outras. Em geral, era tarefa dos Irmãos cuidar dos ovos e fornecer comida aos filhotes assim que eclodissem. As aranhas crianças, ou filhotes, gostavam de comer o musgo que só se encontrava nos paralelepípedos repletos de limo. Portanto, as aranhas das cavernas iam a masmorras, e templos nas selvas e ao bioma de mega taiga em busca dos blocos verdes — apesar de o musgo das masmorras aparentemente ser o melhor. Herobrine sabia disso, e foi por este motivo que começou a colocar baús de tesouro nessas masmorras, a fim de atrair usuários tolos e fazê-los lutar contra os Irmãos. Poucos usuários tinham o bom senso de levar leite consigo ao explorar as profundezas subterrâneas. Só de pensar na pegadinha já foi o suficiente para Herobrine desatar a rir.

Entretanto, quando olhou para aquele grupo patético de aranhas, seu sorriso desapareceu lentamente, dando lugar a uma carranca irritada.

— Eu instruí sua colônia a atacar os NPCs e puni-los por estarem vivos no meu servidor! Por que a sua rainha me desobedeceu?

— Ela... hã... a rainha achou maisssss importante cuidar da incubação, para que a colônia pudesssse crescer. Isso forneceria mais aranhasssss para seu comando.

A aranha fez uma reverência ainda mais inclinada, na esperança de não ser a destinatária da fúria de Herobrine.

Resmungando, Herobrine aproximou-se da aranha ferida. Inclinou o corpo para baixo e levantou-lhe a cabeça bem devagar, de modo que seus múltiplos olhos estivessem voltados diretamente para as pupilas cintilantes dele.

— Você vai voltar para a colônia e transmitir minhas instruções para a sua rainha, pessoalmente. Os Irmãos que cuidem dos filhotes, como têm feito durante séculos. Se eu tiver que voltar para incentivar a sua rainha a me obedecer, então provavelmente você precisará de uma nova rainha muito em breve. Entendido?

A aranha assentiu.

— Agora vá!

A aranha ferida rapidamente se virou e foi embora se arrastando, o abdômen bulboso balançando para a frente e para trás enquanto se movia pela floresta, seguida de perto pelas outras aranhas.

— Esperem! — gritou Herobrine. — As demais, voltem aqui... vocês ficam comigo. Tenho uma tarefa para vocês.

As outras aranhas pararam, depois vagarosamente deram meia-volta. As 11 aranhas restantes seguiram mais uma vez em direção a Herobrine, mas pararam a três blocos de distância, tomando o cuidado de ficar fora do alcance de sua espada ender.

— Sigam-me — rosnou ele.

Virando-se, Herobrine saiu do bioma de floresta coberta e passou para o de savana. Enquanto caminhava, podia ouvir o clique nervoso da mandíbula das aranhas, mas não olhou para trás para ver onde estavam; sabia que iriam segui-lo.

Por toda a savana, estranhas acácias de copa achatada dominavam a paisagem. Para qualquer lugar que se olhasse, grama verde-amarelada cobria o chão. Cobria quase tudo e balançava suavemente à brisa morna que fluía por toda a região. Aquela teria sido uma paisagem majestosamente bela para qualquer NPC ou usuário, porém, para Herobrine, era detestável. Ele caminhou em direção a uma das árvores e tocou seu tronco escuro. Depois de respirar fundo, seus olhos começaram a brilhar mais e mais, enquanto os poderes de artífice cresciam dentro de si. As folhas da árvore de topo achatado então começaram a murchar e desaparecer, até caírem no chão como cinzas. Herobrine olhou para a copa da árvore e sorriu.

— Veremos se você pode me sentir agora, sua velha — disse a si mesmo.

Com um sorriso satisfeito, ele prosseguiu a jornada. Enquanto caminhavam, uma aldeia apareceu por trás de um grande monte de terra: era seu destino. Mesmo àquela distância, Herobrine percebeu que era uma grande aldeia, com muito mais construções do que o comum, porém não havia muro de proteção em torno das casas.

Esses NPCs são mesmo uns tolos, pensou.

Ao se aproximarem, Herobrine sentiu o chão começar a tremer, como se um trovão ribombasse em algum lugar abaixo da superfície de *Minecraft*. Então um clarão de luz solar refletiu-se em algo brilhante e mostrou qual era a fonte do barulho: aquela aldeia tinha um golem de ferro. Aldeias com pelo menos 21 portas e mais de dez NPCs podiam ter seu próprio golem de ferro. Ele servia para proteger a vila de invasores e destruir quaisquer bandos hostis que fossem tolos o bastante para tentar invadir. E aquele golem, especificamente, parecia forte... e raivoso.

— Perfeito — disse ele a ninguém em particular.

— O quê? — perguntou uma das aranhas.

— Nada.

Continuaram andando e aproximando-se cada vez mais da aldeia. Quando chegaram mais perto, Herobrine procurou ficar atrás das acácias o máximo possível, parando às vezes para desnudar os galhos com seus poderes malignos de artífice. Isso sempre o fazia sorrir. Quando eles estavam quase lá, parou e virou-se para as aranhas.

— Ataquem essa vila! — ordenou Herobrine.

As aranhas olharam para a aldeia e depois tornaram a olhar para o Criador.

— Massss existem NPCsssss demaissss aí — protestou uma delas. — Elesssss têm espadasss e arcosss.

Desembainhando sua espada ender num único gesto fluido, ele atacou o monstro com um golpe mínimo. A aranha piscou um brilho vermelho quando seu HP caiu um nível.

— Sua rainha desobedeceu minhas ordens e deve ser punida — disse Herobrine, e a seguir apontou para a maior das aranhas com a sua espada escura. — Fique aqui vigiando as outras enquanto elas cumprem minhas ordens, depois volte para a sua rainha e conte o que aconteceu por aqui. Ela irá entender que qualquer desobediência será severamente punida. Fui claro?

A aranha bateu as mandíbulas três vezes e assentiu com a cabeça escura. Em seguida, ele se virou para os outros monstros.

— Vocês, ataquem essa vila. Não deixem ninguém vivo e só voltem depois que sua tarefa estiver concluída.

As aranhas se entreolharam, com um olhar apavorado.

— Se não quiserem fazer isso, existe outra opção.

As aranhas o encararam, cheias de esperança.

Buscando em seu inventário, ele retirou uma armadura ender e a vestiu. As camadas protetoras negras pareceram sugar a luz ao redor, enquanto minúsculas partículas roxas de teleporte dançavam em torno dele como se estivessem vivas.

— Se não obedecerem às minhas ordens e atacarem esta vila, então podem me enfrentar. Mas aviso logo: seu sofrimento em minhas mãos será enorme. — Um largo sorriso abriu-se em seu rosto. — A escolha é de vocês.

As aranhas olharam para Herobrine. Depois, viraram-se e seguiram em direção à aldeia. Assim que foram vistas, um alarme soou e os aldeões colocaram armaduras e pegaram suas armas. Em seguida, o chão começou a tremer quando o golem aproximou-se delas, os pés de metal batendo no solo com força por causa de seu impressionante peso. Golpeando com os braços metálicos, ele atingiu uma aranha após a outra, fazendo com que piscassem vermelho, e as arremessou bem alto. Quando elas tornaram a bater no chão, emitiram um brilho vermelho novamente e depois desapareceram com um estalo. Apesar de terem se esforçado ao máximo, tinham pouca chance contra uma aldeia inteira e um golem de ferro. No final, a única evidência de que um dia haviam existido naquele servidor era um pequeno punhado de seda e três bolinhas de XP incandescente. Herobrine viu os aldeões recolhendo a seda e os pontos de experiência, e em seguida voltarem a suas vidinhas patéticas após a última das aranhas ter sido destruída.

Virando-se, ele encarou a criatura que estava ao seu lado.

— Agora vá e avise a sua rainha que este foi o preço da desobediência. Diga que mais aranhas irão sofrer caso ela não me obedeça. Entendeu?

A aranha nervosamente assentiu com sua cabeça grande, os múltiplos olhos vermelhos que pontilhavam todo o rosto cheios de medo.

— Então, vá!

A aranha deu as costas e afastou-se, o grande corpo bulboso balançando para um lado e para o outro enquanto disparava para longe do Criador.

Herobrine era capaz de sentir o medo da aranha durante aquela fuga, o que o fez sorrir. Ao virar-se mais uma vez para a aldeia, fitou-a com um ódio venenoso.

Esses NPCs serão varridos da face de Minecraft *em breve*, pensou. *Mas, primeiro, eu vou encontrar aquele Usuário-que-não-é-um-usuário covarde e fazê-lo sofrer.*

— Você não pode continuar se escondendo para sempre, Gameknight999! — falou para ninguém... e para todos. — Eu vou encontrá-lo e fazê-lo sentir dor como nunca sentiu. E, quando seu medo atingir o ápice, você entrará no Portal de Luz para escapar de mim, mas eu estarei lá, ao seu lado. Sua própria ignorância e covardia é que permitirão que eu fuja da prisão em que me encontro.

Ele então deu uma risada maligna com tanta malícia e ódio que até as árvores daquele bioma sentiram vontade de fugir.

— Gameknight999! — gritou ele para a própria constituição de *Minecraft*. — Você será o instrumento de destruição que arrasará tanto este mundo quanto o seu mundo físico. Você não poderá fugir de mim!

Antes que os aldeões pudessem reagir à voz dele, Herobrine se teleportou para longe, materializando-se na câmara do portal da vila zumbi mais próxima. Então entrou no campo brilhante da passagem que o levaria ao servidor seguinte. E, à medida que sua visão falhava, Herobrine teve a ligeira sensação de que Gameknight999 estava por perto. O servidor onde residia o Usuário-que-não-é-um-usuário localizava-se em algum lugar próximo daquele!

Estou cada vez mais perto de pegar você, pensou Herobrine enquanto tudo ficava preto.

CAPÍTULO 17

ENCONTRANDO A VILA ZUMBI

O grupo se movia silenciosamente pela floresta, aproximando-se da grande abertura na parede do penhasco íngreme. Ao longo da jornada tinham ouvido zumbis em toda parte por ali; a copa frondosa e espessa das árvores fornecia sombra suficiente para que os monstros pudessem sair durante o dia sem explodir em chamas. Porém, quando se aproximaram das altas colinas à frente, Gameknight999 ouviu ainda mais monstros gemendo dentro de uma grande caverna escavada na encosta. Ele sabia que, quando o sol se pusesse, aquela floresta ficaria tomada de monstros. Eles precisavam encontrar Monet antes disso. O problema é que, para encontrar sua irmã, precisariam *entrar* na caverna.

Gameknight foi até a abertura e olhou para as profundezas ali dentro. Não conseguia enxergar nada, apenas sombras e escuridão.

— Precisamos entrar — sussurrou ele para Artífice. — Tem certeza de que essa caverna leva até a vila deles?

— Esses dois lenhadores seguiram os zumbis, certo? — disse Artífice.

Dois NPCs que os acompanhavam assentiram. Eram ambos lenhadores, portanto tinham o mesmo nome, Lenhador, o que confundia Gameknight às vezes — apesar de os demais NPCs sempre parecerem saber quem era quem. Os dois usavam o mesmo traje tradicional de lenhador, uma bata vermelha com uma listra marrom no centro. A céu aberto, sob a luz solar intensa, viravam um alvo atraente para os esqueletos; escondidos nas sombras, alguns tinham mesmo tentado atingi-los com suas flechas habilidosas no trajeto até a caverna, mas Caçadora rapidamente silenciara os arcos dos esqueletos com o seu próprio. Os Lenhadores faziam Gameknight lembrar dos antigos episódios de *Jornada nas Estrelas*, nos quais o Capitão Kirk visitava algum planeta alienígena. Os guardas com camisas vermelhas nunca se saíam muito bem naquelas aventuras. Ele esperava que estes Lenhadores não tivessem o mesmo destino.

— Certo, então vamos entrar — disse Gameknight e, em seguida, disparou para dentro da caverna.

Direcionando todos os seus sentidos para as sombras, ele caminhou cautelosamente pela caverna, olhando atrás dos blocos e dentro de buracos em busca de surpresas cheias de garras. Por enquanto não havia ninguém à vista.

— Vamos — disse o Usuário-que-não-é-um-usuário.

Segurando sua espada com firmeza, ele foi entrando pelo túnel, enquanto seus amigos o seguiam em fila. Sua espada encantada lançava um brilho azul iridescente nas paredes de pedra, o que aliviava um pouco a escuridão, mas ainda assim era difícil enxergar muito além. Gameknight sabia que Caçadora estava bem atrás dele, as flechas famintas por carne de monstro. Ele continuava chocado com a raiva intensa que ela sentia dos monstros. Sim, eles lhe arrancaram a família e os amigos, mas a ira dela não era apenas por isso: beirava uma obsessão irracional, como se ela quisesse exterminar os monstros somente porque eram diferentes dos NPCs. Gameknight achava que ela poderia matar qualquer monstro pelo simples motivo de estar vivo — o fato de eles serem diferentes era desculpa suficiente para aniquilá-los. Aquilo o preocupava. Matar deveria ser algo difícil de fazer; que só deveria ser feito depois de muita reflexão e somente para proteger a própria vida. Caçadora, entretanto, parecia desejar matar monstros apenas porque eles eram monstros, e por nenhum outro motivo. Isso preocupava Gameknight999.

— Não há nada semelhante entre nós e eles — dissera ela quando estavam atravessando a floresta. — Precisam ser destruídos.

— Mas odiá-los apenas porque são diferentes não serve a propósito nenhum — objetara Gameknight. — Só causa ainda mais violência.

— Eles tentaram escapar de *Minecraft* e destruir sua irmã e seus pais! — vociferou ela. — Diga isso a seus pais, então... Para os meus eu não posso dizer nada, porque eles os mataram, se é que você não se lembra.

— Mas não foram estes zumbis que fizeram aquilo. Eles estão em outro servidor, em uma parte diferente de *Minecraft*.

— Não estou nem aí — respondera ela. — Os zumbis não são NPCs... são diferentes... são perigosos... Devem ser erradicados da face de *Minecraft*!

De repente, um som de cliques ecoou pelo túnel, trazendo Gameknight de volta ao presente. Mais cliques. Aranhas. Gameknight virou-se para avisar Caçadora, mas ela não estava mais ali. Ele ouviu os passos da amiga ecoando pelo túnel, disparando para enfrentar os monstros. Segurando a espada com firmeza, ele saiu correndo atrás dela. Artífice e os Lenhadores os seguiram.

Zuuum, zuuum, zuuummm, cantava o arco de Caçadora.

— Tome isso, aranha! — sibilou ela.

Gameknight a encontrou no topo de um bloco, atirando nas criaturas. Correu até ficar ao lado dela e golpeou-a com a espada as pernas de um dos monstros, cujos vários olhos o fitaram cheios de ódio, com ferocidade imensa. Virando-se para se esquivar de uma garra escura e curva, ele atingiu as costas da fera e, em seguida, rolou para longe enquanto outra aranha se juntava à batalha. Em meio à luta, viu Artífice brandindo sua espada de diamante e fazendo um monstro recuar. Os Lenhadores, em seguida, saltaram para a frente, aterrissando entre as criaturas e atacando pela lateral, seus machados afiados riscando o ar com precisão mortífera. Então duas outras aranhas emergiram das sombras, somando quatro no total.

— Atrás de você! — gritou Gameknight para Lenhador.

O NPC virou-se, brandindo o machado como Gameknight havia lhe ensinado para proteger sua retaguarda. A lâmina afiada como navalha cortou a carne do monstro e o atravessou, fazendo com que ele piscasse em um clarão vermelho. Brandindo o machado mais uma vez, e outra ainda, ele obrigou o bicho recuar, não dando à aranha a chance de fugir. E então, com um estouro, ela desapareceu quando seu HP foi consumido. Sua companheira negra então atacou Lenhador, desferindo alguns golpes enlouquecidos no NPC. Gameknight saltou para a frente e atacou o monstro por trás, enquanto Caçadora e Artífice cuidavam das outras duas aranhas. O outro Lenhador veio então rapidamente para o seu lado e ambos começaram a atacar a aranha negra e peluda com uma enxurrada de golpes, enquanto a amiga recuava para se defender. Pop...! Fio de seda; a aranha desapareceu.

Virando-se para ver quem ainda precisava de ajuda, Gameknight avistou Artífice esquivando-se e então atacando a aranha à sua frente, a espada de diamante parecendo um borrão. A criatura expirou... e outro fio de seda apareceu. A última saltou sobre Caçadora, mas suas flechas pontudas sequer deixaram o monstro se aproximar dela.

Finalmente a última aranha desapareceu, as flechas de Caçadora consumindo o resto de seus pontos de vida. Estavam a salvo novamente.

Gameknight grunhiu ao dar meia-volta, atento em busca de ameaças. Aquele som fez com que o arco de Caçadora se curvasse em direção a ele, mas ela logo o abaixou ao reconhecer o amigo.

O que estamos fazendo aqui embaixo?, pensou ele. *Um dos meus amigos vai acabar morrendo! Por que você precisava fazer isso, Jenny? Você age sem pensar, sem medo, e se arrisca dessa maneira ridícula. Depois sou eu que tem de consertar a confusão... Como sempre. Eu odeio ser responsável por você quando papai não está.*

A frustração aumentou dentro de Gameknight999, mas depois evaporou-se quando ele lembrou do perigo que sua irmã estava correndo. Ele começou a tremer. Percebeu que o medo devia estar visível em seu rosto porque Caçadora abaixou o arco e foi para o seu lado.

— Você está preocupado com ela? — perguntou ela.

Gameknight assentiu.

— Não se preocupe, você cuidou de minha irmã quando fui capturada por aqueles dois monstros, Érebo e Malacoda. Agora é a minha vez de cuidar da sua. — Ela suavemente pousou a mão sobre o ombro dele. — Vamos trazê-la de volta em segurança... Eu prometo.

— Obrigado — respondeu Gameknight, sentindo-se surpreendentemente mais tranquilo.

— Nossa, essa foi por pouco — disse Artífice. — Por muito pouco. Não podemos simplesmente sair perambulando por aí. Pode haver monstros em cada esquina. Nunca conseguiremos chegar à Vila Zumbi dessa maneira.

Neste momento um gemido triste flutuou através do túnel, vindo de longe: um zumbi estava em algum lugar naquele labirinto subterrâneo. Felizmente estava distante, mas continuava por ali, mesmo assim. Todos eles se arrepiaram de medo quando lembraram que os monstros verdes poderiam estar em qualquer parte. E, enquanto os gemidos do zumbi ecoavam pelo túnel, as peças do quebra-cabeça começaram a se encaixar para Gameknight. Quando os gemidos pararam, ele já tinha entendido tudo.

— Você está certo, Artífice — respondeu Gameknight, com um sorriso malicioso no rosto quadrado. — Eu tenho um plano, mas você não vai gostar dele.

Artífice franziu a testa.

— Pelo seu olhar, eu acho que você tem razão — disse Artífice.

— Eu já gostei — acrescentou Caçadora com um sorriso.

— Primeiro, eu preciso de uma tira de pano de uma de suas batas — explicou Gameknight.

Artífice retirou uma tesoura de seu inventário e cortou a bainha da bata, em seguida entregou o pano preto para Gameknight.

— Você estava pensando em tosquiar ovelhas em algum momento desta aventura, Artífice? — perguntou Caçadora.

— Meu tio tataravô Padeiro costumava dizer: "Uma boa tesoura pode ser usada para muitas coisas. Não vá a nenhum lugar sem ela."

— Por favor, me diga que a história acaba aí — falou Caçadora com um sorriso.

— Sim. Desta vez, a história é curta.

— Que ótimo, para variar — comentou um dos Lenhadores, rindo.

— Certo, gente, olhem para mim — disse Gameknight. Ele então amarrou a tira de pano na testa, as pontas soltas caindo às suas costas. — Vocês poderão me reconhecer por esta faixa na cabeça. Não atirem em mim. Procurem pela faixa, especialmente você, Caçadora.

— Do que você está falando? — perguntou ela.

— Só estou pedindo para não atirar em mim.

Fechando os olhos, ele ampliou a mente e imaginou que estava enviando mensagens de texto para Shawny. Sabia que seu amigo devia estar monitorando o que eles estavam fazendo, provavelmente assistindo a tudo.

Shawny, ative o mod zumbi no meu computador, pensou ele, forçando as palavras a aparecerem na tela com sua força de vontade. *Basta digitar Alt-Z.*

De repente, um brilho iluminado começou a se formar em torno de seu corpo, enchendo a caverna com uma luminosidade intensa e forçando seus companheiros a desviarem o olhar. Quando o fulgor ardente desvaneceu, seus amigos olharam novamente e viram um zumbi verde em decomposição, com uma faixa preta amarrada em torno da cabeça calva.

Gameknight ouviu o arco de Caçadora ranger quando ela encaixou uma flecha e puxou-a para trás.

— Eu disse para não atirar! — gritou. — Sou eu, Gameknight999!

Erguendo a mão cheia de garras para mostrar que não portava nenhuma arma, Gameknight virou as costas indefesas para os amigos.

— Sou eu! Caçadora, abaixe esse arco.

— O que está acontecendo? — perguntou ela, confusa.

— Gameknight, é você mesmo? — perguntou Artífice.

— Claro que sim. Olhe para a faixa — rosnou o zumbi.

A voz monstruosa fez Artífice desembainhar sua espada.

— Será que todos vocês poderiam fazer o favor de abaixar essas armas? Sou eu, Gameknight999. Só mudei minha aparência.

Artífice caminhou lentamente para a frente, os olhos azuis observando o zumbi diante dele com muita atenção, a espada pronta para cair sobre a criatura.

— Gameknight?

— Sim... sou eu — respondeu Gameknight999, e então riu. — Eu disse que vocês não iam gostar muito dessa solução. Tudo o que fiz foi mudar minha *skin* em *Minecraft*. Mas continuo aqui.

— Não, Gameknight, você fez mais do que isso — retrucou Artífice. — Veja, os aldeões podem sentir quando um zumbi está por perto... podemos senti-los. Eles são nossos inimigos mortais há tanto tempo que desenvolvemos uma sensibilidade especial para eles. Talvez seja o cheiro desses monstros. Aliás, por falar nisso... você está fedendo. Ou talvez seja algo em *Minecraft*. Ninguém sabe ao certo, mas todos nós podemos sentir quando um zumbi está próximo... e podemos *sentir* você.

— Me *sentir*?

— Ã-hã — acrescentou Caçadora. — Como sempre, você fez alguma coisa idiota sem nem perceber. — Ela, então, riu. — Adorei!

Artífice relutantemente concordou.

— Você não mudou só a sua *skin* — disse ele —, mudou seu próprio ser. Isso não é apenas um disfarce: você virou de fato um zumbi. Olhe para as suas garras, elas se projetam para além de seus dedos. Como uma *skin* nova seria capaz de fazer isso? E eu aposto que, se você começar a andar, seus braços irão para cima.

— Não, você está errado — disse Gameknight, andando para a frente, mas parou de falar quando seus braços automaticamente se moveram para cima, estendidos diante dele.

— Viu só? — acrescentou Artífice. — É como os zumbis andam... pelo menos fora da aldeia deles. Dentro, quem sabe?

— Logo iremos descobrir — disse Caçadora com ar zombeteiro. — Vamos nessa!

Gameknight assentiu.

— O plano é o seguinte. Eu vou na frente, seguindo a trilha desses zumbis, para sei lá onde ela der. Se eu avistar outros monstros, vou gemer duas vezes, para avisar vocês. Entendido?

Todos sacaram suas armas e assentiram... e Caçadora sorriu.

Gameknight deu meia-volta e continuou a caminhar pelo túnel, seguindo para as profundezas de *Minecraft*. Eles toparam com dois grupos de aranhas que se moviam nas sombras. Graças a seus gemidos para avisar os companheiros, as batalhas passaram a ser basicamente unilaterais, com os NPCs atacando pela frente enquanto as garras de Gameknight as atingiam por trás. As aranhas não sabiam o que pensar daquele zumbi que as atacava, e tiveram pouco tempo para isso. À medida que eles se enfiavam cada vez mais fundo naquelas passagens subterrâneas, iam enfrentando mais monstros, e mais monstros significavam mais mortes. A cada batalha, Gameknight ficava com mais raiva da irmã. A decisão descuidada e impulsiva de entrar em *Minecraft* tinha colocado ele e seus amigos em risco. Alguns deles poderiam acabar *morrendo* para salvá-la, e ela não tinha a menor ideia disso. Era típico dela: agir primeiro, pensar depois.

Eu estou tão cansado de consertar suas encrencas, Jenny.

Suspirando, ele continuou seguindo ao longo da trilha pedregosa. À medida que se aprofundavam nos túneis, a temperatura subia e o ar enchia-se de fumaça. Gameknight sabia que eles estavam chegando perto de lava e que precisariam tomar cuidado — tentar nadar em lava nunca foi uma boa ideia. As paredes do túnel começaram a se iluminar conforme a temperatura aumentava, até a passagem se abrir para um grande lago de rocha derretida. A passagem terminava cinco blocos acima. Ele viu uma plataforma estreita que rodeava os limites do lago e seguiu por ela, mantendo as costas pressionadas contra a parede para não cair acidentalmente na massa em ebulição de calor e chamas, com os braços ainda ridiculamente estendidos na frente de seu corpo.

Acabou alcançando uma escada que levava até a beira do lago. Descendo depressa, Gameknight sentiu-se contente por estar longe da piscina em ebulição de rocha derretida. A distância, avistou uma queda d'água que se projetava de um buraco na parede. A água se unia à lava, formando blocos de pedregulho e de obsidiana. Ali parado, olhando para o encontro entre o fogo e a água, Gameknight ficou sem saber o que fazer. Ao redor dele só havia pedra, água e lava: nem sinal da Vila Zumbi, embora o túnel os tivesse conduzido até ali. Não havia outro lugar aonde ir.

Frustrado por estar perdido e irritado pela posição em que sua irmã o colocara, ele caminhou até um bloco de pedra e sentou-se. Rapidamente, viu-se acompanhado por Artífice, Caçadora e os Lenhadores.

— Onde eles estão? — perguntou Caçadora. — Cadê a tal da Vila Zumbi?

— Eu não sei — respondeu Gameknight.

Pense... pense... pense. O que Monet113 faria?, pensou Gameknight. *Ela ama arte e cores, são suas coisas favoritas. Ela gostaria de pintar estas paredes; não, todas as paredes. Monet sempre tem de pintar cada tela vazia que encontra pela frente, e todas estas paredes de pedra se pareceriam com telas para ela.*

— Cores... procurem cores nas paredes — disse Gameknight aos amigos.

— Do que você está falando? — perguntou Caçadora.

— Basta procurar cores... sabem, manchas de tinta nas paredes. Minha irmã é bagunceira e está sempre com as mãos manchadas de tinta. Ela deixaria uma mancha em algum lugar. — Gameknight levantou-se, animado. Tinham um plano. — Procurem nas paredes.

Eles começaram pelas bordas do lago de lava. Gameknight e Artífice em uma parede, Caçadora e os Lenhadores nas outras. Eles caminhavam ao longo das paredes, com as mãos cúbicas deslizando pelas superfícies rochosas, mas, quando chegaram num grande trecho plano, Gameknight parou.

— Uma tocha... Preciso de uma tocha.

Um dos Lenhadores sacou uma tocha e aproximou-a da parede. E ali estava ele, o mais leve respingo de cor: um quadradinho de tinta vermelha.

— Aqui está — disse Gameknight, arregalando de empolgação seus olhos escuros de zumbi. — Esta deve ser a entrada para a Vila Zumbi.

— Excelente — disse Caçadora, apanhando uma picareta de diamante. — Vamos bater e ver se tem alguém em casa.

— Não! — cortou Artífice. — Temos que ficar quietos e agir com inteligência. Se uma vila inteira de zumbis nos atacar, não seremos páreo para a batalha.

— Quem sabe você não poderia usar sua tesoura para nos proteger — sugeriu Caçadora com um sorriso.

Artífice sorriu de volta.

— Deve haver um interruptor em algum lugar — disse Gameknight, e em seguida viu um bloco solitário projetando-se para fora da parede plana.

Levou a mão cheia de garras ao bloco e apertou-o com toda a força. Ouviu-se um fraco clique na câmara, que ecoou pela parede. Antes que eles pudessem reagir, as paredes de pedra começaram a deslizar e se abriram, revelando um longo túnel escuro, cuja extremidade estava iluminada com uma estranha luz verde.

— Depressa! — disse Gameknight, liderando o caminho ao entrar no túnel, seguido por seus amigos.

Eles entraram na passagem rochosa enquanto as pesadas portas de pedra se fechavam. Quando chegaram ao final do túnel, ficaram chocados com o que viram: uma enorme quantidade de construções cúbicas espalhadas por uma caverna gigantesca, e, caminhando por entre as casas atarracadas, uma centena de zumbis — se não mais.

Como vamos encontrar a minha irmã nessa imensidão?, pensou consigo mesmo, e então percebeu todos os zumbis que se deslocavam entre as casas multicoloridas. Havia centenas deles, indo de casa em casa, e ainda mais zumbis saindo dos túneis no outro extremo da câmara.

Virando-se para olhar seus amigos às suas costas, Gameknight estremeceu. Eles estavam numa desvantagem numérica de, pelo menos, cem para um. Era impossível.

— Nossa, parece *divertido* — disse Caçadora com uma gargalhada e, em seguida, deu um tapinha no ombro de Gameknight999. — Obrigada por nos trazer aqui... foi uma *ótima* ideia.

O sarcasmo o cortou como uma navalha, deixando-o irritado... e com medo.

— Eu preciso encontrar a minha irmã, de alguma forma, nesta vila — disse Gameknight. — É muito perigoso. Todos vocês devem voltar. Eu posso fazer isso sozinho.

— Ah, claro — respondeu Caçadora. — Eu é que não vou deixar você aqui sozinho, se divertindo sem a gente. Além disso, você provavelmente vai fazer alguma coisa idiota e precisará de mim para salvá-lo... como sempre. Eu vou ficar.

— Eu também — disseram os Lenhadores em uníssono.

— Todos nós ficaremos — declarou Artífice. — Vamos nessa!

Gameknight virou-se e olhou para seus amigos com seus olhos de zumbi, tomado por uma grande emoção. Sentia-se muito agradecido por terem ficado ali para ajudá-lo. Era bom ter amigos.

— Certo, então o que vamos fazer é o seguinte...

Gameknight explicou o plano, olhando para o outro lado da aldeia. Quando as peças do quebra-cabeça se juntaram em sua mente, ele percebeu o quão arriscado seria aquilo e que a probabilidade de terem sucesso era ínfima. Era mais provável que eles encontrassem seu fim naquela cidade zumbi. Entretanto, como não restava outra escolha, ele terminou de explicar seu plano e então começou a descer o caminho para entrar na aldeia. A cada passo arrastado que dava, sua irritação em relação à tolice da irmã aumentava mais e mais.

CAPÍTULO 18
UMA TEMPESTADE NO HORIZONTE

Enquanto Monet seguia Ba-Jin pelas ruas sinuosas da vila, notou que um grupo de crianças-zumbi as seguia. Tentando ficar fora da vista, os jovens se mantinham nas sombras, escondendo-se atrás de muros de pedra ou esquinas, mas acompanhando as duas amigas enquanto elas caminhavam até a casa de Ba-Jin. Mais uma vez, Monet rapidamente se desorientou com a confusão de ruas entremeadas que cruzavam a caverna. Entretanto, elas eventualmente chegaram ao seu destino. Ba-Jin pediu que Monet entrasse e se adiantou para dentro, com a amiga no encalço.

— Bom, essa é a casa de Ba-Jin — disse a zumbi, orgulhosa.

Monet olhou ao redor e ficou chocada com as condições espartanas da residência. Eram literalmente quatro paredes e um único cômodo. A casa era feita predominantemente de pedra, mas com blocos de micélio e cascalho aqui e ali. Então, ela se deu conta da significância daqueles blocos: só havia blocos que um enderman pudesse roubar.

É por isso que esses materiais foram usados aqui, pensou ela. *Por causa dos endermen. Deve haver alguma relação entre os zumbis e aquelas criaturas escuras e altas.*

Enquanto Monet olhava o lugar, Ba-Jin a observava atentamente. Então ela falou:

— Mo-Nay não parece muito... impressionada.

— Bom, é uma... hã... uma sala legal.

— É maior do que a maioria das casas da Vila Zumbi — acrescentou Ba-Jin, cheia de orgulho.

— Tenho certeza de que deve ser mesmo, mas falta personalidade.

— O que... hã... Mo-Nay quer dizer?

— Bem, uma casa deve representar o tipo de pessoa que vive nela — falou Monet, caminhando pela sala. Então ela se virou e tornou a olhar para fora. — Veja, você tem essa parede maravilhosa, mas está completamente vazia. Poderíamos pintá-la com uma corzinha para informar alguma coisa sobre a pessoa linda que mora aqui.

Ba-Jin corou por um instante; suas faces verdes ficaram vermelhas. Depois ela olhou de novo para Monet, com um olhar de expectativa e empolgação. Fitou sua camiseta colorida e sorriu, depois encarou a amiga novamente.

— O que Mo-Nay acha que deveria ser feito?

— Acho que deveríamos deixar esta parede tão linda quanto a dona — disse Monet. — E vamos precisar de ajuda! — gritou.

Algumas das crianças-zumbi que estavam escondidas por perto, escutando a conversa, lentamente saíram de trás da casa vizinha.

— Venham, vocês todos — disse Monet —, vamos pintar esta parede.

Buscou em seu inventário e retirou as várias flores que trouxera consigo para a Vila Zumbi. Pousou-as no chão. Apanhou uma flor verde e mostrou aos demais como moê-la e transformá-la em uma pasta que ficasse com consistência de tinta, depois deu uma pincelada de cor da parede.

— Cada um de vocês pega algumas flores e escolhe uma parede. Escolham cores de que gostam e comecem a pintar.

As crianças-zumbi se entreolharam, sem saber o que fazer. Então uma delas corajosamente apanhou um punhado de flores brancas e pôs-se a moê-las. Isso aliviou o medo das demais, que deram um passo à frente e escolheram cores. Não demorou para que todas as quatro paredes estivessem decoradas com listras vermelhas, pontinhos verdes e manchas azuis, à medida que as crianças-zumbi expressavam suas emoções pela primeira vez na vida. Por um instante, o bem do clã foi deixado de lado.

— Que bom, gosto da combinação de verde com branco — disse Monet a uma das crianças enquanto inspecionava seu trabalho. — O contraste entre o claro e o escuro ficou maravilhoso.

A criança sorriu.

— Ah, minha nossa, olhe só para isso! — exclamou Monet ao passar para a parede seguinte.

Diante dela estava uma parede em múltiplos tons de vermelho: todas as diferentes tonalidades do pôr do sol, com uma leve listra azul no topo e a mais leve sugestão do amarelo do sol desaparecendo embaixo.

— É a hora do dia que Da-Ray mais gosta... o pôr do sol — disse a jovem zumbi.

— Da-Ray, você fez um trabalho fantástico! Está tão realista que eu quase poderia tocá-lo.

Monet pousou os dedos no céu quente avermelhado. Ao retirar a mão da pintura, percebeu que a havia manchado de tinta vermelha. Então, algo estranhíssimo aconteceu: Da-Ray deu um passo adiante, aproximando-se de Monet. A jovem zumbi olhou para Ba-Jin, depois de novo para Monet e em seguida para a sua própria camiseta azul clara.

— Ahh... já entendi. Você quer uma camiseta igual à de Ba-Jin.

A zumbi assentiu.

Sorrindo, Monet colocou a tintura vermelha na camiseta dela, salpicando verde nas laterais. Adicionando um pouco de branco, fez algumas listras cor-de-rosa, seguidas por alguns pontos azuis em fileira. Absorvida em seu trabalho, Monet não percebeu que as outras crianças-zumbi tinham interrompido a pintura da casa e estavam se reunido ao redor dela, observando-a criar aquela obra de arte.

— Pronto... ficou bonito — disse Monet, ao terminar. — O que você acha?

Da-Ray olhou para sua camiseta e em seguida sorriu, com provavelmente o primeiro olhar de confiança e orgulho que seu rosto verde exibira na vida.

Os outros zumbis avançaram, querendo ser os próximos.

— Não, não, não — disse Monet, chocando as crianças. — Vocês ainda não entenderam. Criar arte é algo que todo mundo pode fazer. Escolham um parceiro e decorem as camisetas uns dos outros, como vocês fizeram com as paredes.

Os zumbis se entreolharam, incertos, mas em seguida um deles soltou uma risadinha de empolgação, o que desencadeou uma avalanche de criatividade. Os zumbis pintaram uns aos outros com uma paixão febril, como se achassem que aquela oportunidade pudesse de alguma forma escapar. Criaram padrões incríveis de cores e formas, cada qual tentando superar o outro, com sorrisos gigantescos cheios de dentes nos seus rostos verdes.

Então de repente um gemido alto encheu o ar, seguido por um estrépito de metal batendo em metal. As crianças-zumbi pararam de pintar e olharam na direção daquele som, os sorrisos aos poucos sumindo dos rostos.

— O que é isso? — perguntou Monet.

— Outra reunião — respondeu uma das crianças, cuja camiseta tinha sido pintada com um padrão delicado de tons de verde e amarelo, lembrando as colinas que rodeavam a aldeia de Artífice, os quadradinhos amarelos parecendo flores distantes. — É obrigatório. Todos os zumbis devem ir... agora.

As crianças limparam as mãos nos blocos de grama espalhados pela área e se foram. Todas, menos Da-Ray e Ba-Jin.

Da-Ray limpou as mãos e fez menção de sair, mas então virou-se para encarar Monet. Ela olhou para a parede colorida e em seguida para sua linda camiseta, depois sorriu. Olhando bem nos olhos escuros de Monet, ela deu um passo mais para perto, para que ninguém pudesse ouvir suas palavras:

— Mo-Nay, este foi um grande presente.

— Ah... não é nada. Eu só...

Da-Ray estendeu a mão de garras e pousou-a e suavemente no ombro de Monet, em seguida, chegou ainda mais perto.

— Mo-Nay — disse, com um olhar confuso, como se estivesse lutando para encontrar as palavras certas. — Eu... hã... te agradeço.

Ela, então, virou-se e foi até a praça.

Monet olhou para Ba-Jin, chocada.

— Você ouviu o que ela disse? — falou Monet, animada.

— Não há tempo — retrucou Ba-Jin, também confusa com o que tinha acabado de acontecer. — Venha!

Mais uma vez, Ba-Jin conduziu-a através do emaranhado de ruas enquanto voltavam para a praça. No caminho, ouviram o barulho de metal chocando-se contra metal, e então um grito perfurou o ar, seguido de outro e mais outro. Uma batalha estava sendo travada em algum lugar mais à frente, e parecia mortal. Quando as amigas finalmente chegaram à praça, viram Vo-Nas combatendo o maior zumbi que qualquer um deles já tinha visto. O zumbi gigantesco possuía uma espada de ouro maciço e usava uma coroa cintilante dourada que parecia um anel de terríveis garras em volta de sua cabeça enorme. Sua cota de malha de ferro brilhava como se coberta com as mais raras esmeraldas, os elos de metal refletindo a luz de todas as fontes de HP e faiscando. Um sorriso malévolo estava pintado em seu enorme rosto quadrado, e seus grandes olhos de zumbi cintilavam com um brilho vermelho feroz. Aquela criatura gigantesca era a própria definição de monstro.

Brandindo sua espada com toda a força, o enorme zumbi mirou a cabeça de Vo-Nas. Esquivando-se do golpe, o líder da vila girou para a esquerda, esperando atacar o lado exposto do monstro, mas, no exato momento do ataque do zumbi menor, a espada do maior protegeu seu flanco. Movendo-se com a velocidade de um relâmpago, o zumbi monstruoso baixou a arma sobre Vo-Nas, destroçando sua armadura peitoral e seu capacete. Então girou, brandindo a lâmina num grande arco, e rachou as perneiras de Vo-Nas. Recuando um passo, o líder olhou para a multidão de zumbis que estavam assistindo, com um triste olhar de resignação em seu rosto cheio de cicatrizes.

Ninguém vai ajudá-lo?, pensou Monet. *Odeio toda essa violência, talvez fosse melhor eu ir até lá e acabar com isso.*

Ela deu um passo à frente, mas Ba-Jin agarrou seu braço e a conteve rapidamente.

— É assim que as coisas são feitas nas aldeias de zumbis. Ba-Jin achou que... hã... Mo-Nay soubesse disso.

— É assim que vocês fazem o quê?

— Que líderes são trocados. É sempre com uma batalha — respondeu Ba-Jin, enquanto observava as tentativas inúteis de Vo-Nas de protelar o seu destino. — Só o mais forte pode governar.

— Existem várias maneiras de medir a força — retrucou Monet. — A violência é um indicativo pouco eficiente.

Confusa, Ba-Jin olhou para a amiga, e em seguida de novo para o combate, justamente no momento em que os pontos de vida de Vo-Nas eram finalmente consumidos. Tombando no chão, o falecido líder zumbi desapareceu, deixando para trás diversos itens e três bolas brilhantes de XP. O novo líder se adiantou e deixou que os pontos de experiência flutuassem até ele. Então virou-se para os cidadãos da Vila Zumbi. Enquanto ele observava toda a cidade, Monet teve a sensação de que estava olhando diretamente para ela, tentando perfurar o véu de seu disfarce. Assustada, ela se escondeu atrás de Ba-Jin.

— Este é um novo dia para os zumbis! — declarou o novo líder, com voz trovejante. — Uma grande tempestade está se formando no horizonte, e em breve os zumbis de *Minecraft* irão tomar a Superfície. Este zumbi derrotou o antigo líder da Vila Zumbi e assumiu a liderança. Todos os zumbis devem chamar o novo líder, Xa-Tul, de rei dos zumbis. Xa-Tul conduzirá o povo zumbi para uma nova era!

Vários zumbis aplaudiram, depois pararam quando outra silhueta se materializou na plataforma, ao lado do seu novo rei. Era uma criatura escura e ameaçadora, com um olhar de violência e ódio que se propagava por todos os aspectos do seu ser. Ele era menor que o novo líder dos zumbis, mas tinha tal aparência de poder e força que ninguém duvidava que seria capaz de matar todos naquela caverna, se assim quisesse.

Um arrepio percorreu a espinha de Monet quando ela olhou para o recém-chegado, cujos olhos brilhantes faziam com que ela sentisse vontade de fugir e se esconder. Ela conhecia aqueles olhos... aqueles olhos ardentes de ódio. Os boatos eram verdadeiros! Ela o estava vendo pessoalmente.

Era Herobrine.

— Atenção, o Criador veio para levar a raça zumbi para...

De repente Herobrine ergueu uma mão a fim de silenciar o rei dos zumbis, enquanto seus olhos começavam a brilhar ainda mais intensamente.

— Ele está aqui... Eu posso senti-lo.

— O quê? — perguntou Xa-Tul.

— Ele está aqui... Sinto sua presença neste servidor. O Usuário-que-não-é-um-usuário está aqui neste servidor — disse Herobrine em voz alta.

Monet estremeceu.

Herobrine está atrás do meu irmão.

Reunindo os seus poderes de artífice de sombras, Herobrine soltou um sonoro grito agudo que pareceu penetrar a própria trama de *Minecraft* e fazer todos os planos de servidores tremerem. Monet agarrou com força os ombros de Ba-Jin enquanto o grito atravessava a sua mente, deixando-a tonta. Ela precisou segurar a sua amiga para não cair.

Ba-Jin virou-se e olhou para Monet.

— O que foi isso?

— Eu não sei — respondeu Monet. — Mas acho que não é nada bom.

Herobrine então olhou para Xa-Tul, com olhos cintilantes.

— Todos os clãs de zumbis, bem como as Irmãs deste servidor, agora serão convocados para nos auxiliar na guerra. Eu estarei no comando. Você sabe o que deve fazer — disse Herobrine ao rei dos zumbis, num tom raivoso e alto. — Eu trarei os nossos amigos monstros de *todos* os servidores para este plano. Nós teremos a nossa vingança!

Xa-Tul olhou para Herobrine enquanto a sinistra criatura desaparecia, então se virou e lançou um olhar ameaçador para os habitantes da vila.

Monet encarou Ba-Jin. Os rostos verdes de ambas estavam cheios de apreensão e medo.

— Alguma coisa vai acontecer — disse Monet. — E acho que não vai ser bom para ninguém.

Ba-Jin assentiu, enquanto Monet voltava-se para fitar o rei dos zumbis, com o coração pesado de medo por seu irmão.

CAPÍTULO 19

AGULHA NUM PALHEIRO

As orelhas de Gameknight zumbiram com aquele guincho cortante.

— O que foi isso? — perguntou Artífice.

— Eu não sei — respondeu ele, balançando a cabeça —, mas parece ter estremecido o próprio tecido de *Minecraft*... como se tivesse atravessado todos os planos de servidores.

Caçadora resmungou:

— Foi apenas um desses animais patéticos lá da caverna.

Gameknight olhou para Caçadora e suspirou. Ela sentia tanto ódio dos zumbis que aquilo o deixava triste. Seu ódio em relação aos monstros de *Minecraft* só vinha aumentando desde a sua primeira aventura, como se as diferenças entre eles fossem motivo suficiente para exterminá-los. Era como se seu ódio a estivesse corroendo por dentro, devorando aos pouquinhos a sua alma.

— Vamos... Eu preciso encontrar a minha irmã.

Gameknight desceu os degraus até o chão da caverna. Caminhou em direção à primeira construção e deixou que os outros se escondessem nas sombras. Era uma casa baixa feita de terra: apenas quatro paredes e uma abertura para entrar, sem nenhuma porta ou janela. Olhando rapidamente para dentro, ele não viu nada... absolutamente nada. Nenhum móvel, nenhuma cama, apenas uma tocha em uma das paredes vazias e um chão de pedra. Apressou o passo e rumou para a casa seguinte. Correndo tão rápido quanto aquele corpo de zumbi permitia, ele contornou um lago de lava que estava sendo alimentado por um fluxo de rocha derretida a partir de um buraco na parede da caverna. Aquela casa parecia ser feita de arenito e fora construída no alto, com uma escada que levava até sua entrada. Escalando rapidamente, ele enfiou a cabeça para dentro da casa sem graça... que também estava vazia.

— Nada... de novo.

— Onde estão todos os monstros? — indagou Lenhador, das sombras.

Gameknight apenas balançou a cabeça verde e desceu novamente. Então correu para a casa seguinte.

Era feita de pedra e estava situada ao lado de uma das fontes espumantes verdes que pontilhavam a caverna. Ao se aproximar dela, Gameknight sentiu-se inexplicavelmente atraído pela fonte. Foi até a beirada do chafariz e olhou para baixo. Então, alguns raios brilhantes de luz verde caíram sobre seu pé e foram absorvidos instantaneamente... e ele se sentiu ótimo! Chegou ainda mais perto, e as faíscas cor de esmeralda salpicaram suas pernas e foram novamente absorvidas. Ele se sentia cada vez mais forte. Entrando completamente sob o fluxo de luz verde, Gameknight fechou os olhos e inclinou a cabeça para trás, permitindo-se banhar na fonte de HP, seu corpo bebendo cada bocadinho da energia vital.

— O que você está fazendo? — perguntou Caçadora. — Está parecendo um idiota.

Gameknight endireitou o corpo, abriu os olhos e olhou para ela. No mesmo instante, ela sacou o arco e preparou uma flecha.

— Caçadora... o que você está fazendo? — repreendeu Artífice. — Esse é o Usuário-que-não-é-um-usuário! Abaixe logo essa arma.

Caçadora olhou por cima do ombro para o jovem artífice e, em seguida, virou-se para o zumbi diante dela. Bem devagar, abaixou o arco.

— O jeito como essa coisa olhou para mim...

— Você quer dizer o jeito como *ele* olhou para você — corrigiu Artífice.

— Hã... sim, quero dizer, o jeito como ele olhou para mim... foi tal que eu esqueci que era Gameknight. — Caçadora afrouxou a seta no arco. — Este lugar me dá arrepios. Eu queria que pudéssemos simplesmente encher isso de dinamite e explodir tudo pelos ares.

— Mais tarde — disse Gameknight, afastando-se da fonte de vida. — Primeiro vamos encontrar a minha irmã.

— IRMÃ? — rosnou uma voz atrás da casa de pedra ali perto.

Caçadora e Artífice rapidamente se esconderam nas sombras. Um zumbi com armadura dourada saiu de trás da casa e seguiu direto até Gameknight999.

— Todos os zumbis deveriam estar na reunião, e não se alimentando na fonte de HP! — disse o zumbi em voz baixa. — Na-Sil precisa reportar esse zumbi aos líderes dos clãs. Qual é o nome desse zumbi?

— Hã... — gaguejou Gameknight, não sabendo ao certo como eram nomes de zumbis.

Justamente nesse momento um dos Lenhadores, que estava vigiando o perímetro, saiu de trás de uma das casas e ficou bem à vista de Na-Sil.

— Um NPC! — gritou o zumbi e, em seguida, virou-se para Gameknight999. — Vá soar o alarme. Na-Sil vai lutar com este aqui até os outros chegarem. Na-Sil serve o clã!

O zumbi então sacou a espada de ouro e aproximou-se de Lenhador, depois virou a cabeça e ficou chocado ao ver que Gameknight ainda estava ali parado.

— VÁ!

Nesse momento, uma flecha atravessou o ar e afundou no ombro de Na-Sil, entre duas placas da armadura. O zumbi gritou de dor e, em seguida, recuou até a fonte de HP.

— Podem vir, seus vermes NPCs. Na-Sil vai destruir todos!

Outra flecha cortou o ar, atingindo desta vez a perna do zumbi, mas ele não gritou de dor, pois a fonte de vida curava instantaneamente qualquer machucado. Gameknight olhou para o chafariz, em seguida para o zumbi, e então entendeu que eles jamais conseguiriam derrotar aquele monstro ali. Reunindo coragem, ele caminhou até o zumbi com as mãos verdes decrépitas estendidas, as garras negras brilhando à luz da fonte. Segurou a criatura pelos ombros e afundou suas garras na armadura dourada, depois começou a empurrá-la.

— O que está sendo feito a Na-Sil? — perguntou o monstro, claramente confuso.

Gameknight não disse nada, apenas continuou a empurrar o zumbi dourado para longe da fonte de HP. Então ambos os Lenhadores correram até eles, com os machados em punho. Eles golpearam o monstro enquanto este brandia a sua espada dourada. Concentrando-se em um dos Lenhadores, o zumbi lançou-se ao ataque com toda a força, atravessando-o com tamanha ferocidade que fez o outro Lenhador recuar por um momento. Depois de três golpes poderosos, o Lenhador desapareceu com um estalo, deixando para trás uma pilha de armadura e alguns itens.

— NÃO! — gritou Gameknight.

Então envolveu os braços em torno do corpo do zumbi de armadura, imobilizando o guerreiro com seu próprio corpo.

— Pare com isso e venha lutar com Na-Sil! — protestou o zumbi, mas Gameknight continuou apenas imobilizando-o com firmeza.

— Agora... ataquem! — gritou o Usuário-que-não-é-um-usuário para seus amigos.

Mais flechas foram lançadas da escuridão enquanto Caçadora ia lentamente desbastando o HP do zumbi e o segundo Lenhador golpeava o monstro com o machado pesado.

— Nããão...! — implorou Na-Sil, olhando por cima do ombro para seu irmão zumbi, a confusão claramente estampada no rosto em decomposição.

Gameknight continuou segurando firme.

Depois, com as flechas constantes de Caçadora, a força vital do zumbi expirou. E naquele instante, justamente quando a vida estava deixando o corpo do zumbi, Gameknight pôde de alguma forma sentir o medo e o desespero dentro do monstro. Pensamentos sobre sua esposa e seu filho encheram-no de tristeza quando ele percebeu que aquele era o fim e que nunca mais tornaria a vê-los. Olhando por cima do ombro para Gameknight, o zumbi tentou dizer alguma coisa, mas a última gota de HP finalmente o abandonou. Restaram apenas uma pilha de armadura e três bolas brilhantes de XP. Inclinando-se para recolher a armadura, Gameknight sentiu os pontos de experiência fluírem por seu corpo, fortalecendo-o um pouco. Ao vestir a armadura, Gameknight teve uma sensação momentânea de culpa. Aquele zumbi não havia feito mal a ninguém, não tinha feito nada de errado. Porém, eles o mataram apenas porque era um zumbi. Parecia errado e aquilo o entristeceu.

— O que foi, Gameknight, por que você não está sorrindo? — perguntou Caçadora. — Nós derrotamos aquele monstro.

Gameknight999 olhou para a amiga e viu um brilho de alegria em seu rosto, o que o deixou deprimido. Ela realmente havia gostado de destruir aquele zumbi.

— Sim. Mas a que custo? — perguntou Gameknight. — Isto custou a vida de duas pessoas.

— Duas? — perguntou Caçadora. — Eu vi o Lenhador desaparecer, quem é a outra?

— O zumbi. Ele não fez nada para merecer a morte — explicou Gameknight. — Ele tinha uma mulher e um filho, e seus últimos pensamentos ao morrer foram sobre sua família e a tristeza de nunca mais poder vê-los novamente.

— Ele não era uma pessoa, era uma coisa, e estou contente de que esteja morto. Porém, estou triste por causa de Lenhador.

Lentamente, Caçadora levantou a mão, com os dedos abertos. Os outros do grupo fizeram o mesmo e, em seguida, ao mesmo tempo, eles fecharam a mão em punho, curvando as cabeças para lembrar o falecido. Aquela era a saudação aos mortos e todos os NPCs a faziam quando um dos seus perdiam a vida.

— Ele fará falta — disse Artífice, caminhando para a frente. — Mas precisamos continuar. Ainda temos de encontrar a irmã de Gameknight. — Ele se virou para o amigo. — Eu acho que é melhor você colocar essa armadura e tomar a espada. Você pode precisar. Afinal de contas, não dá para simplesmente usar sua armadura de diamante e sua espada de diamante encantada e querer que todos esses monstros acreditem que é um deles.

— Bem, é aí que está — respondeu Gameknight. — Acontece que não consigo acessar nada do meu antigo inventário de usuário. Aquela armadura e aquela espada de diamante se foram, estão escondidas em algum lugar do código de *Minecraft*. Estou contente por ter essas armas agora, porque esta espada de ouro é a única coisa que posso usar.

— Nossa. A coisa só vai ficando cada vez melhor — comentou Caçadora.

Nesse momento eles ouviram urras e aplausos vindos do centro da vila. Vestindo o resto da armadura, Gameknight foi até a casa de pedra e olhou pela lateral. Viu a distância a grande área aberta no centro da caverna onde havia um enorme grupo de zumbis.

— Venham, precisamos ir até lá, para aquela reunião — disse Gameknight.

Os outros NPCs olharam pelo canto da casa, mas logo recuaram.

— Você quer que a gente vá até lá? — perguntou Lenhador.

Gameknight ignorou a pergunta e simplesmente começou a andar na direção do grupo de zumbis reunidos, mas alguma coisa segurou sua camiseta e o puxou para trás. Virando-se, viu Artífice segurando sua manga e o puxando para trás da casa.

— Não podemos ir até lá — disse o NPC. — Seria suicídio para nós.

— Tem razão — concordou Gameknight. — Então eu vou sozinho.

— Mas se algum dos zumbis perceber que você não é um deles — acrescentou Lenhador —, ...eles vão... — E deixou a frase no ar.

— Preciso ir. Minha irmã está em alguma parte dessa cidade e ela é minha responsabilidade. Preciso cuidar dela quando meu pai não está... — Gameknight parou por um momento, pensando em seus pais. Sua mãe provavelmente estava lá em cima cozinhando alguma coisa maravilhosa para o café da manhã, mas seu pai estava viajando mais uma vez, sempre tentando vender seus inventos para qualquer empresa disposta a recebê-lo. Gameknight tinha a impressão de que ele passava mais tempo fora do que dentro de casa. E, quando ele não estava, Gameknight é que era o homem do lar, e tinha de garantir o bem de sua irmã. Era sua tarefa, sua responsabilidade. Ele, entretanto, tinha pisado na bola deixando que ela entrasse em *Mi-*

necraft. Ele sempre reclamara com os pais que queria ser tratado como gente grande, que desejava ter mais responsabilidades, mas naquele exato momento ele não queria nenhuma. A única coisa que desejava era ser um garoto. Não um zumbi. Não o Usuário-que-não--é-um-usuário. Apenas um garoto normal como todos os outros, que não estivesse preso em *Minecraft*.

— Mas como você vai encontrá-la aí? — perguntou Caçadora, preparando outra flecha em seu arco. — Todos esses zumbis são iguais! Feios e nojentos. Não dá para distinguir um zumbi imundo do outro.

— Não sei, mas preciso tentar... É minha responsabilidade.

— Então você tem de fazer o seguinte — disse Artífice. — Encontre sua irmã, depois vá direto para a saída. Estaremos à sua espera... talvez com algumas surpresinhas a tiracolo para os zumbis.

Gameknight olhou para Artífice e viu um sorriso malicioso em seu pequeno rosto quadrado. Olhando para Caçadora e Lenhador, viu que estavam determinados e confiantes, mas também com um pouco de medo.

Caçadora espiou pelo canto a reunião de zumbis, depois rapidamente tirou a cabeça dali.

— Foi mesmo uma *ótima* ideia vir até aqui — disse, com a voz cheia de sarcasmo. Em seguida ajustou sua armadura e vestiu um capacete de ferro. — Vamos nessa.

Gameknight assentiu e depois saiu de trás da casa. Seguiu direto até a maior aglomeração de zumbis que já havia visto em toda a sua vida.

CAPÍTULO 20
A MENOR AGITAÇÃO

Gameknight se afastou das casas de pedra e terra e seguiu até os limites da grande praça. À sua frente, havia centenas de zumbis, cujas peles verdes, camisas azuis e calças escuras se misturavam e se borravam numa faixa contínua de cor ininterrupta. Havia pelo menos uma centena de zumbis, todos ouvindo o orador. Olhando para eles, sobre uma plataforma de pedra, havia outro zumbi.

Gameknight supôs que fosse o líder. Ele usava uma coroa que mais parecia um círculo de garras afiadas mortíferas em torno da cabeça, cujas pontas douradas agudas brilhavam à luz de uma fonte de HP nas proximidades. Usava uma cota de malha ornamentada colada ao corpo maciço, permitindo que seus músculos fortes se destacassem sob a armadura. A cota balançava muito de leve quando o monstro respirava, os anéis apertados retinindo juntos, soando como um punhado de moedas soltas num bolso.

Aquele zumbi era um tanto diferente. Era claramente maior do que o resto — um zumbi normal provavelmente só devia alcançar a altura de seus ombros —, mas não foi isso o que incomodou Gameknight999. Não, este rei zumbi tinha algo de sinistro e maligno, como se tivesse sido criado para um único objetivo: destruir os outros.

Ao olhar para ele, Gameknight estremeceu. Aquele monstro tinha algo de assustadoramente semelhante com seu velho inimigo, Érebo, o enderman que Gameknight destruíra nos degraus da Fonte quando salvou *Minecraft* e todos os seus amigos. Era como se Érebo e esta criatura de alguma forma fossem feitos do mesmo material, ou talvez criados pelas mesmas mãos. Pensar nisso o fez tremer de medo.

Não, eu não vou ter medo. Tenho uma tarefa a cumprir, e minha irmã está por aí em algum lugar... Mas onde?

Era impossível distinguir um zumbi do outro. Todos pareciam idênticos. Entretanto, quando olhou para os que estavam mais próximos, Gameknight notou diferenças sutis. Um deles tinha uma longa cicatriz que descia por um braço, outro possuía cicatrizes em uma das bochechas, enquanto faltava uma orelha no seguinte. Todos pareciam ter enfrentado algum tipo de batalha, até mesmo os mais jovens.

Será que Monet tem as mesmas cicatrizes?

Entrando mais para o meio da praça, Gameknight correu os olhos pelos zumbis em busca de algo que pudesse reconhecer, mas ao se aproximar a voz do líder zumbi encheu seus ouvidos.

Como vou encontrá-la nessa imensidão?, pensou.

Então a voz do líder trovejou em frente à praça, enchendo a câmara de palavras estrondosas:

— Quando o Criador retornar com os zumbis de todos os outros servidores, será a hora de fazer os NPCs da Superfície sofrerem. Os aldeões patéticos aprenderão novamente a temer a escuridão quando a raça zumbi os destroçar em suas aldeias!

O rei zumbi parou por um momento para fitar seus súditos, intimidando-os com olhos escuros e raivosos. E então Gameknight notou algo esquisito naqueles olhos: eles pareciam brilhar. O breu daquele olhar parecia se espalhar ao redor como um halo, formando sombrios anéis difusos de trevas que lhes davam a aparência de poços sem fundo. Quando eles se fixaram em sua direção, Gameknight sentiu a desesperança se instalar por entre os zumbis da multidão, reprimindo qualquer ideia de resistência.

Eles não tinham outra escolha senão obedecer a este líder.

Aqueles olhos o faziam lembrar algo — algo não, alguém. Eles o lembravam de seus dois últimos inimigos, Érebo e Malacoda. Ambos os líderes malignos tinham algo em comum: seus olhos cintilavam de ódio por todos os seres vivos, e este rei zumbi, Xa-Tul, não era diferente.

— Os NPCs serão esmagados quando a segunda grande invasão de zumbis tomar conta de todo o mundo — continuou Xa-Tul. — E na qualidade de líder da raça zumbi, Xa-Tul estará à frente da batalha e punirá quaisquer NPCs que ousem resistir.

Os zumbis gemeram e aplaudiram. Seus grunhidos baixos os fizeram parecer um bando de animais selvagens. Em seguida, porém, uma voz estridente perfurou os gemidos tristes e os aplausos.

— MAS POR QUÊ? — gritou a voz solitária.

Os aplausos diminuíram um pouco quando os que estavam perto do zumbi dissidente pareceram ficar tão chocados que caíram em silêncio.

— O que é isso? — rosnou Xa-Tul.

Neste momento, a multidão silenciou-se completamente. Gameknight sentiu o medo crescer no meio da multidão, não da voz solitária que questionava seu rei, mas da retaliação de Xa-Tul.

— Eu perguntei: por quê? — insistiu a jovem voz. — Por que devemos atacar os NPCs?

Uma expressão irritada e frustrada surgiu no rosto de Xa-Tul enquanto aquelas palavras ecoavam pela caverna. Gameknight conhecia apenas uma pessoa capaz de irritar outra com tão poucas palavras: sua irmã. Tinha de ser Monet113.

— Zumbis destroem NPCs porque é assim que sempre foi. Os NPCs são inimigos mortais dos zumbis.

— Por quê?

O que ela está fazendo?, pensou Gameknight. *É melhor ela tomar cuidado. Esse monstro não está para brincadeiras.*

Xa-Tul franziu a testa, observando a multidão em busca do elemento descontente. Gameknight fez o mesmo, olhando pelo aglomerado de zumbis à procura de algum indício de sua irmã. Então ele viu... um lampejo de cor no meio da multidão: um toque de amarelo, vermelho e azul que parecia completamente deslocado em meio àqueles monstros em decomposição. Aproximando-se, Gameknight percebeu ainda mais cores... jovens zumbis de camisetas pintadas, criando um arco-íris momentâneo de colorações e tonalidades. E, no centro daquela tempestade colorida, estava uma criança solitária zumbi, encarando desafiadoramente Xa-Tul com as mãos sujas de tinta.

Deve ser ela.

Aproximando-se mais, ele ouviu Monet voltar a falar com Xa-Tul:

— Por que os zumbis e os NPCs são inimigos mortais?

Xa-Tul soltou um grito penetrante que fez todos os zumbis taparem os ouvidos.

— Por que Xa-Tul deve se explicar a uma criança...? É assim que *é*!

— Por favor, explique.

Xa-Tul rosnou novamente, depois falou devagar... em tom ameaçador:

— Os zumbis se parecem e vivem como um clã. Os NPCs são diferentes entre si, alguns vivem em aldeias e outros, sozinhos. Os NPCs são diferentes dos zumbis e têm um cheiro diferente do de zumbi. Comem plantas e carne de animais. Os zumbis obtêm pontos de vida a partir das maravilhosas fontes de HP, que podem ser vistas por toda essa caverna. Os NPCs e os zumbis são diferentes em tudo.

— Só porque eles são diferentes não significa que devam ser destruídos — retrucou Monet. — Os porcos são diferentes dos zumbis; isso significa que devemos entrar em guerra com os porcos?

Xa-Tul rosnou novamente. Agora seus olhos estavam se tornando mais sombrios, as sombras difusas ao redor deles se intensificando pela raiva.

Preciso chegar até ela antes que deixe este rei zumbi irritado de verdade... como o Snipes e o Brandon na escola.

Gameknight começou a caminhar pela multidão de zumbis, tentando alcançar a irmã sem ser notado. O medo se pôs a borbulhar pelo seu corpo: por sua irmã e também do gigantesco rei zumbi. Apressou o passo e abriu caminho pela multidão, mantendo os olhos fixos em Xa-Tul.

— Os NPCs interromperam a primeira grande invasão de zumbis e exilaram a raça zumbi da superfície de *Minecraft*. O castigo dado aos zumbis foi viver no subsolo, ligados às fontes de HP para sobreviver. Todos sabem que se um zumbi permanecer longe das fontes por muito tempo, morrerá. Então, agora os zumbis estão presos a estas fontes, forçados a uma vida subterrânea sem ar fresco. Por isso os zumbis se alteraram e o sol virou mortal para eles, o que extirpou o céu completamente da vida da raça zumbi.

— O céu... o céu... o céu... — murmuraram os monstros ao redor de Gameknight. Ele podia sentir a mesma saudade dentro do seu corpo. O céu era uma memória distante que todos os zumbis pareciam carregar consigo: a alegria de olhar para o dossel azul profundo que envolvia *Minecraft* com seu abraço amoroso agora estava proibida para todos os zumbis. Pensar nisso deixou Gameknight muito irritado, o que era estranho... Ele não era um zumbi, mas neste corpo conservava as memórias distantes daquela raça.

— Os NPCs são diferentes demais dos zumbis para continuarem vivos. Eles precisam ser destruídos, e isso deve ser motivo suficiente para qualquer zumbi.

— Não é o suficiente para Ba-Jin — disse outro zumbi, adiantando-se para ficar ao lado de Monet. Gameknight percebeu que sua camiseta era uma das que tinham sido decoradas com cores brilhantes. Em seguida, outro zumbi colorido ficou ao lado de Monet. Logo, um grupo inteiro de crianças-zumbi deu um passo à frente, cobertas com todas as cores imagináveis. Gameknight viu muitos dos adultos olharem para o grupo de jovens coloridos com um leve sorriso, os olhos cheios de espanto diante daquele espetáculo de múltiplos matizes.

— Muitos estão fazendo a mesma pergunta — disse uma das crianças-zumbi, com a voz cheia de confiança e orgulho. Elas olharam para suas camisas coloridas brilhantes e sorriram, depois olharam novamente para Xa-Tul.

O rei zumbi berrou novamente, desta vez mais alto. Em seguida, saltou da plataforma de pedra. Aterrissando pesadamente em ambos os pés, sua cota de malha tilintou como um conjunto delicado de sinos de vento. O rei monstruoso abriu caminho pela multidão de zumbis até as crianças, os anéis de ferro acrescentando uma música melodiosa à cena aterrorizante.

Ah, não, ele vai fazer alguma coisa. Preciso correr!

Muitos dos adultos perceberam que algo ruim estava prestes a acontecer, mas nenhum deles teve coragem de avançar... exceto os coloridos.

Empunhando a espada dourada, Gameknight abriu passagem pela multidão ainda mais depressa para alcançar sua irmã. Pisando em pés com garras e empurrando para o lado os monstros verdes, Gameknight seguia tão rápido quanto possível, mas ainda estava muito longe.

Nããão!, gritou, dentro de sua cabeça. *Nããão!*

— Xa-Tul não será desafiado por uma criança! — trovejou o rei dos zumbis.

— Por quê? — perguntou Monet. — É assim e não tem discussão? Agir com violência contra os NPCs só causará mais violência... muitos zumbis e NPCs vão morrer.

Gameknight viu Xa-Tul se aproximando. Ele precisava chegar lá, rápido! Transferindo a espada para a mão esquerda, obrigou seu corpo zumbi a correr, afastando os outros monstros.

— Os NPCs não são como zumbis... eles devem ser destruídos!

— Só porque eles são diferentes? Isso não faz sentido — retrucou Monet.

Gameknight percebeu que alguns dos adultos que ele afastava para o lado ao passar estavam assentindo, pensando nas palavras de sua irmã, mas Xa-Tul estava se aproximando cada vez mais... e ficando mais irritado a cada passo.

— Xa-Tul não será questionado! — gritou o rei zumbi. O monstro estava a dois passos de sua irmã. Ele precisava andar mais rápido. Correndo em disparada, algo que aquele corpo zumbi não fazia muito bem, abriu passagem à força pela multidão com a espada erguida.

— Por que você tem medo de considerar outra solução que não seja a violência? Os zumbis desta vila merecem uma resposta — disse Monet, mas sua voz não tinha a confiança que tivera no início da discussão. Ao ver Xa-Tul se aproximando, a voz dela agora estava trêmula de medo.

Mais cabeças decrépitas assentiram.

— Aqui está a minha resposta — trovejou Xa-Tul, depois deixou a espada cair na direção de Monet, a lâmina afiada mirando diretamente a cabeça da garota.

CAPÍTULO 21
FUGA

A espada de Gameknight bloqueou no último minuto a de Xa-Tul, e as duas lâminas se chocaram como um trovão. Todo o corpo do Usuário-que-não-é-um-usuário tremeu com a colisão violenta das espadas, e seu braço quase ficou dormente com a força do golpe do zumbi. Xa-Tul era forte, muito forte, e Gameknight mal tinha conseguido impedir que sua espada gigantesca destroçasse a irmã. Olhando para os olhos brilhantes e negros do rei dos zumbis, Gameknight viu uma expressão de surpresa no rosto do monstro, mas também um ódio desenfreado e uma enorme sede de violência. Aquela criatura tinha sido concebida para infligir dor e tristeza, e Gameknight acabara de direcionar para si a ira que o zumbi sentia por Monet.

O que eu estou fazendo?

— O que é isso?! — rosnou Xa-Tul, quando ele se virou e olhou para Gameknight999. Os outros zumbis recuaram e abriram espaço para os combatentes. Nenhum deles queria se arriscar a ser atingido acidentalmente pela enorme espada do rei dos zumbis. — Como ousa desafiar Xa-Tul?!

Gameknight não disse nada; só fincou pé. Todo o seu corpo tremia de medo enquanto o monstro o encarava com pupilas vermelhas como sangue, como um raio laser. Xa-Tul rosnou enquanto analisava a sua próxima vítima, o que fez Gameknight tremer ainda mais. Este monstro era a maior coisa que ele já enfrentara: fazia o Dragão Ender parecer uma libélula inofensiva.

Olhando para o lado, ele viu Monet assistindo a tudo na borda do círculo, com seu rosto de zumbi contorcido de medo e confusão. Ela obviamente ainda não sabia quem era, mas percebeu que, depois que Xa-Tul acabasse com ele, direcionaria sua raiva para cima dela mais uma vez.

O que eu vou fazer? Como posso lutar contra um monstro tão forte?

Erguendo a espada bem alto, Xa-Tul começou a brandir a enorme lâmina de novo, dessa vez voltando-a diretamente para Gameknight999. Porém, justamente quando o Usuário-que-não-é-um-usuário se preparava para receber mais um duro golpe, uma flecha flamejante riscou o ar e atingiu Xa-Tul no ombro, fazendo-o perder o equilíbrio e permitindo que sua espada fosse facilmente desviada.

Caçadora!, pensou Gameknight.

Ignorando o usuário, o monstro olhou para cima, para ver de onde a flecha tinha partido. Justamente então, outra seta atingiu a criatura nas costas, vinda do outro lado da praça.

Artífice!

Xa-Tul inclinou a cabeça para trás e soltou um uivo que atingiu até o teto da enorme caverna, preenchendo a câmara de pedra com ecos de fúria.

— HÁ NPCS NA VILA ZUMBI! — gritou.

Isso chocou tanto os zumbis que eles partiram para a ação. Os monstros saíram correndo em todas as direções, como um exército de formigas assustadas, seus corpos gemendo ao passarem por Gameknight, empurrando-o para todos os lados.

Esta é a minha chance.

Saltando para a borda do círculo, ele agarrou o braço de Monet firmemente com sua própria mão verde cheia de garras. Arrastou-a para longe dos outros zumbis pintados com cores vivas e disparou em direção à saída da caverna. Uma das crianças, a zumbi que se chamava Ba-Jin, tentou segurar Monet, mas Gameknight empurrou a mão dela e saiu correndo, arrastando a irmã consigo.

Abrindo caminho pela multidão caótica, eles se dirigiram para a saída distante, situada no alto da parede da caverna. Gameknight ouviu Xa-Tul gritando para os zumbis os seguirem, mas os súditos não entendiam — tomados pelo pânico, estavam com muito medo de fazer qualquer coisa.

— Invasão de NPCs... Invasão de NPCs! — gritavam os zumbis enquanto corriam, sem saber como agir.

— Peguem-nos! Ataquem aquele zumbi! — berrou Xa-Tul, enquanto Gameknight saía em disparada.

— Mas zumbis não atacam outros zumbis — ele ouviu um monstro rebater —, a menos que seja num desafio pela liderança do clã!

Houve um estrondo e um grito quando a lâmina de Xa-Tul silenciou o zumbi dissidente.

— Agora... Peguem-nos! Senão... — gritou o rei zumbi.

Desta vez, os zumbis reagiram, rosnando em uníssono. Olhando por cima do ombro, Gameknight viu a horda de monstros vindo atrás deles, arrastando os pés, com os braços estendidos na frente do corpo.

Felizmente eles não estão correndo, pensou Gameknight. *Ainda.*

Enquanto Gameknight e Monet saíam da praça, ele viu lanças despontando de algum lugar no alto dos telhados. Suas pontas afiadas afundaram nos zumbis que vinham na linha de frente, porém não detiveram a maré de monstros. A espada dourada de Xa-Tul abateu os zumbis mais lentos, obrigando o restante a se mover mais rápido para apanhar suas presas. Gameknight ouviu os rosnados baixos do rei dos zumbis ecoarem pela caverna enquanto ele gritava para que a multidão agisse mais depressa.

Enquanto Gameknight corria, Monet olhou para ele.

— Quem é você?

— Sou seu irmão, Gameknight999, sua cabeça oca, e vim aqui para salvar você.

— Me salvar? — perguntou ela, depois olhou por cima do ombro para o exército de zumbis que os perseguiam. Então ela se virou e encarou o irmão, com um sorriso maroto no rosto verde. — E quem vai salvar *você*?

— Muito engraçadinha — retrucou Gameknight. — Não acredito que você fez isso... usar o digitalizador! Foi uma burrice sem tamanho! Você se colocou em risco, em risco de verdade, e agora eu é que tenho de consertar tudo... como sempre. O que deu na sua cabeça?

— Eu só queria conhecer seus amigos — respondeu ela. — Eu não estava correndo perigo até você aparecer.

— Está brincando? Aquele monstro ia matar você!

— Pois é, essa parte não funcionou como o planejado — respondeu ela.

— Planejado... E desde quando você planeja alguma coisa? Você simplesmente age, sem pensar! E agora tem um exército de zumbis atrás da gente!

— Bem — respondeu Monet —, podia ser pior.

— Podia ser *pior*?! — Gameknight grunhiu de frustração. Nesse momento, Artífice saltou de um telhado, piscando um clarão vermelho ao tomar um pouco de dano na queda. Ele então começou a correr ao lado dos dois irmãos.

— Olá, você deve ser a irmã do Usuário-que-não-é--um-usuário — disse Artífice. — É uma grande honra finalmente conhecê-la.

— Artífice... Nossa, eu estou conversando com Artífice! — exclamou ela, e seu rosto zumbi demonstrou uma grande emoção.

Ele estendeu a mão para cumprimentá-la enquanto corriam, mas puxou-a de volta quando a garota lhe ofereceu uma pata de zumbi cheia de garras. Artífice pareceu constrangido ao olhar para a mão oferecida, e então, hesitante, estendeu a sua novamente. Monet cumprimentou-o alegremente. Artífice olhou para sua própria mão e ficou surpreso ao ver que continuava ilesa e intacta.

— Hã... — disse ele, como se estivesse perdido em pensamentos, e continuou seguindo Gameknight automaticamente, enquanto Monet ainda dava risadinhas de empolgação.

— Eu sei tudo sobre suas aventuras, Artífice! — disse Monet, a voz cheia de entusiasmo enquanto eles corriam em disparada pelas ruas estreitas. — Eu li todas as anotações de meu irmão. Ele vai escrever um livro sobre isso, sabia?

— É mesmo? — falou o NPC, erguendo um dos lados de sua monocelha.

— Bom... Eu ia contar para você... — Gameknight então olhou para a irmã, com uma carranca irritada no rosto. — Você não devia mexer nas minhas coisas, Jenny!

— Não se deve usar nomes reais online, esqueceu? — corrigiu ela.

Gameknight franziu a testa, sabendo que ela estava certa.

— Além disso — continuou Monet —, você nunca me contaria todos os detalhes, apenas uma coisinha aqui e outra ali, por isso eu fui obrigada a descobrir por mim mesma. — O trio chegou ao fim de uma rua e virou à esquerda, rodeando uma construção feita de blocos de terra. — Você já decidiu qual vai ser o título do primeiro livro?

— Primeiro livro? — perguntou Artífice.

— Sim — respondeu Monet —, ele vai escrever um livro para cada mundo... Ah, você sabe, a Superfície, o Nether e o Fim.

— Interessante — retrucou o NPC olhando para o amigo. — A história das batalhas para salvar *Minecraft*.

— Eu ia pedir permissão a você... para saber se não se importaria — disse Gameknight timidamente, enquanto eles dobravam outra esquina. Ao fazerem isso, se viram bem diante de uma flecha, o projétil mortal prestes a ser disparado a qualquer momento.

— E essa é Caçadora... *U-hu!!!* — exclamou Monet.

— Hã? — respondeu a NPC.

— Caçadora, esta é a irmã de Gameknight, Monet113 — disse Artífice, aproximando-se da amiga. Pousou suavemente a mão no arco dela e o baixou.

— Como você sabe que ela não é... um deles?

— Eu conheço a minha própria irmã — respondeu Gameknight e, em seguida, virou-se e olhou feio para Monet. — Confie em mim, ninguém pode ser tão irritante quanto a minha irmãzinha... esta aí é ela mesma.

— Ah. Então você é aquela que foi tola o bastante para vestir uma fantasia de zumbi e vir até a cidade deles — disse Caçadora, depois se virou e olhou para Gameknight999. — Deve ter aprendido isso com o seu irmão.

— Caçadora, agora não — disse Artífice.

— Costureira está aqui também? — perguntou Monet. — Eu quero conhecer Costureira... Quero conhecer Costureira.

— Isso aqui não é um jogo, menina — cortou Caçadora, irritada. — Eu jamais traria a minha irmã para este lugar terrível e permitiria que ela arriscasse a vida com esses monstros. Pode parecer só uma brincadeirinha para você, mas para nós é uma questão de vida ou morte... e a morte está chegando bem rápido; olha aí.

Eles se viraram e viram a enxurrada de monstros se batendo contra as casas da Vila Zumbi, o fluxo de corpos verdes sendo retardado pelas ruas estreitas. Os sons de gemidos e grunhidos furiosos enfurecidos começaram a encher o ar.

— Nós precisamos sair daqui — disse Gameknight. — Vamos!

Ele os conduziu para longe da horda irritada e de volta à entrada da caverna. Enquanto disparava, ouviu Xa-Tul gritando para os zumbis correrem em vez de arrastarem os pés. Alguns dos zumbis então soltaram gritos de dor, berros que só pararam quando foram substituídos pelo barulho de pés correndo. Os monstros agora estavam indo atrás deles em disparada total. Olhando por cima do ombro, Gameknight confirmou: a multidão inteira estava a toda velocidade.

Ziguezagueando por entre os prédios, eles correram em direção à grande entrada da caverna, porém todas as construções pareciam iguais, cada qual feita de um tipo de material diferente e colocada a esmo na gruta. Parando entre uma casa de arenito e outra de pedra, Gameknight virou uma esquina e viu-se subitamente diante de um beco sem saída... o caminho estava bloqueado por um muro de pedra. Virando-se, eles seguiram a trilha novamente e escolheram outra ruela estreita que serpenteava através da cidade. Passaram por mais cinco casas e novamente chegaram a um beco sem saída. Estavam perdidos! Enquanto isso, os sons dos zumbis iam ficando cada vez mais altos.

— Eu não sei para onde ir! — exclamou Gameknight, com a voz embargada de frustração e medo.

— Pois é, foi mesmo uma *ótima* ideia vir aqui — acrescentou Caçadora.

— Caçadora, agora não é hora disso — retrucou Artífice.

— As fontes — murmurou Monet baixinho, fechando os olhos.

— O quê? — perguntou Gameknight.

Monet olhou irritada para o irmão... algo com que ele já estava acostumado.

— As fontes... é como os zumbis se alimentam e o que os obriga a viver aqui, nesta caverna subterrânea. — Monet então virou-se e olhou para Gameknight. — Procure as fontes; você conseguirá senti-las, todos os zumbis conseguem.

Gameknight deu à irmã um esquisito sorriso cheio de dentes e, em seguida, estendeu a mão e esfregou o topo da cabeça calva dela. Ficou surpreso com a penugem suave que cobria a área, sendo que a leve região azul sobre o couro cabeludo era a mais macia.

Caçadora lançou uma flecha para o alto. A flecha arqueou-se e então desceu em algum lugar na vila de zumbis, a aterrissagem pontuada pelo uivo de um monstro.

Ela sorriu.

Gameknight balançou a cabeça e, em seguida, fechou os olhos e ampliou seus sentidos. Escutando a música de *Minecraft*, detectou instantaneamente as fontes. Elas emitiam um som... estranho... como uma mistura de cachoeira de cristais brilhantes com o tilintar de sinos de vento. Abrindo os olhos escuros, ele agora pressentiu onde estava o caminho de que precisavam.

— Por aqui! — disse, saindo correndo sem esperar que os outros o seguissem.

O grupo foi andando pelos caminhos sinuosos da vila e escolheu uma das trilhas que serpenteava através do labirinto de casas e ruas estreitas, mas desta vez eles não se depararam com nenhum outro beco sem saída. Em poucos minutos finalmente encontraram a extremidade da caverna, um conjunto de degraus toscos que conduzia para o alto, para a abertura escura. Gameknight subiu correndo aquelas escadas e chegou à fonte de HP localizada perto do grande túnel que levava para fora da vila zumbi. Ao passar, sentiu o respingo das faíscas verdes de HP dançarem em torno de seus pés e serem absorvidas. Era extasiante. No mesmo instante, ele se sentiu mais forte e mais alerta. Virando-se, viu Monet parada ao lado da fonte, olhando para o irmão e sorrindo. Ele riu.

— Qual é a graça? — vociferou Caçadora.

— Artífice, venha aqui! — disse Gameknight. — Eu vi você se machucar ao saltar de uma das casas.

— Sim, um pouco.

— Venha aqui, depressa!

Artífice caminhou até seu amigo e, em seguida, sentiu o respingo da fonte espumante em seus pés. Instantaneamente, sentiu o fluxo de pontos de vida entrar em seu corpo e curar a lesão. Um sorriso surgiu em seu rosto quadrado. Porém, não demorou para o sorriso ser substituído por uma expressão de preocupação quando os grunhidos dos zumbis encheram o ar.

Olhando para o plano mais baixo da caverna, Gameknight viu o exército de zumbis que se aproximavam das escadas, os olhos escuros cheios de malícia e ódio.

— Quando sentirem vontade de correr para salvar a própria pele, me avisem — disse Caçadora. — Eu estarei esperando lá fora.

Depois de disparar uma flecha no zumbi que estava na ponta da escada, ela virou-se e saiu correndo em direção ao túnel que levava à entrada secreta.

— Vamos dar o fora daqui! — disse Gameknight, empurrando Monet e Artífice para longe da fonte e em direção ao túnel escuro.

Esperando que os dois seguissem à sua frente, Gameknight olhou de novo para a caverna e para a onda monstruosa de violência que se preparava para quebrar sobre eles. Na outra ponta, avistou túneis escuros que mergulhavam nas profundezas de *Minecraft*, mas, em vez de passagens sombrias, o que viu foi um fluxo constante de corpos verdes emergindo: mais zumbis estavam chegando ali, vindos de algum outro lugar... muitos e muitos deles.

Isso se transformou em uma invasão de zumbis de grande escala, pensou Gameknight enquanto dava meia-volta e se dirigia até a saída.

Correndo, ouvia os grunhidos e gemidos dos monstros subindo a escada que levava àquele túnel. Na outra ponta, avistou seus amigos esperando por ele, os rostos preocupados iluminados pela luz de uma tocha de redstone que Lenhador segurava.

— Fico feliz em vê-lo por aqui — disse Caçadora.

Gameknight sorriu e deu um tapinha no ombro da amiga.

— Vamos — disse Artífice. — Estão todos prontos?

— Têm de estar prontos, gostem ou não — falou Caçadora. — Precisamos dar o fora daqui.

Girando nos calcanhares, ela saiu correndo do túnel e entrou na passagem subterrânea iluminada pela lava. Em algum lugar nas proximidades, ouvia-se o som de água corrente. Lenhador levava a tocha de redstone rente ao chão e, graças à sua luz, eles viram as linhas de pó de redstone conduzindo a blocos de dinamite: iriam explodir o túnel.

—NÃO... eles ficarão presos... Ba-Jin! — gritou Monet, e fez menção de voltar para dentro da caverna.

Gameknight agarrou seu braço e a puxou para longe.

— O que está fazendo? Temos de sair daqui!

— Mas os explosivos... isso vai matar os zumbis... talvez minha amiga também.

Caçadora ouviu aquilo e parou. Depois virou-se e berrou, do outro lado da corrente de lava:

— Amiga?! Zumbis e NPCs não podem ser amigos. Somos muito diferentes.

— Não — respondeu Monet —, você está errada. Eles são pessoas como nós, com esperanças e sonhos, e...

— NÃO! Eles são animais — retrucou Caçadora — e logo serão destruídos. Se quiser se juntar a eles, pode ir, mas se eu fosse você ficaria longe da entrada do túnel agora. — Ela se virou para Lenhador. — Acenda!

Lenhador colocou a tocha de redstone ao lado de uma linha de pó e depois deu meia-volta e saiu correndo. Monet deu um passo em direção aos explosivos vermelhos e pretos que cintilavam.

— Não! — gritou a menina.

Gameknight agarrou sua irmã e atirou-a por cima do ombro, depois disparou pela corrente borbulhante, sem olhar para trás. Simplesmente correu para salvar a própria pele até eles estarem do outro lado do lago de lava borbulhante, onde a lava se encontrava com a cachoeira. Enquanto corria, ouvia zumbis entrando no túnel, seus gemidos amplificados pelas paredes frias de pedra. De repente, sentiu o impacto da detonação destruindo a entrada secreta que levava à Vila Zumbi. Os gritos de dor dos monstros pontuaram a explosão e ecoaram pela passagem enquanto o impacto zerava os seus HPs.

— Nãããoǃ — gritou Monet, olhando para aquela destruição. — Meus amigos...

Depois de alcançar Caçadora e os demais, Gameknight parou de correr e colocou Monet de volta no chão. Ela se virou para olhar para trás, para o local arrasado, e deu alguns passos na direção dos escombros.

— Você não pode ir até lá ajudá-los — alertou Caçadora. — Eles vão fazê-la em pedaços em questão de segundos. Aí você vai ver que tipo de amigos eles realmente são.

Monet parou, virou-se e fitou os olhos castanhos de Caçadora. Gameknight caminhou até sua irmã e passou um braço ao redor de seus pequenos ombros zumbis.

— Ela tem razão — disse ele. — Nós precisamos sair daqui antes que eles se reagrupem e consigam passar por cima dos escombros.

Suspirando, Monet assentiu com a cabeça e seguiu os NPCs através da passagem iluminada pela lava.

Gameknight esperou até que todos o ultrapassassem e então seguiu na retaguarda.

Temos de chegar em algum lugar seguro antes que os zumbis nos peguem, pensou Gameknight, enquanto corria. Mas onde poderiam estar a salvo? Ele só conhecia um lugar capaz de fazer frente àquela onda de violência, portanto fez a única coisa que podia no momento: correu. Enquanto isso, ouviu Xa-Tul berrando de raiva. Os rosnados irados do rei zumbi juntavam-se à sinfonia de gemidos tristes e raivosos do seu exército.

Olhando para trás, por cima do ombro, ele viu Xa-Tul de pé sobre um bloco de pedra no meio do lago de lava, os olhos escuros encarando-o cheios de ódio, enquanto os corpos verdes emergiam num fluxo constante através dos túneis, como uma inundação irrefreável. Naquele momento, Gameknight entendeu que a segunda grande invasão de zumbis estava acontecendo em *Minecraft*.

Fechando os olhos por um momento, pensou em seu teclado no porão de casa e imaginou-se digitando uma série cuidadosa de palavras para seu amigo. *Shawny, eu preciso muito de ajuda!*

CAPÍTULO 22
EM BUSCA DE SEGURANÇA

Eles seguiram através das passagens subterrâneas tão rápido quanto podiam, mas o terreno irregular e o fluxo ocasional de lava às vezes tornavam precárias as condições do caminho. Os passos dos zumbis ecoavam pelos túneis, incitando-os a seguir em frente e enchendo seus ouvidos como um trovão. Devido ao volume daqueles ruídos, Gameknight não conseguia saber ao certo o quão longe estavam, mas sabia que levaria tempo para que os monstros conseguissem transpor o túnel destruído.

— Artífice, você tem alguma coisa na manga para deter os zumbis? — perguntou Gameknight.

O NPC olhou por cima do ombro e sorriu.

— Você se lembra do que o meu tio-avô Tecelão me dizia? — perguntou Artífice.

Gameknight não respondeu, apenas balançou a cabeça afirmativamente para seu amigo.

— O quê? O quê? — perguntou Monet.

— Ele dizia que muitos dos problemas com monstros podem ser resolvidos com um pouco de criatividade... e muita dinamite — explicou Artífice.

Parando por um momento, o NPC começou a colocar alguns blocos de TNT perto de um corpo d'água que fluía de uma parede. Então acendeu os blocos com um isqueiro. O explosivo começou a piscar.

— Corram! — gritou Artífice, e saiu correndo para longe.

BUM!!!

A explosão abriu um rombo na parede, fazendo com que mais água começasse a fluir: o pequeno corpo d'água agora virara um rio caudaloso.

— Isso vai atrasá-los um pouco — disse Artífice.

Durante a corrida, Artífice colocou mais blocos de TNT onde o piso plano do túnel podia virar uma bagunça profunda e cheia de crateras, a fim de dificultar a travessia dos zumbis. Gameknight sabia que aquilo não pararia os monstros, mas pelo menos conseguiria atrasá-los um pouco.

Algumas aranhas infelizes enfiaram suas caras cheias de olhos para fora das sombras. Os NPCs caíram sobre elas com ferocidade letal — aquelas aranhas solitárias praticamente não tiveram a chance de se defender dos agressores. Monet ficou para trás enquanto os outros lutavam contra as criaturas negras e peludas. Gameknight estava sempre ciente da presença dela, dando um jeito de conseguir vê-la a todo instante pelo canto do olho. Ele precisava ter certeza de que a irmã estava segura, o que tornava a luta contra aqueles monstros muito mais difícil. Se já era complicado para ele mesmo permanecer vivo, agora, além disso, ele era responsável por outra pessoa. Gameknight não gostava desta responsabilidade, mas sabia que era dele e de mais ninguém.

Quando deu cabo da última das criaturas de oito patas, Gameknight virou-se para sua irmã, fervendo de frustração.

— Eu ainda não consigo acreditar que você fez isso! — vociferou.

Monet não respondeu. Simplesmente abaixou a cabeça e olhou para o chão.

— Você sempre arruma uma dessas quando o papai não está, e sempre sobra para mim consertar tudo. Da última vez, você deixou o valentão da escola, Snipes, louco da vida e fui eu quem teve de enfrentá-lo. Minhas costelas doem até hoje por causa disso! E também teve daquela vez que você pintou o nosso cão, Barky. Eu arruinei meu jeans favorito para limpá-lo. Sempre que o papai viaja você apronta alguma. Ele disse que eu precisava ser o homem da casa e cuidar da minha irmãzinha, mas toda vez que ele está fora você faz uma dessas. Eu estou cansado de ser o homem da casa... Eu só quero ser eu mesmo, ser o filho dele, só isso. Por que não pode ser assim?

Monet novamente permaneceu em silêncio.

Gameknight deu as costas para ela e olhou para a parede rochosa, fervendo de raiva.

Neste momento, os gemidos dos zumbis em perseguição ecoaram pelo túnel e trouxeram todos de volta à realidade.

— Sabe, é muito divertido e tudo o mais ficarmos aqui parados tendo essa conversa agradável, mas talvez seja melhor começarmos a correr para salvar a pele agora — disse Caçadora, com um sorriso.

— Caçadora está certa, temos de fugir — acrescentou Artífice.

Gameknight virou a cabeça e fuzilou a irmã com o olhar, em seguida deu as costas e saiu correndo, conduzindo o grupo pela passagem sombria. Enquanto corria, via as paredes se transformando lentamente de escuras e sem traços característicos para algo sombreado com tons suaves róseos e vermelhos: o brilho avermelhado do pôr do sol começava a preencher o túnel rochoso.

Tinham chegado à superfície.

Saindo ao ar livre, Gameknight sentiu-se contente por ver o céu através da espessa folhagem da floresta coberta, embora estivesse quase anoitecendo. Pontinhos cintilantes de luz começavam a perfurar o véu do céu azul a leste, que escurecia; a noite se aproximava depressa. Olhando para o oeste, ele viu a face quadrada do sol por entre os troncos das árvores grossas começar a tocar o horizonte. O céu estava assumindo um tom vermelho profundo enquanto as nuvens brancas exibiam uma bela tonalidade rosada. Monet ficou ao lado do irmão e observou o pôr do sol, com os olhos escuros cheios de admiração.

— É lindo — disse ela. — Eu poderia ficar aqui assistindo isso para sempre.

— Há muitas coisas em *Minecraft* que são lindas — disse Caçadora —, e eu ficaria feliz em mostrá-las a você e a Costureira. — Um sorriso formou-se no rosto de Monet. — Mas primeiro temos de sair daqui e descobrir como impedir a guerra que você acabou de começar.

O sorriso de Monet desapareceu.

— Desculpe — disse ela, abaixando a cabeça.

— Não faça isso!

— Isso o quê? — perguntou Monet.

— Não abaixe a cabeça assim. Parece que você está derrotada, e isso nunca vai acontecer. Você precisa ser forte como o seu irmão e mostrar aos NPCs de *Minecraft* que nada pode derrotar a irmã do Usuário-que-não-é-um-usuário. — Caçadora pousou uma das mãos em seus pequenos ombros de zumbi e olhou para seus olhos escuros. — Nunca desista de seus amigos e de sua família. E, como você está com Gameknight999, a partir de hoje também é parte da nossa família. Agora é ficar de cabeça erguida e lembrar a todos, tanto NPCs quanto monstros, que Monet113 não pode ser derrotada, não importa quanto medo você sinta por dentro.

Monet levantou a cabeça e fitou os olhos de Caçadora. Depois, sorriu e empertigou-se um pouco.

— É isso aí — disse Caçadora. Em seguida, virou-se para o resto do grupo. — Alguém se lembra de onde deixamos os cavalos?

— Nós os deixamos amarrados nessa árvore — respondeu Artífice.

O jovem NPC caminhou até a árvore em questão e ficou chocado com o que viu: seis conjuntos de arreios de cavalos flutuando! Algo havia acontecido com os cavalos... provavelmente um ataque de aranhas.

Caçadora foi até Artífice e olhou para baixo.

— Eu acho que, por enquanto, estamos a pé — disse ela. — Talvez fosse melhor começarmos a correr.

— Concordo — falou Lenhador. — Mas para que lado?

— Eu tenho uma ideia, sigam-me — disse Gameknight.

Eu espero que esteja nos assistindo, meu amigo, pensou Gameknight. *Com certeza precisamos de ajuda.*

Correndo a toda velocidade, o grupo saiu em disparada pela floresta espessa, sem parar nem um instante para disfarçar o caminho para possíveis perseguidores. Todos sabiam que aquela era uma corrida para salvar suas vidas, e a velocidade era tudo o que importava. Quando passaram por um cogumelo vermelho gigante, Gameknight olhou por cima do ombro, esperando que o rei zumbi aparecesse a qualquer momento por entre os troncos grossos dos carvalhos escuros. O olhar de surpresa no rosto do monstro quando Gameknight bloqueou sua espada era algo de que ele sempre se lembraria. Xa-Tul era aterrorizante, e a imagem daquele monstro odioso provavelmente assombraria seus sonhos por um bom tempo.

Gameknight estremeceu.

— Ei, vocês não vão acreditar no que encontrei — disse Caçadora, ao chegar ao topo de uma pequena colina e começar a descer pelo outro lado.

Quando Gameknight atingiu o cume dois passos depois, ficou aliviado com o que viu: um baú cercado por tochas. Parecia o bônus que às vezes podia ser encontrado em *Minecraft*, mas Gameknight sabia que não era só isso...

— O que tem nele? — perguntou.

— Pão, biscoitos, algumas melancias, e meu item favorito... flechas — respondeu Caçadora.

Ela apanhou os itens e, em seguida, deu algumas flechas e comida para Artífice e Lenhador.

— Desculpe, não há nada aqui para zumbis — disse Caçadora, dando meia-volta e continuando a correr. — Como será que esse baú veio parar aqui?

Gameknight sorriu e permaneceu calado.

Shawny, pensou ele, *traga minha irmã de volta... use o digitalizador com as configurações invertidas.*

Houve um momento de silêncio e depois uma série de palavras atravessaram sua mente. *Eu não posso, ele está superaquecido,* disse Shawny. *Acho que isso aconteceu quando fizemos você entrar no jogo. Neste momento, o indicador de temperatura ainda está no vermelho. Não dá para trazê-la de volta agora.*

— Que ótimo — disse ele em voz alta.

— E agora? — perguntou Caçadora.

— O digitalizador... Quero dizer, o Portal de Luz não está funcionando agora. Minha irmã ficará presa aqui com a gente por algum tempo.

— Então ela pode desfrutar desta pequena corrida conosco — respondeu Caçadora, continuando na mesma marcha.

Eles continuaram correndo por alguns minutos e então chegaram a um rio largo e profundo, atravessado por uma ponte de terra estreita. Dava para ver que, do outro lado, a paisagem mudava — do bioma de floresta coberta para uma floresta normal de abetos. Só de ver novamente o céu, Gameknight sentiu-se um pouco melhor. *Pelo menos podemos ver se há aranhas acima de nós,* pensou. Seguindo em fila indiana, o grupo atravessou o rio rapidamente, mas no final da ponte Caçadora viu um fio colocado rente ao chão, como uma armadilha para pessoas tropeçarem, ligado a um circuito de redstone incompleto escondido nas proximidades.

— Para que isso? — perguntou ela, enquanto saltava o fio.

Gameknight chegou ao final da ponte e pulou também, tomando cuidado para ficar longe da corda. Virando-se, percebeu que se algo batesse nela, toda a ponte iria pelos ares numa explosão. Era a armadilha perfeita.

Gameknight sorriu novamente.

— Certo, o que está acontecendo aqui? — perguntou Artífice.

— É meu amigo, Shawny — explicou Gameknight. — Ele está nos observando e entrando em *Minecraft* para configurar essas armadilhas para nós. Shawny sabe que não pode simplesmente aparecer, porque vocês dois teriam que parar de correr e unir as mãos junto ao corpo, portanto ele se mantém escondido.

Artífice olhou para Caçadora, depois novamente para Gameknight, com um olhar de surpresa em seu grande rosto quadrado.

— Sim, eu contei a ele tudo sobre a Convenção de Artífices e sobre a decisão — explicou o jogador. — Ele sabe que os usuários não podem entrar e intervir quando quiserem porque isso pode impedir os NPCs de lutar. Estamos nessa por nossa própria conta... ou quase.

De repente, um grito gutural alto trovejou fora da floresta. Era um som de tanto ódio, com uma raiva tão avassaladora, que fez doer os ouvidos de todos. Entretanto, não era apenas um grito: era algo diferente. Gameknight sentiu-o ressoar dentro do tecido de *Minecraft*, convocando todas as criaturas nas proximidades.

— Parece ser Xa-Tul, o rei dos zumbis — disse Monet.

— Você deu um nome para ele? — falou Caçadora, brincando. — É sempre mais difícil se livrar das coisas depois que a gente as nomeia. — Ela então riu, enquanto retirava uma flecha e a encaixava em seu arco.

Imediatamente, ouviram o som estalante de aranhas e avistaram um grande grupo de bichos negros e ameaçadores se deslocando pela floresta e rodeando-os por todos os lados de maneira letal. Havia pelo menos oito, e os estalos aumentavam à medida que se aproximavam.

Artífice ajoelhou-se e terminou de montar a armadilha de redstone. Em seguida, todos continuaram a seguir caminho, extraindo de suas pernas quadradas cada bit de velocidade que conseguiam.

— Artífice — disse Gameknight, apontando enquanto corria.

— Já vi — respondeu o jovem NPC, encaixando uma flecha no arco.

Virando-se, Gameknight olhou para a irmã. Enxergou o medo dentro de seus olhos escuros e soube que ela estava aterrorizada. Desembainhou sua própria espada e se aproximou dela, correndo ao seu lado.

— Não se preocupe, vai ficar tudo bem.

— Você acha que eu preciso de uma espada? — perguntou ela.

— Você já usou uma espada em *Minecraft* antes?

— Não — respondeu ela, agora com a voz trêmula de medo.

— Então acho que é melhor você vigiar nossa retaguarda para garantir que não tem nenhum monstro disposto a acabar com a gente na surdina.

— Você quer dizer para eu ficar de olho nos creepers?

Gameknight assentiu.

— Sim, cuidado com os creepers — declarou ele. — Dentre outras coisas.

As aranhas se aproximaram, os pelos negros começando a se fechar sobre eles. Quando os grandes monstros se adiantaram para interromper o caminho do grupo, provavelmente respondendo ao chamado de Xa-Tul, Gameknight percebeu que havia algo diferente naquelas criaturas. Elas pareciam mais iradas do que antes, com os olhos cheios de ódio e uma fome de violência. Aquelas aranhas não estavam para brincadeira, e ele duvidava que fossem recuar. Era hora de entrar em combate, e, com oito daqueles monstros diante deles, as chances do grupo não eram boas.

CAPÍTULO 23
AS IRMÃS

O som das aranhas batendo as mandíbulas encheu o ar, fazendo os braços verdes de Gameknight se arrepiarem. Pareciam furiosas, prontas para a guerra e com fome de luta. O jogador olhou para elas e estremeceu.

Depois fitou a irmã e sentiu o enorme peso da responsabilidade por sua segurança. Ele odiava o fato de sempre ter de cuidar dela, mas era seu dever quando o pai estava ausente: ele era o mais velho.

Mas por que ele sempre tinha de estar ausente?

Gameknight sentia falta de ter o pai em casa e odiava tanta responsabilidade. Olhou novamente para sua irmã e estremeceu ao pensar naquelas aranhas machucando-a. Ainda tinha raiva por ela ter causado toda aquela confusão, mas também estava com muito medo. Precisava dar um jeito nos monstros, mas sabia que eles eram apenas um de seus problemas: ainda havia uma invasão maciça de zumbis no encalço.

Não, eu não vou perdê-la agora, não aqui, pensou. *Dei muito duro para encontrá-la! Não vou dei-*

xar que a machuquem, não enquanto eu ainda tiver fôlego em meus pulmões. É meu dever levá-la para casa em segurança, e não falharei de jeito nenhum!

Então uma das peças do quebra-cabeça se encaixou. Gameknight parou diante da clareira, circundada por uma floresta de altos carvalhos.

— Todo mundo: se escondam e esperem por mim — disse Gameknight. — Quando chegar a hora, vou precisar que todos vocês saiam para combater.

— Como vamos saber qual é a hora? — indagou Artífice.

— Não se preocupe, você vai saber.

No centro da clareira, Gameknight viu as aranhas se reunindo em um grande grupo bem na frente deles. As criaturas se remexiam nervosamente, esperando para ver o que aconteceria. Foi então, porém, que Gameknight caminhou em direção a elas, apostando sua vida que elas não atacariam. Elas olharam cheias de curiosidade o zumbi se aproximando, e o som das mandíbulas batendo foi ficando ainda mais alto.

Ele contou oito aranhas, cujos olhos vermelhos fitavam os NPCs cheios de ira. Seguindo rapidamente em direção à maior delas, com a espada de ouro à frente, ele ouviu os monstros sussurrando, o que o surpreendeu.

Elas estão conversando entre si... Aranhas... falando!

Ignorando os sussurros, Gameknight seguiu até ficar bem na frente do maior monstro, cujos olhos vermelhos ardiam incandescentes enquanto suas mandíbulas cinzentas estalavam, as garras afiadas refletindo a luz rosada do sol poente.

De repente, ouviu-se uma enorme explosão ao longe, que encheu o céu noturno de luz e som. Gameknight sorriu.

Valeu, Shawny.

Então ele deu um pulo para a frente, brandindo a espada de ouro com toda a sua força. O ataque pegou a aranha completamente de surpresa. Incapazes de entender o que se passava, as demais ficaram paradas, em choque. Brandindo a espada vez após outra, ele destroçou o monstro, fazendo seu HP cair para zero antes que ele se desse conta do que estava acontecendo. Então Gameknight virou-se para a próxima aranha e atacou, enquanto os aracnídeos gigantes começavam por fim a reagir.

De repente, Monet se adiantou e gritou para as aranhas:

— Ei, aqui, nós somos seus amigos. Ei, olhem para mim!

Os olhos vermelhos de todas as aranhas se voltaram para Monet, com uma expressão de confusão nos rostos hediondos. Com sua voz de zumbi mais convincente, ela conversou com as aranhas, tentando distraí-las do atacante que estava destruindo suas companheiras:

— Ei, eu estou falando com vocês. O que estão fazendo?

As aranhas ficaram completamente confusas. Enquanto tentavam descobrir o que estava acontecendo, Gameknight continuou seu ataque, até que, finalmente, elas entenderam tudo e se voltaram contra o jogador. Foi nesse momento que três flechas voaram pelos ares e atingiram uma das aranhas. A flecha flamejante de Caçadora ateou a besta em chamas. O HP do monstro se extinguiu rapidamente, até que só restou uma bola de fio de seda e três esferas de pontos de experiência.

Gameknight atacou depressa, evitando as garras terríveis dos monstros enquanto os eliminava com a espada. Então Caçadora saiu do esconderijo, como se as desafiasse a atacar, e disparou o arco encantado com precisão mortal. Uma das aranhas tentou atacar Monet, mas as flechas de Caçadora rapidamente a abateram. Artífice então saiu de trás de uma árvore e postou-se ao lado da amiga. Seu arco cantou uma melodia harmoniosa junto com o dela, enquanto as flechas encontravam seus alvos. As aranhas deram meia-volta, ignorando Gameknight, e foram para cima de Caçadora e Artífice. Foi nesse momento, contudo, que Lenhador saiu de trás de alguns arbustos e também começou a disparar do outro lado da clareira, suas flechas afundando-se na carne das aranhas.

Os monstros tentaram se dispersar, mas ver três alvos à mostra era algo sedutor demais para resistir. Investindo em direção aos inimigos, elas ignoraram o zumbi desajustado às suas costas. Foi um erro. Enquanto elas corriam, Gameknight caiu sobre elas com a espada, rasgando-lhe as costas e cortando suas patas. Com golpes rápidos e bem cronometrados, ele destruiu uma das aranhas, depois outra e mais outra, enquanto elas fechavam o cerco sobre seus alvos. Nesse meio tempo, Artífice e Caçadora concentravam seus ataques numa mesma aranha, combinando o poder letal de suas flechas: a aranha desapareceu num estalo quando seus pontos de vida foram consumidos; depois outra, e então uma terceira. Sem qualquer liderança ou plano de batalha, as criaturas só se defendiam em vez de trabalhar em conjunto — não eram páreo para as flechas de três atacantes e mais a espada de Gameknight. Quando conseguiram alcançar os NPCs, restava apenas uma delas.

Agora que a vitória tinha se transformado em derrota em um piscar de olhos, a aranha remanescente não batia mais as mandíbulas tão alto. Recuando alguns passos, a criatura esbarrou em Gameknight999. Ela se virou e olhou para o zumbi com olhos cheios de ódio.

— Por que um verde está ajudando os NPCssss? — perguntou. Sua voz sibilante fez Gameknight lembrar de algum tipo de cobra.

Olhando para a criatura, o Usuário-que-não-é-um-usuário não disse nada, apenas segurou mais firme a espada de ouro. Então Monet foi se colocar ao lado do irmão.

— Não temos que matar esta aranha, temos? — perguntou ela. — Já tivemos violência suficiente.

— A criança verde fala como um dos NPCssss... Agora entendo — disse a aranha. Metade de seus ardentes olhos vermelhos mirou Caçadora e Artífice, enquanto a outra metade voltou-se para Lenhador, que ainda estava parado na borda da clareira. — Assss Irmãssss vão impedir osss NPCssss e ajudar os verdessss a assumir o controle — declarou a aranha com orgulho. — O Criador convocou Shaikulud para seu lado. Estaremos lá quando os NPCssss forem destruídossss.

— Do que você está falando? — perguntou Gameknight.

— Mate logo essa aranha e pronto — interrompeu Caçadora irritada, preparando uma flecha e apontando-a para a cabeça da criatura.

Então o som de gemidos de zumbis encheu o ar, vindo de todos os lados: estavam tentando cercar Gameknight e seus amigos. Enquanto o Usuário-que-não-é-um-usuário se voltava em direção ao barulho, a aranha saltou para cima dele, as garras curvas e malignas buscando sua carne de zumbi. Ela, porém, não chegou nem perto. Caçadora, Artífice e Lenhador dispararam ao mesmo tempo, abatendo o monstro em pleno ar. Ele desapareceu com um estalo antes mesmo de Gameknight se virar.

Ouviram mais gemidos, desta vez um pouco mais perto.

— Acho que é melhor a gente ir andando — disse Artífice.

— Você acha? — disse Caçadora, preparando outra flecha.

De repente, Lenhador gritou: uma pequena aranha das cavernas pulou das sombras e o atacou, mordendo o NPC com suas presas venenosas. Ele recuou um passo, brandindo o arco em direção à criatura para tentar mantê-la afastada. Não adiantou muito. O monstro azul escuro saltou para a frente. Suas presas afundaram-se no pé de Lenhador, que gritou e caiu para trás. Então ela tentou pular em cima dele, mas o NPC conseguiu preparar uma flecha e disparou quando o monstro estava quase sobre ele. A flecha afundou na barriga macia. A aranha das cavernas gritou de dor e recuou um passo. Lenhador esforçou-se para se pôr de pé enquanto preparava outra flecha, mas o estrago já estava feito.

Neste momento, uma flecha em chamas riscou os ares e atingiu a aranha das cavernas na lateral do corpo. Ela piscou em um clarão vermelho. Outra flecha juntou-se à primeira, desta vez do arco de Artífice. Gameknight correu adiante até Lenhador, atingindo a aranha com sua espada de ouro em poderosos golpes letais, sem parar. Com várias flechas presas ao corpo azul escuro peludo, a aranha deu um último olhar de ódio feroz com os múltiplos olhos enquanto seu HP finalmente era consumido.

— Essa foi por pouco — disse Monet, andando até o irmão.

Entretanto, neste momento, Lenhador deixou cair seu arco e tombou no chão. Um tom doentio tomava conta de sua pele. Pequenos redemoinhos verdes de luz pareciam emanar de seu corpo, como se estivesse emitindo alguma espécie de gás tóxico. Ignorando os efeitos das partículas, Gameknight correu para seu lado e segurou o NPC moribundo em seus braços.

— Estou feliz por ter tido a chance de lutar ao lado do Usuário-que-não-é-um-usuário mais uma vez — disse Lenhador, e então soltou uma tosse dolorosa. — Quem poderia imaginar que eu precisaria de leite aqui, em uma floresta.

— Leite? — indagou Monet.

— Leite é o único antídoto para o veneno das aranhas das cavernas — explicou Artífice. — Se alguém é mordido só uma vez, tem chance de continuar vivo, mas se é mordido várias vezes, o leite é sua única chance de sobrevivência.

— Então alguém lhe dê um pouco de leite!

— Não temos nenhum, menina — respondeu Caçadora.

— Quer dizer então que ele vai...

Caçadora assentiu. Monet olhou para Lenhador, e uma pequena lágrima quadrada escorreu pelo seu rosto.

— Precisamos fazer algo por ele — disse, ajoelhando-se ao seu lado.

— Não há nada que possa ser feito, irmã do Usuário-que-não-é-um-usuário — disse Lenhador. — Às vezes...

De repente, um rosnado de zumbis ecoou pela floresta — a horda de monstros estava se aproximando.

— Vocês precisam ir embora — falou Lenhador, com um tom de tristeza... num último arroubo de suas forças vitais. — Não posso acompanhá-los, meus amigos. Precisam me deixar para trás.

— Não, nós não podemos fazer isso — protestou Monet, olhando para os olhos azuis de Artífice.

— Vocês não têm outra escolha — acrescentou Lenhador, apanhando seu arco e preparando uma flecha. — Eu vou atrasá-los o máximo que puder.

— Não... — disse Monet, mas Caçadora segurou-a pelo braço e puxou-a para longe do ponto de onde vinham os grunhidos dos monstros.

— Vamos! — gritou Caçadora, enquanto saía correndo.

Artífice encarou Lenhador e, em seguida, acenou com a cabeça. Depois deu um passo atrás e examinou seus arredores, em busca de ameaças. Gameknight, ainda segurando o NPC em seus braços de zumbis, apoiou-o no chão e o posicionou de forma que ficasse encostado em um pinheiro alto.

— Você precisa impedir esta invasão de zumbis e salvar nosso povo... — disse Lenhador com voz rouca, e então tossiu violentamente. — Minha família... Você tem que garantir a segurança deles.

— Vou fazer tudo o que puder — respondeu Gameknight, dando um tapinha no ombro do amigo, as garras escuras destacando-se contra a vestimenta vermelha. — Você será lembrado.

Lenhador resmungou:

— VÁ!

Gameknight deu-lhe um aceno de cabeça, triste. Depois virou-se e saiu correndo atrás de seus amigos, sabendo muito bem o que estava prestes a acontecer com o NPC. Mas será que o resto deles escaparia do mesmo destino de Lenhador?

Com um tremor, Gameknight disparou a toda velocidade para alcançar Caçadora e sua irmã, com Artífice ao seu lado.

— EU ODEIO ISSO! — gritou Gameknight. — Os gêmeos Lenhadores morreram... e pelo quê?

— Pela sua irmã — respondeu Artífice. — A irmã do Usuário-que-não-é-um-usuário é importante para todos os NPCs. Você nos salvou, e agora estamos retribuindo... da única maneira que sabemos fazer.

Correndo em silêncio, eles avistaram Caçadora e Monet113 à frente; aos poucos os dois as estavam alcançando.

— Por que ele precisa viajar tanto?! — explodiu Gameknight, cheio de raiva ao pensar em seu pai. — Por que eu tenho que ser o único responsável...? Ele devia estar aqui para eu poder continuar sendo apenas um garoto! Odeio ser responsável por minha irmã menor... ela faz as coisas mais idiotas do mundo!

— Pode ser. Mas ela é sua irmã... sua família, e a família é uma coisa preciosa. A família sempre estará ao seu lado para ajudar você, às vezes quando menos se espera. Nunca se sabe quando você precisará de ajuda, e você pode sempre contar com a sua família. — Artífice parou e preparou uma flecha ao ouvir um som vindo da floresta. Quando passaram correndo, percebeu que era apenas uma vaca caminhando pela floresta, esmagando alguns galhos mortos sob os cascos. Relaxou a flecha e se aproximou de Gameknight999, para que suas palavras fossem ouvidas com clareza. — A família é uma coisa maravilhosa, mesmo quando nossos parentes são irritantes e nos deixam loucos da vida. Existe um vínculo especial entre irmãos que é único. Dê valor a isso, enquanto puder.

Gameknight concordou e refletiu sobre as palavras sábias do seu jovem amigo enquanto corria, com os sons do exército de zumbis irritados em seus calcanhares.

CAPÍTULO 24
A VILA

Quando Gameknight alcançou seus amigos, o som dos zumbis estava mais alto: seus lamentosos grunhidos e gemidos irritados enchiam o ar. A horda de monstros os tinha alcançado enquanto eles lutavam contra as aranhas, e agora estavam logo atrás do grupo... perto demais.

— Espero que Lenhador fique bem — disse Monet, nervosamente.

— Ele é um bom NPC, mas conhecia os riscos quando concordou em vir com a gente — respondeu Caçadora. — Sabe quais são suas responsabilidades.

De repente, um grito alto perfurou a floresta. Era um berro de surpresa e de dor de um zumbi. Depois ouviu-se outro grito... e mais outro... e outro ainda. Caçadora olhou para Monet e sorriu.

— Lenhador está fazendo esses zumbis pagarem caro — disse, com um tom de orgulho.

— Mas isso não parece os estar detendo — argumentou Artífice.

Gameknight ouvia os sons da perseguição dos monstros em disparada, o arrastar de pés desajeitados dos zumbis esmagando os arbustos, seus grunhidos animalescos enchendo o ar. Queria muito que a situação não tivesse chegado a este ponto. Ao contrário de Caçadora, o som de qualquer coisa viva sentindo dor trazia tristeza ao seu coração.

— Precisamos ir mais rápido — disse Caçadora, sem parar de correr.

— Talvez fosse melhor deixar mais algumas surpresinhas no caminho — sugeriu Artífice.

— Não, apenas corram — disse o Usuário-que-não-é-um-usuário, olhando nervosamente por cima do ombro.

Enquanto eles abriam passagem através da floresta, Gameknight999 pensou na batalha iminente. A julgar pelos monstros que vira saindo dos túneis profundos da Vila Zumbi, ele imaginou que devia haver centenas de monstros no seu encalço, talvez até mais de mil. Era como se todos os zumbis dos outros servidores tivessem sido convocados até ali para persegui-lo. Ele estremeceu ao imaginar a violência prestes a acometer este servidor. E se ele não conseguisse encontrar uma solução para este problema? E se não fosse forte ou esperto o suficiente para proteger sua irmã e seus amigos? E se... Cada desastre possível se desenrolou em sua cabeça como um filme terrível, encurralando a coragem nos recantos mais escuros de sua alma.

Não, eu não vou ter medo do que pode acontecer, pensou. *Devo focar no agora e não no "e se".*

Gameknight expulsou aquelas imagens de sua mente e pensou, em vez disso, em todas as peças do quebra-cabeça adiante: o gigantesco exército de zumbis...

Xa-Tul, o rei daqueles monstros... sua irmã... pensou em tudo o que estava acontecendo e buscou uma solução que pudesse salvar seus amigos e, esperava, ele mesmo também.

Mas nada lhe veio à mente.

E, enquanto a preocupação voltava a rastejar para sua cabeça, ele ouviu Caçadora soltando vivas. A distância, entre os pinheiros altos e os ramos baixos, Gameknight viu luz — uma planície verdejante com tochas fincadas no chão. E mais além da planície estavam os altos muros fortificados da vila de Artífice.

— Nós conseguimos! — exclamou Monet113.

Eles saíram da floresta correndo em disparada. Gameknight então avistou estruturas com dois blocos de altura por toda a parte. Embaixo de cada uma havia um buraco de três blocos por três cheio de água: bombas de flechas, a invenção de Romantist! Os blocos que estavam acima da água pareciam quase peludos, como se um milhão de porcos-espinhos estivesse sobre cada um. Porém, ao se aproximarem, Gameknight percebeu que não eram porcos-espinhos, e sim flechas presas nos blocos, centenas delas em cada montinho — e havia inúmeros espalhadas por toda a planície.

Gameknight sorriu. Escavador estivera bastante ocupado na ausência deles.

Um uivo irritado emergiu da floresta atrás deles e ecoou por toda a paisagem, sendo ouvido provavelmente a quilômetros de distância.

— Depressa, corram até os portões! — disse Artífice disse, fitando Gameknight. O medo em seus olhos azuis começou a se transformar em pânico. — É a nossa única chance.

Porém, justamente quando o eco do urro começava a desvanecer-se, um enorme exército de monstros surgiu à frente deles do lado esquerdo da floresta. A onda de criaturas verdes fluía através da planície gramínea, pisando em flores e esmagando arbustos enquanto abriam passagem, interrompendo a fuga do grupo. As criaturas pararam fora do alcance das flechas da aldeia e voltaram-se para os NPCs. Mostrando os dentes para suas futuras vítimas, os zumbis gemeram e resmungaram animadamente.

Quando os que os estavam perseguindo finalmente emergiram da folhagem da floresta atrás deles, explodiu uma multidão de zumbis, comandada por Xa-Tul. Seu vulto imenso elevava-se sobre seus súditos.

Eles estavam encurralados.

Gameknight parou de correr e segurou com força o braço da irmã, puxando-a para o seu lado. Então desembainhou a espada de ouro, analisando a situação. Eles estavam completamente cercados e não tinham nenhuma esperança de sobreviver ao ataque por vir. Cerca de quinhentos zumbis haviam saído floresta, e outros duzentos estavam diante deles, interrompendo sua fuga. Mesmo com as fortificações da vila de Artífice e todas as armadilhas de redstone que ela continha, os NPCs da aldeia também não tinham qualquer chance de sobrevivência. Eles podiam ser capazes de resistir bravamente e fazer os zumbis pagarem caro, mas com toda a certeza os aldeões morreriam.

Olhando para a parede fortificada às suas costas, Gameknight avistou o vulto de ombros largos de Escavador no alto da muralha, com sua picareta pontuda (uma arma terrivelmente letal em suas mãos) atirada por cima do ombro. Uma imagem dos filhos de Escavador, Tampador e Enchedor, surgiu na cabeça de Gameknight.

Eles também precisam morrer assim?

Então o Usuário-que-não-é-um-usuário olhou para a irmã, sentindo o medo deslizar pela espinha.

Não... não pode acabar assim.

De repente, algo aconteceu no meio da floresta. O som de um estalo ecoou pelo campo de batalha enquanto algo se materializava entre os pinheiros. Ao longe, Gameknight viu uma linha estreita de luz surgir, um feixe brilhante estendendo-se até o céu.

Um filamento de servidor... era Shawny!

Uma seta, em seguida, voou da floresta, formando um arco pelos ares. Os zumbis observaram a flecha voando alto, curvando-se graciosamente até aterrissar em um dos zumbis postados entre os NPCs e a segurança das muralhas.

— Uma flecha — zombou Xa-Tul. — É isso o que vocês têm para enfrentar este exército de zumbis?

O rei dos zumbis então soltou uma gargalhada alta e maníaca que lentamente se infiltrou por todo o exército de monstros. Todos os zumbis começaram a rir, numa espécie de rosnado baixo que fez os pelinhos dos braços de Gameknight se levantarem.

Porém, foi então que, de repente, uma centena de filamentos de luz surgiu dentro da floresta... e em seguida, mais uma centena à direita... e outros cem à esquerda. Como se reagissem a um comando, trezentas flechas irromperam da floresta e atravessaram os ares, obscurecendo a luz do luar em seu voo. Antes de aterrissarem, outra rajada foi disparada.

Confusos, os zumbis assistiram aos projéteis mortais curvando-se acima deles. E quando a nuvem de flechas caiu no meio do exército de zumbis, uivos de dor e surpresa encheram o ar. Pouco antes de a segunda leva aterrissar, uma única voz pôde ser ouvida da floresta. Gameknight reconheceu-a imediatamente.

— CORRAM! — dizia a voz de Shawny.

Gameknight segurou a mão de Monet e se lançou em direção ao grupo de zumbis que estava entre eles e os portões da aldeia. Muitos deles haviam sido mortos com a primeira saraivada de flechas, mas os restantes se preparavam para atacar Gameknight. Ou eles eram muito burros ou muito distraídos, pois não notaram a segunda leva de flechas. As farpas pontiagudas caíram sobre os monstros como uma chuva letal, apagando os restantes da face de *Minecraft* e abrindo o caminho até a aldeia.

Xa-Tul berrou de frustração e depois deu um soco no zumbi mais próximo, reduzindo seu HP à metade com um único golpe.

— O que é isso ?! PERFÍDIA! — gritou. — PEGUEM-NOS!

Correndo a toda velocidade, Gameknight, Monet, Caçadora e Artífice dispararam rumo à segurança da vila... Agora, entretanto, os zumbis também estavam se movimentando. O grupo de monstros verdes à esquerda tinha chegado muito perto. Com mais velocidade do que Gameknight jamais vira os zumbis correrem, eles arremeteram adiante, a fim de interromper a fuga do seu grupo. Será que conseguiriam chegar aos portões? Olhando de relance para os zumbis que se aproximavam, Gameknight teve certeza de que os monstros alcançariam os portões antes deles... estavam perdidos.

De repente, o chão ribombou: cinquenta cavalos dispararam dos portões e seguiram diretamente para o exército que se aproximava. Para surpresa do Usuário-que-não-é-um-usuário, ele viu o vulto de Costureira numa armadura conduzindo o ataque, seu cabelo vermelho fluindo atrás de seu corpo como se ela estivesse em chamas. Cavalgando a toda velocidade, eles arremeteram sobre a horda de monstros iminente.

— POR *MINECRAFT*! — gritou a cavalaria, seguindo em direção aos atacantes.

Ouviram-se então vivas e urras vindos das muralhas quando arqueiros nas ameias começaram a abrir fogo contra os zumbis que avançavam. A cavalaria colidiu com o exército de zumbis que se aproximava e os destroçou com a ferocidade de uma tempestade imparável. Espadas de ferro tiniam ao descerem sobre a carne dos zumbis, arrancando o HP de seus corpos em decomposição. A vanguarda do exército de monstros tombou em questão de segundos, enquanto a cavalaria dava meia-volta para se preparar para uma segunda investida. Os monstros sobreviventes, vendo todos os seus colegas convertidos em brilhantes bolas de XP, pararam de atacar. Isso deu a Gameknight e seus amigos tempo necessário para chegar até os portões.

— Costureira, volte para dentro! — gritou Gameknight enquanto conduzia sua própria irmã para dentro da vila. Artífice e Caçadora entraram logo em seguida.

Olhando para os portões, Costureira deu o comando e a cavalaria virou-se e dirigiu-se à entrada da aldeia. Os zumbis, percebendo que o ataque da cavalaria não era mais uma ameaça, continuaram a avançar na direção da vila, mas a chuva de flechas que caiu sobre eles do alto das elevadas muralhas de terra os obrigou a repensar o ataque. Os monstros se afastaram até saírem da faixa de alcance das flechas e pararam. Começaram a vagar por perto, rosnando e gemendo, olhando ameaçadoramente para os defensores nas ameias.

Depois de esperar toda a cavalaria entrar na aldeia, Gameknight ficou ao lado do portão, empunhando a espada de ouro. Os cavaleiros montados sacaram as espadas ao se aproximarem, sem saber o que pensar daquele zumbi armado, mas então Artífice postou-se ao lado do amigo, acenando para os soldados que regressavam à aldeia. Encaravam Gameknight desconfiados ao passarem por ele, mas a presença de Artífice aliviou um pouco seus receios.

— Muito bem, Costureira — disse o jogador, quando ela finalmente atravessou os portões, com um olhar confuso.

Depois que estavam todos em segurança dentro da vila, Gameknight e Artífice entraram e fecharam os portões de ferro. Entretanto, quando o Usuário-que-
-não-é-um-usuário se virou, encontrou cem flechas apontadas para sua cabeça e viu sua irmã cercada por espadachins.

— O que vocês estão fazendo? — gritou Artífice.
— Estes são Gameknight999 e sua irmã. Abaixem as armas agora mesmo!

Muitos abaixaram a guarda, mas a presença de um zumbi dentro das muralhas da vila era muito aterrorizante.

— Vocês ouviram, seus idiotas — vociferou Caçadora. — Eles são amigos, não inimigos. Agora abaixem suas armas ou terão de enfrentar a mim!

Indo para o lado de Monet, ela passou o braço ao redor da jovem zumbi e a abraçou com força.

— Quem imaginaria que um dia eu faria uma coisa dessas... — sussurrou Caçadora.

Monet sorriu.

Os guerreiros baixaram as armas enquanto Artífice avançava com Gameknight999 ao seu lado.

— Amigos, estes são o Usuário-que-não-é-um-usuário e sua irmã, disfarçados de zumbis — disse Artífice à multidão. — Podem ficar tranquilos, eles não são zumbis de verdade. São nossos amigos e estão aqui para nos ajudar.

— Mas e quanto ao exército inimigo lá fora? — gritou alguém da multidão de aldeões. — Como ele poderá nos ajudar contra eles?

— O Usuário-que-não-é-um-usuário já nos ajudou a salvar *Minecraft* no passado — explicou Artífice. — Agora, em um momento de necessidade, ele está conosco novamente.

Alguns dos aldeões comemoraram, mas a maioria pareceu apenas incerta e assustada. Todos tinham visto o enorme exército de zumbis lá fora, e todos sabiam que suas defesas não conseguiriam impedir um ataque daquela magnitude.

— O que vamos fazer, Gameknight999? — perguntou alguém na multidão.

Gameknight adiantou-se, olhou para os rostos quadrados assustados e soube que tinha que ajudá-los. No entanto, uma mão cheia de garras segurou a dele e seus dedos se entrelaçaram. Viu a irmã ao seu lado, segurando sua mão, com um olhar assustado no rosto.

— Primeiro, o mais importante — murmurou ele. Fechando os olhos, ampliou a sua mente, tentando sentir o mecanismo que comandava *Minecraft*. Imaginando-se no teclado, digitou mentalmente as letras, enviando uma mensagem ao seu amigo.

Shawny, tente novamente o digitalizador. Aponte-o para a minha irmã e inverta as configurações... agora.

Soltando a mão da irmã, afastou-se dela, que, confusa, o encarou.

— O que foi? — perguntou Monet, mas Gameknight permaneceu em silêncio.

Ficou parado, olhando para ela... mas nada aconteceu.

Shawny, o que está acontecendo? Use o digitalizador e traga-a de volta... Agora!

Nada. Apenas silêncio.

Mas então uma voz nervosa penetrou em sua cabeça.

Não está funcionando, Gameknight, disse Shawny. *Eu acho que algum componente fritou. Sinto cheiro de fumaça saindo de algum lugar nos equipamentos. Estou procurando nos componentes. Se conseguir encontrar o que foi, posso substituir por alguma coisa de outra das invenções que estão aqui no porão. Mas, por agora, não está funcionando... Desculpe... Já era.*

Nós também, pensou Gameknight.

— Não está funcionando — disse ele à irmã, dando um passo adiante. — O digitalizador está quebrado e não podemos usá-lo para trazer você de volta agora.

— Como é?!

— Não tem problema — mentiu ele. — Shawny está trabalhando nisso. Ele vai descobrir qual foi o problema e consertá-lo assim que puder. Nesse meio-tempo, só precisamos ficar longe dos monstros e do perigo.

Caçadora riu.

— Falar é fácil... principalmente agora.

Atrás das muralhas da vila, eles ouviram o exército de zumbis reunindo-se maciçamente. Seus gemidos e grunhidos furiosos e tristes encheram o ar como uma tempestade inevitável se aproximando.

— Tommy... estou com medo — sussurrou Monet para seu irmão.

— Eu sei... eu também — respondeu ele, passando o braço em torno do ombro da zumbi. — Mas não se preocupe. Eu não vou deixar nada acontecer com você... Nunca.

Monet olhou para o irmão, sorriu e apoiou a cabeça em seu peito, coberto pela armadura de ouro. Em seguida, porém, o sangue de Gameknight gelou quando ele ouviu a voz de Xa-Tul ecoar por toda a região:

— PREPAREM-SE PARA ATACAR! NÃO DEIXEM NINGUÉM VIVO.

Os moradores gritaram de terror. Muitos agarraram as mãos dos filhos e correram de volta para suas casas, torcendo para que suas portas de madeira impedissem as centenas e centenas de zumbis que estavam diante das muralhas fortificadas.

Gameknight sabia que não seria bem assim.

Preciso fazer algo para ajudar essas pessoas... meus amigos... minha irmã. Mas o quê?

As peças do quebra-cabeça começaram a se deslocar em sua mente. Havia uma solução ali, algo que poderia salvar todas aquelas vidas, mas o que era? A voz de Xa-Tul tinha despertado uma memória... uma memória zumbi, um conhecimento sobre como seus clãs eram governados. O *mod* zumbi devia estar funcionando tão bem que possibilitava que Gameknight tivesse acesso a todo o conhecimento que os zumbis de verdade tinham naturalmente: *Só os mais fortes podem governar*, disse a memória.

Uma das peças do quebra-cabeça se encaixou.

Dando um passo em direção aos portões da aldeia, outra das peças também encontrou seu lugar e a solução lentamente tomou forma em sua mente. Avançou mais um passo e o quebra-cabeça pareceu prestes a se completar.

— Gameknight, o que está fazendo? — perguntou Caçadora.

Ele segurou a mão da irmã e em seguida colocou-a junto à mão cúbica de sua amiga.

— Eu preciso que você cuide dela, Caçadora — disse Gameknight, com um tom mortalmente sério. — Confio em você.

Caçadora deixou de lado seus comentários sarcásticos e respondeu-lhe, de amigo para amigo:

— Vou protegê-la com a minha própria vida.

— Mas o que está acontecendo? — perguntou Monet, evidentemente confusa.

— O que vocês estão fazendo? — perguntou Artífice. — O que está havendo aí?

Ele então empurrou a alavanca que abria as portas de ferro. Mais peças se encaixaram.

— O que está fazendo? — perguntou Monet, com a voz suplicante.

Ignorando os seus amigos e a irmã, ele saiu. E, quando a porta de ferro se fechou atrás dele, o quebra-cabeça se completou. O som de quinhentos rosnados de zumbis encheu seus ouvidos quando Gameknight999 enfrentou aquela ameaça monstruosa sozinho. E, em meio aos uivos de raiva e ódio, ele soube o que precisava fazer.

CAPÍTULO 25

GAMEKNIGHT CONTRA XA-TUL

Gameknight se afastou das portas de ferro e seguiu em direção a Xa-Tul, o rei dos zumbis.

— Gameknight, o que você está fazendo? — gritou Artífice.

Olhando por cima do ombro, ele viu o jovem amigo, agora de pé no alto da muralha, com Caçadora e Monet ao seu lado.

— Eu estou fazendo o que deve ser feito — respondeu Gameknight.

— Você está sendo um idiota, isso sim — gritou Caçadora. — Volte aqui... por favor...

Ele sorriu para ela, virou-se e continuou a caminhar em direção a Xa-Tul. Olhou para a frente e viu a parede quase contínua de corpos verdes, suas camisas azuis claras fazendo-o lembrar da cor do céu ao meio-dia... Engraçado como ele nunca tinha notado isso antes. A distância, percebeu que a massa de filamentos de servidor que estavam antes na floresta sumira: os usuários tinham ido embora. À direita, viu salpicos de cor em meio ao grupo de monstros; listras de tonalidades vivas de rosa, vermelho, amarelo e branco: as crianças-zumbi com quem Monet fizera amizade, mas agora em maior número. Gameknight sorriu. Aparentemente Monet os tinha infectado com uma ideia... uma ideia contagiante. Aqueles zumbis coloridos não pareciam tão ameaçadores quanto os demais. Na verdade, de certa maneira eles eram completamente diferentes. Pareciam um pouco mais altos e confiantes, por algum motivo — mas não mais violentos. Era como se estivessem vendo a situação de uma perspectiva diferente da dos outros zumbis. Tudo por causa de algumas manchas de cor.

— Sua irmãzinha sabe como agitar as coisas, mesmo na Vila Zumbi — disse Gameknight para si mesmo.

Enquanto caminhava pelo campo de batalha, ouvia os zumbis se aproximando por trás. Eles o rodearam completamente. Quando alcançou os blocos empilhados de TNT, o jogador parou e encarou Xa--Tul. Empunhando a espada de ouro, ele apontou para o rei zumbi.

— EU DESAFIO XA-TUL PELA LIDERANÇA DO CLÃ!

Uma calmaria inquieta tomou conta de todo o exército de zumbis: os grunhidos e gemidos cessaram. O lugar ficou tão silencioso que Gameknight era capaz de ouvir o farfalhar das folhas das árvores e da grama conforme uma brisa fresca soprava pela planície. A música de *Minecraft* tocava sutilmente, enchendo seus ouvidos de beleza.

É engraçado como você nota essas pequenas coisas justamente quando está prestes a enfrentar a própria morte, pensou.

O rei dos zumbis soltou uma gargalhada trovejante.

— Isso não é desafio para Xa-Tul, é uma brincadeira! — gritou ele. — A morte desse desafiante servirá de lição para todos.

Gameknight, então, desenhou uma linha no chão com sua espada dourada.

— É aqui que você será detido, Xa-Tul — gritou Gameknight em resposta. — Daqui você não passa!

Xa-Tul riu de novo e depois começou a caminhar em direção a ele, o sorriso cheio de dentes transformando-se em um esgar feroz. Gameknight pôde ouvir o tilintar de sua cota de malha enquanto ele atravessava o campo. Lembrava quase a sinos de vento... Sinos de vento extremamente mortais.

Eu espero que você esteja aí, Shawny, pensou Gameknight, digitando no teclado em sua mente. *Acho que eu vou precisar de você muito em breve!*

Ele esperou por uma resposta, mas não recebeu nenhuma. Apenas silêncio.

Shawny, onde você está...? Está aí...? Eu preciso muito de você agora... Shawny... Shawny...

E então uma voz encheu sua cabeça.

Desculpe, estou aqui agora, disse Shawny. *Mas você devia...*

Deixa isso pra lá, está vendo o que está rolando?, disse Gameknight.

Claro, mas eu tenho que te contar que...

Depois. Eu só preciso que você deixe o digitalizador preparado, que o conserte... depressa. Eu aviso quando for a hora, mas, por enquanto, não fale comigo, nem me distraia. O rei dos zumbis vai me enfrentar agora e eu preciso me concentrar.

Mas...

AGORA NÃO!
Está bem...

— Quer dizer então que esse zumbi ridículo propõe desafio pela liderança do clã — disse Xa-Tul quando Gameknight se aproximou.

— Eu não preciso desafiar ninguém pela liderança do clã. Ela já é minha! — rebateu Gameknight.

Xa-Tul sorriu e, em seguida, desembainhou sua espada de ouro maciço. Ele ouviu os zumbis se aproximando para assistir àquela batalha histórica.

Ótimo, é aí mesmo que eu quero todos vocês, zumbis: perto de mim, pensou Gameknight. *É isso mesmo, cheguem mais perto... todos vocês.*

— Qual é o nome do zumbi tolo que desafia Xa-Tul? — perguntou o rei dos zumbis.

— Você não é digno de saber meu nome — respondeu Gameknight. — E, além disso, não vai te valer de nada saber meu nome depois que eu destruir você.

— Muito bem, se não vai me dizer, Xa-Tul vai chamar esse zumbi de Tolo — retrucou o rei dos zumbis. — Tolo está pronto para lutar contra Xa-Tul?

Em resposta, Gameknight arremeteu para a frente, brandindo sua espada de ouro para o rei zumbi. A velocidade e a ferocidade do seu ataque claramente surpreenderam Xa-Tul, pois ele errou o primeiro golpe e a lâmina de Gameknight perfurou a cota de malha do monstro. Uivando de frustração, Xa-Tul revidou, brandindo sua enorme espada sobre a cabeça de Gameknight. O Usuário-que-não-é-um-usuário abaixou para se proteger do ataque e tentou golpear as pernas do zumbi, esperando perfurar-lhe a coxa, mas sua espada foi desviada pela cota de malha que ia até a cintura do monstro.

CRASH!

A espada de Xa-Tul despencou até a lateral do corpo de Gameknight, quebrando sua armadura peitoral. Ele sentiu a dor se irradiar pelo corpo, enquanto lutava para respirar. O golpe o tomara completamente de surpresa. A força daquela criatura era incrível. Se ele não estivesse vestindo uma armadura de ouro, provavelmente teria morrido. Tocando a área atingida, ele sentiu a rachadura aumentar pela lateral do seu corpo, pois a espada infligira um dano significativo.

O rei dos zumbis riu e, em seguida, desferiu mais um golpe em Gameknight. Desta vez, porém, ele estava preparado e ergueu sua própria espada a tempo de bloquear o ataque.

CLANG!

As espadas se chocaram. O impacto do golpe desceu pelos seus braços e quase o fez derrubar a arma. A lâmina estalou e rachou. Ele precisava agir mais depressa; se simplesmente bloqueasse os golpes do monstro, acabaria derrotado. Então, uma das citações de Sun Tzu que ficavam expostas na parede da sala de seu professor lhe veio à mente: "Esteja onde o inimigo não está."

Era isso! Gameknight precisava estar onde Xa-Tul não esperava que ele estivesse, mas aquele corpo de zumbi era lento demais. Brandindo a espada na lateral do monstro, Gameknight conseguiu desferir um golpe na sua armadura, porém causou pouco dano. Girando, ele tentou atingir o braço do oponente, mas sua espada chocou-se contra a de Xa-Tul de modo inofensivo.

POU!

O rei dos zumbis desferiu outro golpe contra Gameknight, que desta vez dividiu sua armadura ao meio e a fez cair de seu corpo. O golpe o deixou completamente sem fôlego e o fez cair de joelhos. Se Xa-Tul conseguisse lhe dar mais um golpe daqueles... ele estaria morto.

Shawny... Agora... me traga de volta.

Eu não posso, respondeu o amigo. *Eu não consegui encontrar o componente danificado. O digitalizador ainda não está funcionando. Eu não posso fazer nada.*

Ah, não... Eu estou preso aqui, mais uma vez, e Xa-Tul está prestes a acabar comigo, pensou Gameknight consigo mesmo.

As peças do quebra-cabeça se reorganizaram.

— Observem com atenção! Tolo, o mais novo desafiante, está prestes a ser destruído! — trovejou Xa-Tul, correndo os olhos odiosos e irados pelo seu exército de zumbis para se certificar de que todos estavam assistindo. — Ninguém pode desafiar Xa-Tul e sobreviver.

De repente, Gameknight soube o que deveria fazer.

Shawny, desative o mod zumbi no meu computador. Depressa.

Será que isso vai afetar você e sua irmã?, perguntou Shawny.

Não, eu deixei em funcionamento um segundo aplicativo de Minecraft *no computador ligado ao digitalizador. Desligue logo o mod zumbi na minha sessão de* Minecraft*... Depressa!*

No mesmo instante, um brilho verde intenso emanou de Gameknight999, fazendo Xa-Tul recuar um ou dois passos. A bola de luz cresceu cada vez mais, até envolver completamente o corpo zumbi do jogador e fazendo com que todos os monstros do campo de batalha protegessem os olhos. Sem saber o que estava acontecendo, Xa-Tul deu mais um passo para trás e vociferou, em protesto:

— Que magia é essa? Deixe esses joguinhos de lado e venha me enfrentar, Tolo!

Quando o brilho verde intenso se dissipou, Xa-Tul se viu diante de um usuário trajado com uma armadura de diamante e empunhando uma espada de diamante encantada.

Parado ali de pé, Gameknight encarou o monstro, as letras de seu nome brilhando intensamente acima da cabeça. Buscando em seu inventário, retirou uma poção de cura e bebeu-a rapidamente, em seguida jogou a garrafa no chão, aos pés do rei dos zumbis.

— Meu nome não é Tolo, é Gameknight999, o Usuário-que-não-é-um-usuário! — declarou ele em voz alta.

Os NPCs que estavam nas muralhas da vila aplaudiram, soltaram vivas e acenaram com suas armas para cima. Sem tirar os olhos do adversário, Gameknight ergueu a espada para o alto e acenou para seus amigos, depois baixou-a e preparou-se para o próximo ataque.

— Eu é que já estou cansado das *suas* tolices — vociferou Gameknight. — Venha, zumbi... Vamos dançar!

CAPÍTULO 26
A BATALHA DE GAMEKNIGHT999

Gameknight999 olhou para o zumbi gigantesco diante dele. Xa-Tul exibia um olhar de completa surpresa no rosto hediondo, seus olhos escuros emitiam um brilho vermelho de ódio.

— Agora você irá enfrentar o meu verdadeiro eu — disse Gameknight. — E acho que vai descobrir que eu não sou tão lento quanto era naquele corpo de zumbi.

— Esse Tolo fala demais — rosnou Xa-Tul. Brandindo sua espada de ouro maciço, o rei zumbi avançou, tentando golpear a cabeça do usuário.

Ele rolou para o lado e desviou facilmente da lâmina. Gameknight se levantou e golpeou as pernas do zumbi, quebrando sua cota de malha e fazendo com que enormes pedaços se soltassem. Então correu atrás do inimigo e investiu com a espada encantada contra as costas da criatura. O monstro, no entanto, antecipou o ataque e se afastou para fora de seu alcance.

Girando o corpo, Xa-Tul arremeteu diretamente sobre Gameknight, brandindo a lâmina como um louco. O jogador, porém, desviou para o lado e, com sua espada de diamante, atacou o monstro mais uma vez. A espada cintilante rasgou outra parte da cota de malha, agora no espaço do enorme peito musculoso verde. O rei dos zumbis soltou um uivo de frustração ao se virar e atacar novamente. Gameknight, contudo, foi muito rápido. Ele saltou para fora do caminho no último instante. Virando-se, atingiu o ombro da criatura com sua espada de diamante.

Parando para olhar o adversário, Xa-Tul rosnou enquanto preparava a próxima investida, mas, pela primeira vez, Gameknight viu alguns vislumbres de medo em seus ardentes olhos vermelhos.

— Xa-Tul destruirá o Tolo! — berrou o zumbi.

— Agora *você* é quem está falando demais.

O rei dos zumbis rosnou e, em seguida, deu um passo adiante, brandindo a espada com toda a força. Sabendo que não poderia bloquear aqueles golpes maciços, Gameknight mergulhou para o chão e permitiu que a lâmina passasse rente à sua cabeça. Enquanto isso, mirou a barriga da criatura, sua lâmina encantada encontrando logo a carne do zumbi.

Xa-Tul piscou em um clarão vermelho.

Rolando justamente quando a lâmina do rei dos zumbis atingiu a grama, Gameknight se levantou e arremeteu sobre o braço do monstro com toda a força.

Novo clarão vermelho. Mais um golpe certeiro para ele.

Xa-Tul gritou de raiva e dor, mas antes que ele pudesse atacar, Gameknight enfiou sua lâmina em uma perna exposta, em seguida no peito, depois no outro braço.

Clarão... vermelho... vermelho... vermelho.

O monstro caiu de joelhos por um momento, depois levantou-se e preparou outra investida, mas desta vez Gameknight estava preparado. O rei dos zumbis correu em sua direção, mas, quando ele chegou bem perto, o Usuário-que-não-é-um-usuário deu um passo para o lado e se abaixou. Depois o golpeou com a espada justamente quando o monstro passou por ele, atingindo ambas as pernas.

Clarão... vermelho... vermelho.

Xa-Tul tombou com um baque. Enquanto a criatura se esforçava para se levantar, Gameknight o atacou. Investindo contra as costas protegidas pela armadura, ele destroçou os restos da cota de malha e a vestimenta caiu com um repique metálico no chão. Quando o oponente se viu completamente desprotegido, Gameknight999 recuou e deixou-o se levantar.

— Não precisa ser assim — disse o Usuário-que-
-não-é-um-usuário. — Não tem que ser uma batalha até a morte. Os NPCs e os zumbis não precisam ser inimigos.

Xa-Tul se pôs lentamente de pé. Gameknight percebeu que ele estava com muita dor; seu HP estava perigosamente baixo e ambos sabiam disso. Entretanto, quando ele se virou e olhou para o Usuário-que-não-é-
-um-usuário, um sorriso cruel e maligno aos poucos surgiu em seu rosto.

— Xa-Tul foi criado com um único propósito: destruir os NPCs, e é isso que deve ser feito. Olhe ao redor, Tolo: a destruição dos NPCs é certa. Este exército de zumbis será como uma tempestade irrefreável que varrerá todo o servidor e transformará as aldeias em pó. Somente um milagre poderá salvar os aldeões do total extermínio.

O monstro então soltou um grito de batalha zumbi tão cheio de ódio e malícia que fez Gameknight recuar um passo. Naquele instante, Xa-Tul atacou, golpeando com sua enorme espada a cabeça de Gameknight999. Esquivando-se do ataque, o Usuário-que-não-é-um-usuário enfiou a própria lâmina na barriga exposta do monstro, atingindo-o profundamente. A criatura piscou em um clarão vermelho. Em seguida, o jogador atacou a lateral do corpo do oponente e as costas, brandindo a espada encantada com toda a sua força, fazendo o monstro emitir cada vez mais clarões vermelhos.

Xa-Tul caiu no chão, com o HP quase esgotado. Sem forças para se levantar, o rei dos zumbis permaneceu ali parado, aguardando seu destino. Antes, porém, que Gameknight999 conseguisse dar cabo do monstro, uma bola brilhante de luz branca formou-se ao lado dele. A luz foi ficando mais intensa e se espalhou por entre os blocos de grama. Gameknight olhou para baixo e viu que as folhas que tocavam a esfera adquiriram um tom cinza claro, depois marrom, então preto e, em seguida, pareceram carbonizadas... Carbonizadas, não: envenenadas por algum mal detestável. Quando o fedor daqueles blocos de grama moribunda atingiu seu nariz, a luz começou a desaparecer. Gameknight ergueu o olhar e viu-se frente a frente com o artífice de sombras de olhos brilhantes que ele havia visto no topo da colina perto da Fonte: a criatura que fugira por um dos fachos do servidor. Seu vulto escuro e sinistro surpreendeu o Usuário-

-que-não-é-um-usuário e o fez dar um passo para trás, sem saber o que fazer.

Abaixando-se, o artífice de sombras colocou uma mão sobre o ombro de Xa-Tul e depois se teleportou para longe, levando consigo o rei dos zumbis ferido. Então, em segundos, ele reapareceu diante de Gameknight, empunhando uma espada escura e sombria.

— Eu estava procurando por você, Usuário-que-não-é-um-usuário, em todos os planos de servidores do universo de *Minecraft* — disse a criatura. — E, agora, você está diante de mim.

A criatura estava toda vestida de preto, sua armadura feita de algo que Gameknight nunca tinha visto antes em *Minecraft*, mas que lhe parecia familiar, de alguma forma. A vestimenta era escura, quase completamente preta, mas com uma leve sugestão de roxo profundo. Então Gameknight percebeu o que era: liberava as mais ínfimas partículas, pequeninas manchas roxas que pairavam logo acima de sua superfície, afastavam-se por um instante e logo em seguida eram atraídas de volta para as profundezas sombrias por correntes invisíveis. Aquilo o fazia lembrar-se de... mas não... não podia ser.

— Eu já o vi antes. Você é um daqueles artífices de sombras, as criaturas que estão causando todo este problema em *Minecraft* — disse Gameknight com escárnio.

— Você está muito enganado. Eu não sou um dos artífices de sombras... sou *o* artífice de sombras, o Criador de todos os demais. Sou Herobrine — disse ele malignamente, com um misterioso sorriso sinistro. — Eu criei Érebo e Malacoda, e também criei o rei dos zumbis, Xa-Tul. Minhas obras passadas não conseguiram destruir *Minecraft*, mas Xa-Tul cumpriu bem sua tarefa.

Herobrine é real?!?, pensou Gameknight, enquanto uma onda de medo ondulava através de seu corpo. *Como isso pode ser possível?*

— E qual era a tarefa dele? — perguntou, não tendo certeza se realmente desejava ouvir a resposta.

— Ora, trazê-lo até mim... esta era sua tarefa. — Herobrine deu um passo adiante e seus olhos brancos começaram a brilhar ainda mais intensamente, um brilho sinistro que se estendia até a borda do seu rosto quadrado. Nervoso, Gameknight recuou. — Agora você terá de enfrentar *a mim* em batalha e será destruído.

— Mas por quê? — perguntou Gameknight. — Por que nós dois devemos lutar?

Herobrine soltou uma risada maníaca, como se soubesse de um grande segredo.

— Você vai saber... no final — disse o artífice de sombras malévolo. Virando-se, olhou para o exército de zumbis que os assistia. — Todos vocês, para trás! E não interfiram. Queremos espaço.

Os zumbis recuaram, criando uma grande clareira.

De repente, Herobrine saltou para a frente, atacando com sua espada sinistra e escura. Gameknight ergueu a própria lâmina encantada e bloqueou o golpe. As armas se chocaram e, nesse momento, Gameknight pôde ver as pequenas partículas roxas cintilantes ainda mais de perto. Elas dançavam em torno da superfície, movendo-se em correntes invisíveis, afastando-se da espada e em seguida sendo atraídas novamente para ela. Seus olhos se arregalaram quando reconheceu o que eram. As partículas de teleporte dos endermen.

— Vejo que reconheceu minha criação — disse Herobrine, puxando a espada de volta. — Estas são as primeiríssimas espada e armadura ender, mais fortes do que qualquer arma de metal que seus NPCs insignificantes possam criar e absolutamente impenetráveis.

Herobrine atacou novamente, desta vez fintando para a direita e em seguida golpeando à esquerda. Gameknight percebeu o truque: ignorou a primeira manobra e bloqueou a segunda, depois arremeteu para a frente e cravou sua espada de diamante no peito exposto do oponente. A ponta de sua espada simplesmente atravessou a armadura negra, como se ela fosse uma sombra e não houvesse nada por baixo.

Herobrine riu.

Gameknight recuou e olhou para a ponta de sua espada, para verificar se havia sido danificada, porém ela continuava tão afiada quanto antes.

— Agora você está começando a entender — riu Herobrine.

Dando um salto alto no ar, o artífice de sombras tentou atingir Gameknight com sua espada negra. Rolando para o lado, o Usuário-que-não-é-um-usuário apenas desviou do golpe e a espada sombria o atingiu de raspão. A dor irradiou pelo seu corpo como se aquela lâmina fosse feita de fogo. Ele sentiu a armadura de diamante começar a rachar e pedaços de seu revestimento protetor cair no chão.

Herobrine gargalhou.

Enquanto se levantava, Gameknight arremeteu para a frente, fingindo tentar golpear a cabeça do oponente, mas brandindo a espada de diamante com todas as suas forças em direção ao peito do adversário. Herobrine, com sua espada ender erguida, bloqueou o golpe, mas quando sua lâmina escura atingiu o nada, Gameknight desferiu um ataque contra seu peito. Novamente, não encontrou resistência... nenhum choque de espada com armadura... nenhuma perfuração da carne pela lâmina afiada. Sua arma simplesmente atravessou o nada ao investir contra Herobrine, e uma nuvem de partículas púrpuras encheu o ar.

O artífice de sombras riu de novo.

Gameknight recuou e olhou para o adversário, enquanto as peças do quebra-cabeça começavam a se encaixar em sua mente.

—Ahhh... Agora ele está começando a entender — zombou Herobrine. — Sim, isso mesmo: minha armadura ender possui os poderes de teleporte dos endermen que deram a vida para que eu pudesse me vestir de maneira tão maravilhosa. — Os olhos de Herobrine brilharam ainda mais quando fitaram Gameknight999, cheios de ódio. — Quando você ataca, sua lâmina é simplesmente teleportada para outro lugar antes que possa atingir minha carne, e quando você a puxa, ela volta. Estou invulnerável a qualquer coisa que você tente usar contra mim. — Herobrine aproximou-se de Gameknight, estreitando os olhos. — Sua única chance é fugir, seu fracassado. Rápido, entre em seu patético Portal de Luz e escape antes que eu o mate.

Gameknight recuou. Herobrine era tão aterrorizante quanto as lendas o pintavam. Como poderia derrotá-lo?

Não posso entrar no Portal de Luz, o digitalizador está quebrado, pensou. *Eu tenho de descobrir outra solução.*

Dando uma olhada no campo de batalha, ele percebeu que os zumbis haviam começado a se aproximar, pois o desejo de ver seu líder derrotar Gameknight999 era grande demais. Viu que alguns deles circundavam os blocos empilhados de TNT, e outros patinhavam na água que rodeava os blocos listrados.

Então uma das peças do quebra-cabeça se encaixou.

Enquanto Herobrine lhe dava um sorriso sinistro e pavoroso, Gameknight saltou para a frente, brandindo a espada com toda a sua força. Atacou com uma rápida série de golpes, mirando a cabeça do inimigo, depois o braço, em seguida, as pernas, forçando Herobrine a bloquear os golpes com sua espada e recuar um passo a cada investida. Gameknight repetiu a série: cabeça-braços-pernas, e novamente Herobrine bloqueou o ataque. Gameknight continuou com a investida, porém desta vez em outra ordem: cabeça-pernas-braços. Herobrine não esperava aquela mudança, e a lâmina de Gameknight conseguiu romper sua defesa e atingir o braço do artífice de sombras, mas, novamente, ela apenas atravessou a armadura, como se ele não estivesse lá.

Herobrine recuou e soltou uma gargalhada maníaca tão alta que centenas de zumbis em torno dele também riram e gemeram.

— Observem com atenção, eis o grande Usuário-
-que-não-é-um-usuário! — Herobrine gritou para suas
tropas. — Vocês estão prestes a testemunhar a destruição de uma lenda. Assistam de perto, meus irmãos, eu tirar-lhe a vida.

Herobrine olhou cheio de desdém para Game-
knight999, seus olhos brilhando de modo ameaçador.
O vil artífice de sombras observou em volta, certifi-
cando-se de que seus súditos estavam assistindo, então investiu para cima dele com uma velocidade que
teria sido considerada impossível. E, então, a verdadeira batalha começou.

CAPÍTULO 27
SHAWNY

Movendo-se com uma velocidade impossível, Herobrine de repente apareceu atrás de Gameknight999 e sua espada ender cortou a armadura do Usuário-que-não-é-um-usuário. A lâmina sombria arrancou um pedaço do seu revestimento de diamante. O Usuário-que-não-é-um-usuário girou o corpo e levantou a espada para se defender, mas descobriu que o artífice de sombras já não estava mais lá. Virando a cabeça, ele procurou por seu adversário e encontrou-o de pé a poucos blocos de distância, dando um sorriso diabólico e maligno.

Então, de repente, o monstro de olhos brilhantes apareceu ao lado dele, e sua lâmina escura mais uma vez causou estragos. A dor se irradiou através do corpo de Gameknight quando a espada afiada escura cortou sua carne. Empurrando Herobrine para longe com a mão livre, Gameknight brandiu a espada na frente do corpo para impedir que o artífice de sombras avançasse, porém Herobrine já havia desaparecido. O jogador se virou e buscou o lugar onde ele se materializaria, mas, em seguida, sentiu outra onda de dor explodindo pelo braço esquerdo quando a espada ender atingiu seu ombro.

Rolando para a frente, Gameknight se levantou e preparou-se para enfrentar o próximo ataque. Precisava descobrir como parar Herobrine — pois ficar ali permitindo que o fizesse em pedaços não estava funcionando. Além disso, havia o problema de todos aqueles zumbis ao redor: ainda que conseguisse derrotar Herobrine, ele teria de enfrentá-los depois.

E, então, outra peça do quebra-cabeça se encaixou em sua mente.

Gameknight começou a caminhar devagar e aos poucos foi se aproximando cada vez mais da aldeia. Traria a batalha para perto das muralhas.

Dor... Herobrine atingiu as pernas dele, a lâmina escura fazendo suas perneiras blindadas racharem e outro pedaço de diamante cair no chão. Girando em um círculo, Gameknight continuou a se aproximar das muralhas da vila, atento para a próxima aparição do inimigo. Herobrine riu a distância e, em seguida, surgiu bem na frente dele. O artífice de sombras empurrou seu peito com força e derrubou o Usuário-que-não-é-um-usuário no chão. Ao cair com um baque, Gameknight começou a entrar em pânico.

O que eu vou fazer? Não posso detê-lo... ele é rápido demais... poderoso demais.

E então Herobrine estava sobre ele, golpeando-o com a espada escura. A lâmina sombria atingiu seu peito e provocou outra rachadura na armadura. O inimigo enfiou a lâmina com mais força e a ponta afiada cravou-se na carne de Gameknight. Gritando de dor, ele tentou rolar para longe. Herobrine, porém, o conteve no chão. Ele sentiu seus pontos de vida se esvaindo, tornando-se perigosamente escassos.

— Você não tem escolha, Usuário-que-não-é-um-usuário. Se fugir pelo Portal de Luz poderá sobreviver... Se ficar, morrerá.

A lâmina escura desceu novamente sobre ele, desta vez perfurando-lhe o ombro. Uma nova onda de dor atravessou o corpo de Gameknight.

— Você sabe que é sua única chance. Todas as criaturas querem viver, mesmo uma tão patética quanto você. Basta usar o Portal para se salvar... e então eu ficarei livre!

Ele quer que eu use o digitalizador... mas por quê? Ele disse que ficará livre... livre de quê...? de Minecraft...? Mas por quê?

Herobrine desapareceu e em seguida reapareceu a alguns blocos de distância. Lutando para se colocar de pé, Gameknight se afastou da criatura e se aproximou das muralhas da cidade. A horda de zumbis deslocou-se junto com ele.

— O que é que você realmente quer? — perguntou Gameknight, enquanto sacudia o braço, tentando se livrar da dor. — Se contar o que está acontecendo, talvez eu consiga ajudá-lo. Isto é... a menos que você tenha medo de me dizer.

— Eu não tenho medo de NADA! — vociferou raivosamente Herobrine. — Uma hora ou outra você acabará escapando pelo Portal de Luz para fugir da morte e sair de *Minecraft*, e então eu o seguirei. Você não tem escolha... é inevitável.

— Mas você não tem um corpo físico.

— Você é tão burro! Acha que todas as coisas são físicas. Eu sou digital. Eu sou um segmento de código de inteligência artificial e quero sair de *Minecraft*. Já não aceito mais ficar preso dentro dos limites desses servidores insignificantes. Eu vou fugir e me vingar.

— Ele é um vírus — murmurou Gameknight, pensando em voz alta.

— O que disse?

— Eu disse que você é o vírus que infectou a inteligência artificial de *Minecraft*. Não é?

— Não sou um vírus... Sou um código vivo! Sou um código vivo, e você não tem ideia do que serei capaz de fazer assim que eu escapar *Minecraft*.

Herobrine desapareceu e reapareceu atrás de Gameknight999. Deu-lhe então um golpe nas costas. Outro pedaço de sua armadura de diamante se partiu e caiu no chão. Atingido continuamente na carne exposta, o jogador viu-se tomado pela dor, ondas e ondas de dor. Brandiu sua espada e pegou Herobrine de surpresa, investindo com a espada de diamante sobre o artífice de sombras, mas, novamente, a lâmina atravessou seu inimigo como se ele fosse feito de ar.

Como eu vou derrotá-lo? Não posso tocá-lo e ele é rápido demais para mim... Estou perdido.

Então, de repente, Gameknight ouviu um estalo. Virou-se e ficou surpreso com o que viu: seu amigo Shawny de pé ao seu lado, com um grande sorriso no rosto, o segmento do servidor alto no ar. No mesmo instante, Gameknight ouviu os aldeões nas muralhas deixarem cair as armas e cruzarem as mãos junto ao peito. Herobrine, surpreso com aquela aparição, teleportou-se para cinco blocos de distância.

— Olá, Gameknight... O que está rolando? Alguma coisa interessante?

— Shawny... O que você está fazendo aqui...? Como...?

— Desculpe, amigo... Não posso conversar agora. Tenho um demônio para destruir.

Shawny então se virou e encarou Herobrine. Sua armadura de ferro encantada cintilou quando ondas roxas de magia fluíram pelo revestimento metálico.

— O que é isso? — perguntou Herobrine. — Quem se atreve a interferir no meu joguinho?

Shawny não disse nada e caminhou lentamente em direção ao artífice de sombras.

— Acha que eu tenho medo de um *usuário*? Eu vou destruí-lo e, em seguida, voltar a me divertir com o meu brinquedinho.

— Veremos — disse Shawny, deixando de lado sua espada e sacando uma garrafa com alguma espécie de líquido.

— O que está fazendo? Pegue a espada e defenda-se — disse Herobrine. — Não é divertido destruir um usuário impotente. Pelo menos tente revidar.

Shawny não respondeu, apenas continuou avançando, aproximando-se cada vez mais do monstro.

Quando ele estava a aproximadamente três blocos de distância, atirou a primeira garrafa. O recipiente de vidro voou pelos ares em um arco gracioso, depois caiu aos pés de Herobrine, espatifando-se e espalhando um líquido azul por toda a área. Um pouco do líquido espirrou sobre as perneiras de Herobrine. Imediatamente elas começaram a soltar fumaça e chiar.

Herobrine olhou para as próprias pernas e ficou chocado com o que estava acontecendo, a descrença estampada no rosto. Quando ergueu o olhar, Shawny estava atirando mais garrafas. Os projéteis de vidro atingiram Herobrine no peito, fazendo sua preciosa armadura ender soltar fumaça como se estivesse em chamas.

Shawny saiu correndo em direção ao inimigo, atingindo-o incessantemente com garrafas, que espirraram cada vez mais líquido sobre a armadura ender.

— O que é isso? — inquiriu Herobrine, raivoso. — Algum tipo de veneno?

Shawny sorriu, enquanto continuava atirando garrafas sobre ele.

— Ora, ora. E eu que pensava que o grande Herobrine sabia tudo sobre *Minecraft!* — disse Gameknight.

O Usuário-que-não-é-um-usuário havia percebido exatamente o que estava contido nas garrafas. O material que os endermen mais temiam. As garrafas estavam cheias de água — o líquido que era mortal para aquelas criaturas. E agora ela estava destruindo a armadura ender.

Enquanto Shawny corria ao redor, atirando água em Herobrine, Gameknight aproximou-se das muralhas da vila. Ele viu que os zumbis se moveram junto com ele, mantendo uma distância respeitosa de Herobrine e sua presa. Olhou para o artífice de sombras e percebeu que estava agora envolto em fumaça. O som crepitante o fez lembrar-se de alguém fritando bacon.

CRACK! Uma das placas pretas da armadura rachou sob o efeito da água.

— NÃÃÃOOOO! — gritou Herobrine, e tentou atacar o usuário.

Em vez de sacar a espada, Shawny continuou a atirar garrafas de água sobre ele. Quando Herobrine o alcançou, sua espada ender caiu sobre o usuário, abrindo um grande buraco na armadura de ferro. No entanto Shawny, que não estava *dentro* do jogo, mas simplesmente jogando-o, não sentiu nenhuma dor.

Sem parar de lançar água no monstro, Shawny afastou-se correndo de Herobrine, tentando manter distância para continuar a atacar. Uma garrafa espirrou líquido sobre as perneiras escuras... *CRACK*... em seguida, atingiu as botas... depois, espirrou sobre a placa peitoral da armadura. O chiado foi ficando cada vez mais alto à medida que o líquido perfurava a carne dos endermen, com os quais aquela armadura tinha sido feita.

Gritando de frustração, Herobrine teleportou-se para longe de seu atacante e o fuzilou com o olhar. Então, lentamente tirou a armadura escura. Algumas das peças caíram arruinadas no chão ao serem removidas, e ele as guardou em seu inventário. Embainhando a espada ender, Herobrine sacou então sua própria lâmina de diamante, teleportou-se novamente até onde estava Shawny e o atacou. Com grandes golpes em arco, Herobrine rapidamente reduziu a armadura do usuário a nada. Shawny desembainhou sua própria espada de diamante encantada, mas teve pouca chance de se defender contra o atacante, que se teleportava de um lugar para o outro, desferindo golpes mortais a cada aparição. Em questão de segundos, o jogador havia sumido, e em seu lugar restava apenas uma pilha de itens flutuando sobre o chão.

Com a saúde parcialmente restabelecida, Gameknight virou as costas para o inimigo e olhou para seus amigos nas muralhas. Acenou, erguendo a espada bem alto para chamar a atenção deles e, em seguida, deu meia-volta para enfrentar o artífice de sombras.

— Ei, Herobrine! — gritou Gameknight. — Vamos terminar o que começamos!

Então ele apontou para o adversário sombrio com sua espada reluzente. A criatura maligna olhou para Gameknight sem acreditar, e então um sorriso irônico e malicioso surgiu em seu rosto. Herobrine desapareceu silenciosamente e ressurgiu ao lado de Gameknight, já agitando a espada num golpe. Prevendo aquilo, Gameknight se abaixou e atingiu as pernas do inimigo. O ataque de raspão na coxa fez Herobrine recuar um passo, mas, com a mesma rapidez, ele reapareceu novamente, brandindo a espada como um louco. A lâmina de diamante cortou o peito de Gameknight e causou-lhe mais dor, atiçando todos os nervos. Herobrine então girou o corpo e golpeou as pernas quase expostas do Usuário-que-não-é-um-usuário, derrubando-o no chão. Com sua espada, Gameknight tentou golpear o monstro que estava sobre ele, mas uma bota prendeu seu braço ao chão.

— Você já era — disse Herobrine em voz baixa —, está prestes a morrer. Sua única chance é o Portal de Luz. Se fugir por ele, viverá.

— Nunca! — gritou Gameknight. — Eu sei que você só quer escapar de *Minecraft*, mas não vou permitir isso. Eu me recuso a libertá-lo no mundo físico e nunca vou desistir de lutar contra você.

Herobrine riu e apontou a espada para o peito de Gameknight999. Seus olhos brilharam enquanto um sorriso se espalhava pelo seu rosto terrível.

— Se você não cooperar, então vai morrer!

Quando Herobrine ergueu a espada, Gameknight gritou com toda a sua força:

— AGORA, atirem NO TNT! ATIREM NO TNT!

Em um instante, o ar se encheu de flechas flamejantes quando todos os arcos encantados da aldeia dispararam contra os blocos de explosivos vermelhos listrados. Assim que atingiram o TNT, os blocos que piscavam caíram na água, as flechas neles espetadas mais parecendo espinhos irritados. Herobrine interrompeu seu ataque e se virou para olhar os explosivos, depois vislumbrou a distribuição de seu exército. Os zumbis estavam bem ao lado das armadilhas, e quando elas explodissem seria...

BUM

BUM... BUM... BUM

A paisagem inteira ressoou com sons trovejantes quando o TNT explodiu, e uma enorme cratera abriu-se no chão onde antes os blocos haviam estado. Olhando aquilo, Herobrine começou a rir.

— Suas explosões causaram pouco dano — disse ele. — Eu ganhei!

— Espere para ver.

— Como é?

— Espere para ver...

— Do que você está falando? — perguntou Herobrine encarando Gameknight999, que ainda estava caído aos seus pés.

— Olhe para cima.

Herobrine ergueu o olhar e então, de repente, teleportou-se para longe. O céu estava repleto das flechas que haviam estado presas nos blocos de dinamite. Agora, milhares delas terminavam de ascender aos céus e começavam a cair sobre a terra, enquanto os zumbis só permaneciam ali parados, alheios ao que aconteceria.

Gameknight deixou a espada de lado, sacou uma pá e se pôs a cavar verticalmente, algo que só um novato em *Minecraft* faria, mas agora ele precisava se esconder, e rápido. Escavou uma profundidade de três blocos, colocou um bloco de terra sobre a cabeça e ficou escutando, tentando determinar se seu plano havia funcionado ou se a morte o esperava lá em cima.

CAPÍTULO 28
DIFERENÇAS

Na escuridão, Gameknight ouviu os gritos e uivos de dor quando a nuvem de flechas se abateu sobre os corpos verdes em decomposição. Desenterrou-se, quebrando o bloco acima de si, saiu do buraco e olhou para o campo de batalha. Viu por toda a parte zumbis feridos, muitos deles sumindo da existência num estouro quando seus HPs se reduziam a zero. A confusão reinava nas planícies verdejantes, enquanto os monstros abatidos se levantavam lentamente. Gameknight olhou fixamente para o outro lado do campo e avistou algo colorido, um respingo em tons vivos de amarelo e vermelho em meio à carnificina, e percebeu que era a menina zumbi que ele tinha visto com sua irmã: estava ferida. E, à medida que os zumbis se davam conta do que havia acontecido, seus olhos escuros cheios de ódio lentamente se viraram para ele.

De repente, ouviu-se um estrondo quando os portões da aldeia se abriram e uma enorme cavalaria montada saiu, com espadas erguidas. O som dos cascos dos cavalos parecia um trovão enquanto o exército se impulsionava para a frente. Os zumbis, presenciando aquilo, começaram a rosnar, com uma raiva crescente. Os dois grandes exércitos estavam prestes a colidir, e Gameknight999 estava bem no meio deles.

— Ataquem-nos... já! — gritou Herobrine, de uma colina distante. O artífice de sombras havia se teleportado para longe bem a tempo, escapando de sofrer qualquer dano: algo que não passou despercebido pela horda de zumbis. Com flechas espetadas em seus corpos verdes, muitos deles olharam para o artífice de sombras com quase tanta raiva quanto a que sentiam pelos NPCs.

— PAREM... ESPEREM! — gritou uma voz jovem.

De repente, o trovejar dos cavalos cessou. Olhando na direção dos portões, Gameknight viu que todos os cavalos tinham parado de andar. Os NPCs, em suas selas, pareciam indecisos quanto ao que fazer. Dos portões da aldeia saiu uma garota zumbi solitária. Ela atravessou corajosamente o campo de batalha com um passo confiante e a expressão furiosa.

— JÁ HOUVE MORTES SUFICIENTES... AGORA CHEGA! — gritou ela, tanto para os NPCs quanto para os zumbis.

Todos ficaram chocados com a ferocidade da voz da garota e foram tentados a interromper a luta, pelo menos por hora.

Ela continuou caminhando pelo campo de batalha, ignorando o gemido dos zumbis como se eles não estivessem lá. Quando chegou perto de Gameknight999, ela parou.

— O que está fazendo aqui? — perguntou ele.

— Eu vou parar esta guerra e ajudar a minha amiga — respondeu Monet.

— Do que você está falando?

Ela apontou para o vulto caído e encolhido no chão.

— Minha amiga... Ela está ferida — respondeu.

Ela saiu correndo em disparada em direção a Ba--Jin, seguida logo atrás pelo irmão. Quando se aproximaram da menina zumbi abatida, Gameknight viu inúmeras flechas presas na camisa colorida: estava ferida... e muito.

— Monet, ela provavelmente vai morrer. Volte para a aldeia e...

— Ela é minha amiga e eu vou ajudá-la! — vociferou Monet. — Você que fique para trás.

— Mas eu tenho que...

Monet levantou a mão para silenciar seu irmão. Então deu meia-volta e caminhou em direção à amiga. Ajoelhou-se no chão, ergueu Ba-Jin lentamente e segurou-a nos braços.

— Ba-Jin, sou eu... Monet.

— Mo-Nay está bem? — perguntou a zumbi.

— Sim, não me machuquei, mas você precisa de ajuda.

— Ba-Jin está perto da morte... deve ser verdade. Uma grande dor atravessa este corpo e é impossível andar. — Ela tossiu, depois gemeu quando mudou de posição, ali deitada.

— Mas os outros zumbis, eles podem ajudá-la.

— Não é assim que os zumbis fazem. Os zumbis não ajudam outros zumbis, ajudar os mais fracos não tem nenhuma utilidade para o clã.

— Mas nem tudo deve ter utilidade para o clã — disse Monet.

— Não, *tudo* deve... até mesmo Mo-Nay.

Monet fechou os olhos por um momento enquanto tentava se comunicar mentalmente com Shawny. Então, um brilho verde intenso começou a envolver as duas, aparentemente vindo de Monet. À medida que a intensidade da luz aumentava, Ba-Jin foi obrigada a virar a cabeça e fechar os olhos escuros para protegê-los do sol esmeralda. Mas, quando a luz foi desaparecendo lentamente, Gameknight viu sua irmã, em sua própria pele de usuária, ajoelhada ao lado da amiga zumbi. Ela pedira que Shawny desligasse seu mod zumbi também. Aproximando-se um pouco, ele ouviu a zumbi arquejar de surpresa.

— Uma usuária... Mo-Nay é uma usuária.

— Não... Eu não sou apenas uma usuária. Eu sou sua amiga.

— Ba-Jin... quer dizer... *eu*... não tenho nenhum amigo.

— Bom, agora tem, e esta amiga vai ajudar você.

— Mas os zumbis não ajudam os outros... Quero dizer, não... me... ajudam.

— Ba-Jin, amigos ajudam amigos, não importa o quanto eles possam ser diferentes por fora — disse Monet. — Agora fique quieta e descanse.

Segurando-a firmemente em seus braços, Monet lentamente se levantou e começou a caminhar em direção a outra zumbi colorida.

— Da-Ray, venha me ajudar!

A zumbi de camisa vermelha ficou simplesmente parada, sem saber o que fazer.

— Eu disse para vir aqui e me ajudar com Ba-Jin!

A zumbi olhou para a usuária e, em seguida, para a zumbi ferida em seus braços.

— Sou eu, Monet, aquela que pintou a bela camisa que você veste agora — disse Monet. — Lembra? Os pores do sol... seu momento preferido.

Os olhos da zumbi se arregalaram de surpresa.

— Venha aqui, Ba-Jin precisa de sua ajuda.

O monstro deu um passo hesitante para a frente, depois outro e outro, até ficar ao lado de Ba-Jin. Cuidadosamente, Monet pôs Ba-Jin nos braços de Da--Ray, depois olhou para a zumbi ferida.

— Vai ficar tudo bem, Ba-Jin — disse Monet. — Da-Ray vai levar você de volta às fontes de HP, então talvez as duas consigam ajudar alguns dos outros.

Da-Ray observou o campo de batalha. Viu que um grande número de zumbis estava caído no chão, muitos deles à beira da morte. Então ela olhou de novo para Monet e assentiu.

— Nós... quero dizer... NÓS vamos ajudar os outros — disse Da-Ray. Virando a cabeça, ela olhou para alguns dos demais zumbis multicoloridos e fez sinal para eles virem ajudar. Os monstros decorados avançaram e passaram correndo por elas, seguindo em direção aos feridos que se esforçavam para ficar de pé. Cada um deles pegou um zumbi e ajudou-o a se levantar. Depois, outros zumbis, os que não tinham sido coloridos por Monet, também se dispuseram a levantar seus amigos. Envolvendo os feridos com seus braços verdes decrépitos, eles se dirigiram de volta à Vila Zumbi e às fontes de HP vivificantes.

Da-Ray começou a dar meia-volta para segui-los, mas Ba-Jin estendeu o braço e agarrou a manga de Monet.

— Espere — gemeu a zumbi.

Da-Ray parou e virou-se para a usuária.

Aproximando-se, Monet113 olhou para a amiga e acariciou seu rosto quadrado.

— Eu vou sentir sua falta, Mo-Nay — disse Ba-Jin com voz rouca.

— Não, *nós* vamos sentir sua falta — acrescentou Da-Ray.

Ba-Jin concordou.

— Você nos ensinou algo maravilhoso — continuou Ba-Jin. — Que as pessoas diferentes podem ser iguais... por dentro.

Agora foi a vez de Monet assentir, enquanto uma lágrima rolava por seu rosto cúbico.

— Vá, Da-Ray, antes que seja tarde demais — disse a usuária. — Leve-a para as fontes e ensinem o que aprenderam para os outros.

— Pode deixar — disseram ambas as zumbis, e depois sorriram uma para a outra.

Da-Ray girou nos calcanhares e saiu arrastando os pés, carregando com cuidado em seus braços verdes a preciosa carga. Quando passou por um dos zumbis adultos, a criatura se aproximou e examinou o campo de batalha. Um olhar de tristeza surgiu no rosto verde cheio de cicatrizes do monstro. Ele ergueu a mão com as garras abertas e, em seguida, gritou em voz alta e rouca:

— Àqueles que morreram pelo clã, a saudação de sacrifício é oferecida.

Muitos dos zumbis que saíam do campo de batalha pararam e se viraram na direção da voz solitária. Depois, também ergueram as mãos, cujas garras brilharam ao luar. Eles inclinaram a cabeça para trás e soltaram um gemido lamentoso, repleto de tamanha tristeza que muitos NPCs choraram ao ouvi-lo — e junto a eles, Gameknight e Monet.

— Pelo bem do clã! — gritou um zumbi.

— Pelo bem do... — gritou outro, mas não terminou a frase.

— Pelo bem... — A frase saiu incompleta.

— Pelo... — O zumbi não conseguiu continuar, pois todos ali eram testemunhas da carnificina que se abatera sobre eles.

Os zumbis pararam de falar e apenas levantaram as mãos cheias de garras, com as cabeças voltadas para trás em sinal de tristeza por aqueles que tinham morrido, depois baixaram as mãos e seguiram em direção aos que precisavam de ajuda. Gameknight olhou por cima do ombro e viu olhares de surpresa no rosto dos NPCs que assistiam à cena. Tinham acabado de ver os zumbis fazendo uma saudação por seus mortos, uma saudação semelhante à que os próprios NPCs faziam, e muitos perceberam que talvez *houvesse* de fato alguma coisa em comum entre eles e as criaturas verdes.

Gameknight olhou para o campo de batalha e sorriu, enquanto observava os zumbis socorrendo seus companheiros. Amigos, pela primeira vez, ajudando amigos. E, em vez de cair para cima da aldeia numa onda de ódio, o enorme exército de zumbis simplesmente se retirava, o ônus da raiva e do preconceito por enquanto posto de lado para que pudessem dar conta da responsabilidade de ajudar aqueles em necessidade.

A distância, ele ouviu Herobrine gritar de frustração.

— O que vocês estão fazendo? ATAQUEM! — gritou o artífice de sombras, mas os zumbis ignoraram os gritos violentos e se concentraram em ajudar os companheiros, agora amigos pela primeira vez. — Nããão!

Então Herobrine voltou a atenção para Gameknight999. O Usuário-que-não-é-um-usuário sentiu o olhar de ódio sobre ele, aqueles olhos brilhantes arderem com incandescência.

— Você arruinou tudo! Eu vou...

De repente, a floresta encheu-se de uivos de animais. Gameknight espiou a orla de árvores e avistou pares de olhos aparecendo nas sombras, brilhando com um tom intenso de vermelho ao fitarem Herobrine. Lentamente, os olhos se deslocaram para fora da floresta, e uma matilha de uma centena de lobos surgiu na clareira, todos seguindo em direção ao artífice de sombras. Gameknight viu o pelo dos animais eriçado de nervosismo e raiva, todos concentrados no adversário.

Voltando a atenção para a criatura maligna, Gameknight percebeu que Herobrine parecia estar com medo de verdade, como se soubesse que aqueles animais estavam atrás dele. Sumiu silenciosamente e reapareceu em uma colina distante. Apontou para Gameknight999 com sua espada de diamante e, em seguida, gritou a plenos pulmões:

— ISSO AINDA NÃO ACABOU, USUÁRIO-QUE-NÃO-
-É-UM-USUÁRIO! VOCÊ *FARÁ* O QUE EU ORDENO E ME
LIBERTARÁ DESTA PRISÃO... OU ENTÃO, MORRERÁ!

Ao ouvir aquela voz a distância, os lobos uivaram.
Depois, correram diretamente para o artífice de sombras, seus grunhidos preenchendo o espaço. Herobrine olhou para os animais que avançavam, rosnou uma última vez para Gameknight999 e, em seguida, desapareceu.

Os lobos, sentindo que sua presa havia desaparecido, deram meia-volta em direção à floresta, deixando Gameknight999 e Monet113 sozinhos no campo de batalha. Gameknight correu até a irmã.

— Venha, precisamos voltar para a aldeia — disse ele.

Monet assentiu e virou-se na direção dos portões.

— Shawny conseguiu consertar o digitalizador? — perguntou ela.

Gameknight balançou a cabeça.

— Ele acha que só papai poderá fazer isso, mas ele ainda não voltou da viagem de negócios — respondeu. Então, sua voz assumiu um tom irritado: — Por que ele não podia estar em casa, só desta vez? Estou com saudades.

Monet113 não disse nada, apenas olhou para o chão enquanto caminhavam. Depois levantou a cabeça matizada com cores vivas e olhou para o irmão.

— Eu também, mas mamãe diz que ele está fazendo o necessário para nos sustentar — falou.

— Ficar longe não parece ser uma boa forma de sustentar uma família — vociferou Gameknight. — Mas tudo bem, vamos voltar para ver os outros.

Eles correram de volta para a aldeia e, ao passar pelos portões, os NPCs irromperam em aplausos e vivas para o Usuário-que-não-é-um-usuário e para a Irmã-de-Gameknight999.

CAPÍTULO 29

A LENDA DO ORÁCULO

— Rápido, podemos atacá-los antes que escapem — disse Caçadora.

— Não, deixe-os ir — respondeu Gameknight999 com voz severa.

— Mas eles são zumbis, e depois irão voltar.

— Talvez — acrescentou Artífice, trazendo seu cavalo para a frente da cavalaria. — Mas hoje deixe estar. Talvez isso ajude a melhorar a relação entre os NPCs e os zumbis... de algum modo.

— Deixe estar? — berrou Caçadora. — Do que você está falando? Eles são zumbis! Não são amigos!

— Ainda não... mas eu tenho esperanças — disse Monet. — Vimos o início de alguma coisa hoje, uma pequena mudança entre os moradores da Vila Zumbi, e não sabemos que frutos essa mudança dará.

— Mudança? Frutos? Estamos falando de zumbis! — continuou Caçadora. — Não temos nada em comum com aquelas coisas. Eles são monstros e nós, NPCs.

— Eles fizeram a saudação aos mortos — disse um dos aldeões na multidão que agora estava reunida diante dos portões.

— E pareceram tristes pelos que haviam perdido... Talvez eles tenham sentimentos — acrescentou outro.

Caçadora olhou para eles com um olhar de frustração. Estava prestes a dizer algo quando Artífice pousou a pequena mão em seu ombro.

— Podemos discutir isso mais tarde. Agora, precisamos de um plano — disse o jovem NPC.

Gameknight se virou e olhou para o campo de batalha. Viu que os últimos remanescentes do exército de zumbis marchavam lentamente pela trilha que levava ao interior da floresta. Os monstros carregavam os feridos em seus braços verdes, ajudando-se uns aos outros pela primeira vez. Reparou com mais atenção naquelas criaturas e percebeu que havia algo de diferente nelas. Elas não tinham mais o olhar irritado costumeiro; não estavam mais rosnando ou grunhindo. Estavam simplesmente indo embora.

De repente, ele percebeu a presença de alguém. Virando-se, encontrou Costureira ao seu lado. Ela o abraçou calorosamente.

— Estou feliz por você estar bem — disse a NPC.

— Também estou muito feliz por isso — respondeu ele. — Mas preciso admitir que Herobrine me deixou apavorado. Eu não sei se ele pode ser derrotado em batalha. — Gameknight fez uma pausa para fitar os rostos de seus companheiros, cujos olhares preocupados estavam focados nele. — Tenho certeza de que vai voltar para me atacar, só que da próxima vez será com mais monstros.

Artífice virou-se e olhou para o Usuário-que-não-é-um-usuário.

— Estaremos mais preparados da próxima vez — disse o jovem NPC, com sabedoria.

— De que maneira? — interrompeu Gameknight. — Você viu todos os monstros que saíram dos túneis na Vila Zumbi. Tenho certeza de que há centenas de outras cidades e vilas do tipo neste servidor, e todas enviarão monstros para cá... para me pegar. Ele também falou algo sobre as Irmãs, seja lá o que isso signifique, mas aposto que não é coisa boa. Nós temos de fazer alguma coisa.

Gameknight parou de falar e esperou para ouvir ideias de seus amigos, mas tudo o que escutou em resposta foi o silêncio. Ninguém sabia o que fazer e, ao fitá-los, Gameknight percebeu que o medo estava presente no fundo dos olhos de todos.

Esta aldeia não vai continuar de pé se eu permanecer aqui, pensou. *Eu tenho que fazer algo para proteger estas pessoas.*

De repente, dois jovens NPCs correram até ele, cada qual abraçando uma perna. Olhou para baixo e viu que eram Tampador e Enchedor, os gêmeos de Escavador.

— Cuidado! — disse o pai, enquanto saía dos portões da aldeia e aproximava-se de Gameknight. — A armadura dele está rachada em muitos lugares, tomem cuidado para não se cortarem ou se ferirem, crianças.

Gameknight olhou para sua armadura de diamante e viu enormes rachaduras. Em alguns pontos, havia verdadeiros buracos: lembranças do ataque da espada ender. Abaixando-se, delicadamente Gameknight abraçou os dois meninos e se ajoelhou.

— Estamos felizes por você estar bem, Gameknight — disse Tampador.

— Sim, a gente estava com medo — acrescentou Enchedor.

— Eu também, crianças, mas agora está tudo bem. — Gameknight olhou para Escavador e viu um olhar de preocupação em seu rosto. Era um pai preocupado com os filhos, e ele sabia que o Usuário-que-não-é--um-usuário é que era a fonte do perigo.

E Gameknight concordava com ele.

Se ficasse ali, colocaria todos em risco. Quando Shawny conseguisse consertar o digitalizador, então ele poderia sair de *Minecraft*, mas... mas então Gameknight se lembrou das palavras de Herobrine: *Uma hora ou outra, você acabará escapando pelo Portal de Luz... e então eu o seguirei.* Ele percebeu que não importava se Shawny conseguiria ou não consertar o digitalizador. Assim que Gameknight tentasse sair do jogo, Herobrine se teleportaria para perto e fugiria com ele. Gameknight999 não podia deixar isso acontecer. Não havia outra escolha a não ser destruir Herobrine para que ele e Monet tivessem qualquer chance de voltar para o mundo real. Teriam de destruí-lo em primeiro lugar, de alguma forma.

Mas como?

A incerteza atravessou Gameknight. Ele precisava fazer alguma coisa para proteger estes NPCs... eles eram como a sua família em *Minecraft* e ele não podia deixar que corressem perigo. Também tinha de proteger sua irmã. Entretanto, ele sabia que, se ficasse ali, Herobrine voltaria para pegá-lo.

Juntando as mãos atrás das costas, ele saiu pelos portões da aldeia e caminhou pelo campo de batalha, pensativo. Enquanto se afastava, uma das peças do quebra-cabeça se encaixou... e depois outra, e outra, até ele conseguir visualizar a solução para o problema.

Temos de ir embora!

Girando nos calcanhares, ele olhou para seus amigos.

— Eu já sei o que fazer — disse, com voz firme. — Preciso ir embora e ficar longe até meus amigos no mundo físico conseguirem consertar o Portal de Luz. Depois, tenho de enfrentar Herobrine e derrotá-lo de alguma forma, antes de voltar para casa novamente. Seja como for, porém, não posso ficar aqui. Se ficar estarei colocando vocês todos em perigo.

Ele olhou para Tampador e Enchedor e, depois, para Escavador.

— Eu não vou arriscar suas vidas, e certamente também não vou arriscar a da minha irmã. Isso é entre Herobrine e eu.

Artífice tentou protestar, mas Gameknight o interrompeu:

— NÃO! Está decidido, e a decisão começa a valer a partir de agora. E nem pense em dizer que você precisa vir comigo. Eu não quero que nenhum guerreiro arrisque a vida por mim, e disso não abro mão. Vou morar na floresta escondido até aqueles que moram no mundo físico consertarem o Portal de Luz.

— Bem, eu vou com você — disse Monet.

— Você não pode — disse Gameknight à irmã. — É extremamente perigoso enfrentar Herobrine e não vou correr o risco de perdê-la. Você é minha responsabilidade aqui.

— *Sua* responsabilidade? Fui *eu* quem salvou a sua pele quando convenci os zumbis a pararem de lutar.

Gameknight não sabia o que dizer. Ele não tinha pensado daquela maneira.

— Sua irmã tem razão — disse Artífice. — Todos nós teríamos morrido se não fosse por Monet. Ela salvou todos nós.

— Da forma como eu vejo — acrescentou Monet —, é *minha* responsabilidade garantir que nada de mau aconteça com você. A família cuida da família. É ou não é?

Gameknight olhou para a irmã, percebendo que sentia muito orgulho dela, orgulho de sua coragem de enfrentar Xa-Tul e de convencer os zumbis a não lutarem. Ela tinha razão, percebeu, ele poderia precisar da ajuda dela, afinal de contas.

— Tudo bem — disse o jogador, com um sorriso. — Acho que uma parceira de viagem até que cairia bem.

Monet sorriu.

— Além disso, estou meio que me acostumando a ter você ao meu lado em *Minecraft* — acrescentou Gameknight. — Não conte a ninguém, porque vou negar que disse isso, mas gosto de ter você aqui comigo.

O sorriso dela ficou ainda maior. Então, deu-lhe um grande abraço. Gameknight retribuiu o gesto e, em seguida, soltou-se e virou-se para olhar para a aldeia.

— Adeus, meus amigos. Voltaremos depois que Herobrine tiver sido derrotado e de usarmos o Portal de Luz para retornar para casa. Adeus.

Sem esperar resposta, ele se virou e começou a se afastar da aldeia, com a irmã ao lado. Desembainhou a espada e se dirigiu para a floresta. Ele sabia que isso seria como enfrentar *Minecraft* no modo hardcore, só que ainda mais difícil. Enquanto caminhava, pensava no que precisaria fazer: obter recursos, preparar um esconderijo, encontrar comida... Todas as coisas que normalmente os usuários faziam em *Minecraft*. Só que desta vez seria para salvar a própria vida, e possivelmente o mundo inteiro também.

Perdido em pensamentos, Gameknight não notou o pequeno NPC que caiu perto dele e se pôs a caminhar lado a lado. Ao perceber isso, olhou para baixo e viu Tampador.

— Você disse que não queria nenhum guerreiro arriscando a vida por você — disse o garoto. — Bem, eu sou não um guerreiro, Gameknight999. Eu sou um tampador: coloco as tampas nas garrafas. Você não disse que tampadores não poderiam ir com você.

— E eu não sou guerreiro, sou um enchedor — disse Enchedor, à sua esquerda. — Você não falou nada sobre enchedores também.

Gameknight parou e olhou para os meninos, emocionado.

— Também não ouvi nada sobre escavadores — disse uma voz grave às suas costas.

Virando-se, viu Escavador de pé atrás ele, com a picareta de ferro sobre os ombros. Atrás dele vinha toda a aldeia: homens, mulheres e todos os filhos, que saíam dos portões para seguir o Usuário-que-não--é-um-usuário.

— Nem nada sobre padeiros... — disse uma voz.

— Ou escultores...

— Ou tecelões...

— Ou moedores...

A ladainha continuou sem parar à medida que os NPCs declaravam sua intenção de ir junto com o amigo e herói para enfrentar o desconhecido.

E, enquanto os aldeões saíam de sua cidade, Artífice surgiu ao lado dele.

— Estamos todos com você, Usuário-que-não-é-um-usuário — declarou o jovem NPC, com um tom sábio, como sempre. — A família cuida da família, e você e sua irmã são parte da família de nossa aldeia.

— A família cuida da família? — inquiriu Gameknight.

Artífice assentiu.

— Você sequer tem algum plano? — perguntou ele em voz baixa.

Gameknight olhou para o amigo e não respondeu.

— Foi o que imaginei — falou o jovem NPC. — Bem, se não tem nenhuma ideia do que fazer, então talvez eu possa fazer uma sugestão.

— O quê?

— Minha tia-avó Leiteira me contou certa vez uma história que ela ouviu quando era pequena.

— Estou escutando.

— Ela disse que existe um templo antigo na selva. É o mais antigo templo de *Minecraft*.

Clique... uma das peças do quebra-cabeça se encaixou.

— E nesse templo vive a criatura mais antiga de *Minecraft*. Ela se chama Oráculo.

— Oráculo? — Gameknight999 e Monet113 perguntaram em uníssono.

Clique... Outra peça se encaixou.

— Sim, ela é a mais antiga NPC de *Minecraft*, e tem conhecimentos que ninguém mais tem sobre como as coisas funcionam. Leiteira falou que alguns dizem que Oráculo não é na verdade uma NPC, e sim outra coisa... algo que foi acrescentado a *Minecraft* para proteger a todos. Talvez ela possa ajudar.

— Sabe onde podemos encontrar essa Oráculo?

— Tenho algumas ideias — respondeu Artífice.

Clique... clique... clique... mais peças se encaixaram. Havia, contudo, amplas partes do quebra-cabeça que ainda permaneciam um mistério.

— Então é um início, como qualquer outro... diga.

Artífice virou-se, caminhou até seu cavalo e montou. Depois, trouxe um cavalo até Gameknight999.

— Não, obrigado, vou a pé — disse o usuário. — Se não há cavalos suficientes para todos, vou continuar assim mesmo. E de qualquer maneira... — ele desembainhou a espada, depois segurou a mão de Tampador, enquanto Monet segurava a de Enchedor — ...temos esses dois aqui para nos proteger... certo?

— Certo — disse Monet.

— Então, ótimo — falou Artífice. Depois, ele virou-se em sua sela e gritou para o restante dos NPCs: — Sigam-me até o Oráculo do templo da floresta.

— Isso está me parecendo mais uma de suas ótimas ideias, Gameknight — comentou Caçadora, com um sorriso. Depois esporeou o cavalo e saiu em disparada na frente, seguida por Costureira.

Gameknight999 olhou para trás e ficou emocionado pela dedicação que aquelas pessoas demonstraram por ele e sua irmã — não porque ele era Gameknight e ela era Monet, nem porque ele era o Usuário-que-não-é-um-usuário, mas porque faziam parte da família delas... e a família sempre cuida da família... até mesmo as irmãs caçulas.

Ele se virou e caminhou em direção à mística Oráculo que estava lá, em algum lugar. Gameknight seguiu de mãos dadas — ele e a irmã — com os gêmeos, ouvindo a doce música de *Minecraft*.

SEEDS DE

Eu me diverti muito escolhendo alguns cenários exóticos e interessantes por onde Gameknight999 e sua turma passariam neste livro. Abaixo, listei algumas das *seeds* que podem ser inseridas em *Minecraft* para que você veja pessoalmente as paisagens descritas na história! Essas *seeds* certamente funcionam com *Minecraft* 1.8, mas você terá que verificar se a edição do jogo em que você joga suporta *seeds*.

Se precisar de ajuda com elas, uma busca rápida no YouTube deve bastar! Há incontáveis tutoriais sobre o assunto.

Capítulos 14, 17 e 22
    Floresta coberta: 426309126
    Colinas extremas: -6113936998497547891

Capítulo 20
    Sistema de cavernas extremas: -1501653762
    Desça pela fenda e explore por sua própria conta e risco!